김강현 판타지 장편소설

FANTASY STORY & ADVENTURE

천신

2

Ray-El

dream
books
드림북스

천신 *2*
꿈꾸는 사람

초판 1쇄 인쇄 / 2009년 12월 10일
초판 1쇄 발행 / 2009년 12월 21일

지은이 / 김강현

발행인 / 오영배
편집장 / 김경인
펴낸 곳 / (주)삼양출판사 · 드림북스

주소 / 서울특별시 강북구 미아8동 322-10호
대표 전화 / 02-980-2112 팩스 / 02-983-0660
편집부 전화 / 02-980-2116 팩스 / 02-983-8201
블로그 / blog.naver.com/dream_books

등록번호 / 제9-00046호
등록일자 / 1999년 3월 11일

ISBN 978-89-542-3505-1   04810
ISBN 978-89-542-3503-7   (세트)

천신
Ray-Ei

제1화 카라미스 공작가

레이엘이 천천히 켄트에게 다가갔다. 켄트는 레이엘의 모습을 보고는 그대로 움직임을 멈췄다. 레이엘이 주는 공포는 움직일 생각조차 날려 버릴 정도로 대단했다.

레이엘은 무심한 눈으로 그를 내려다봤다. 죽이는 건 간단했다. 검을 한 번 휘두르면 끝이다.

"흑마법사를 끌고 다닐 만한 놈은 아니군."

암흑의 폭발 속에 있었기에 다카르와 켄트의 대화를 거의 못 들었지만, 다카르가 켄트에게 무슨 짓을 하려고 했는지는 충분히 알 수 있었다.

"어쨌든 이놈을 죽이는 것보다는 분란의 씨앗을 뿌리는 게 더 낫겠군."

레이엘이 손을 한 번 휘젓자, 켄트에게 물이 쏟아졌다.

촤아악!

켄트는 정신이 번쩍 들었다. 그의 몸에 묻었던 피가 말끔히 씻겨 나갔다.

"커헉!"

켄트는 두려운 눈으로 레이엘을 바라봤다. 레이엘이 무슨 생각을 하는지 알 수 없어 더 무서웠다.

"사, 살려 주십시오. 무, 무슨 짓이든 다 할 테니, 제, 제 발……"

레이엘은 애원하는 켄트의 모습을 가만히 보다가 고개를 한 번 끄덕였다. 하지만 켄트를 그냥 살려서 돌려보낼 생각은 없었다. 켄트가 언제 뒤통수를 칠지 모르니 그에 대한 대비는 해둘 생각이었다.

"이걸 먹어라."

켄트는 흠칫 놀라 레이엘이 내민 것을 바라봤다. 어린아이 주먹만 한 빵이었다. 색이 검어서 왠지 불길해 보였지만 어쩔 수 없었다. 그걸 먹지 않으면 자신은 살아남지 못할 것이다.

'이대로 죽을 수는 없어. 날 이렇게 만든 놈에게 복수를 해야지.'

켄트는 레이엘이 내민 빵을 먹었다. 놀랍게도 빵은 대단히 맛있었다. 입에서 부드럽게 녹으며 목구멍으로 꿀떡꿀떡 넘어갔다.

"어때? 힘이 좀 나나?"

켄트는 문득 몸에 활력이 넘친다는 사실을 깨달았다. 아무래도 심상치 않은 빵을 먹은 모양이었다.

"네가 먹은 빵은 독이다. 아마 한 달에 한 번은 배가 끊어질 것처럼 아플 거다."

레이엘의 말이 떨어지기 무섭게 켄트가 눈을 홉떴다.

"크윽!"

켄트는 배를 움켜쥐고 바닥에 쓰러져 데굴데굴 굴렀다. 이런 고통은 처음이었다. 배를 칼로 휘저으면 이렇게 아플까? 아니, 그래도 이보다는 나을 것이다.

레이엘은 그렇게 뒹구는 켄트를 발로 툭 찼다.

"커허헉!"

켄트는 놀람과 두려움이 뒤섞인 눈으로 레이엘을 바라봤다. 아니, 이제 감히 쳐다볼 수도 없었다. 레이엘이 발로 그의 등을 건드리는 순간, 고통이 밖으로 빠져나가 버렸다.

"그 고통을 없앨 수 있는 방법은 복종심뿐이다. 고통이 찾아오면 내게 진심으로 복종하겠다고 강하게 생각해라. 그럼 고통이 사라질 테니까."

레이엘의 말에 켄트는 믿을 수 없다는 눈빛을 보냈다. 하지만 레이엘은 켄트가 믿건 말건 신경 쓰지 않고 돌아서서 제니아와 사라에게로 걸어갔다.

세 사람은 켄트를 남겨두고 그 자리를 떠나갔다. 켄트는 한동안 망연한 눈으로 레이엘의 뒷모습을 바라봤다.

켄트가 레이엘의 말을 확인한 건, 정확히 한 달 후였다. 매달 겪는 고통과 복종, 해방 덕분에 켄트의 정신은 점점 피폐해져 갔다. 하지만 레이엘에 대한 복수심은 찾아볼 수 없었다. 복종심이 강하면 강할수록 매달 겪는 고통이 줄어든다는 것을 알아낸 것이다.

그렇게 켄트는 레이엘에 대한 복수를 접고 모든 복수심을 그의 형인 케이지에게로 돌렸다.

"정말로 그런 독을 만들 수 있는 건가요?"

제니아의 물음에는 두려움이 섞여 있었다. 레이엘이 살펴보니 사라의 눈에도 마찬가지의 감정이 보였다.

"그런 독이 있을 것 같아?"

"그, 글쎄요."

제니아도 사라도 섣불리 대답하지 못했다. 불가능한 독이라고 이성으로는 판단하면서도 레이엘이 얽혀 있으니 가능할지도 모른다는 생각이 들었다.

"최면이다."

"예?"

너무나 난데없는 말에 제니아와 사라는 잠시 멍한 표정을 지었다. 최면이라니.

"최면과 암시다. 빵에 있던 독은 1회용이었다. 그나마도 내가 다 배출시켜 버렸고."

제니아와 사라의 표정에 두려움이 떠올랐다. 이 두려움은 분명 조금 전의 그것과는 많이 달랐다. 레이엘은 정말로 무서운 사람이었다.

"최, 최면으로 그런 게 가능한가요?"

"정신이 거의 망가진 상태였으니 가능하지."

제니아와 사라는 더 이상 묻지 않고 묵묵히 길을 걸었다. 하지만 두 여인의 뇌리에는 수많은 상념이 휘몰아치고 있었다. 그녀들의 상념 중 대부분은 레이엘에 관한 것이었다. 사라도 제니아도 가장 궁금한 것은 한 가지였다.

'대체 정체가 뭐지?'

정말로 정체가 궁금했다. 어떻게 그런 대단한 능력을 고작 이 정도 나이에 얻을 수 있는지. 또 그렇게나 대단한 능력을 가지고 있으면서도 왜 마수의 숲에서 살았는지.

결국 궁금증을 참지 못한 사라가 물었다.

"레이엘."

레이엘이 고개를 돌려 사라를 바라봤다. 사라는 레이엘의 공허하면서도 깊은 눈빛을 보며 침을 꿀꺽 삼켰다. 잠시 긴장이 흘렀다. 사라는 용기를 내서 물었다.

"대체 어떻게 그 많은 것들을 익힌 거죠?"

사라의 물음에 레이엘은 잠시 침묵을 유지했다. 또다시 긴장의 시간이 흘렀다. 사라도 제니아도 걸음을 멈춘 채 레이엘의 입만 주시했다.

이내 레이엘의 입이 천천히 열렸다.

"꿈이다."

"예?"

레이엘의 정말로 생뚱맞고 난데없는 대답에 사라와 제니아의 긴장이 확 풀려 버렸다. 두 여인은 농담 같은 레이엘의 말에 얼굴에 미소까지 지었다.

하지만 이내 심각해졌다. 레이엘이 농담을 한 적이 한 번도 없었기 때문이다. 두 여인이 레이엘을 바라봤다. 레이엘의 눈빛은 언제나처럼 똑같이 공허하고 깊었다.

두 여인의 머릿속에 혼란이 몰려왔다.

대체 그 말의 의미가 무엇일까? 꿈이라니. 설마 지금 이 상황이 모두 그의 꿈이란 말인가? 제니아는 세차게 고개를 저었다. 그건 절대 아니다. 자신이 그런 허망한 존재일 리 없다. 그렇다면 대체 무슨 의미일까?

한동안 대화가 이어지지 않았다. 제니아와 사라가 레이엘의 한 마디 말에 계속 휘둘리고 있었다.

그러다 두 여인의 생각이 점점 하나로 압축되었다. 꿈이라는 의미는 꿈에서 익혔다는 뜻일 수도 있다. 즉, 그것은 꿈에서까지 수련을 할 정도로 노력했다는 의미일 것이다.

뭔가 미진했지만 그렇게 결론을 짓는 것이 가장 그럴 듯했다. 그리고 가장 편했다.

"정말 굉장한 노력을 했나 보네요."

사라는 그렇게 말하면서도 표정은 회의에 물들었다. 아무리 노력을 해봐야 고작 20년 정도의 세월로 해낼 수 있는 건 한계가 있는 법이다.

'아공간을 만들 정도의 마법에, 최고의 기사단이라고 불리는 드레이크 기사단원 열셋을 혼자서 제압할 수 있을 정도의 검술에, 또 정령에, 대장장이까지. 게다가 보아하니 숨겨진 다른 능력도 있는 것 같은데……'

그런 걸 고작 20년도 안 되는 세월에 익혀낼 수 있을까? 인간이? 태어나는 순간부터 수련을 하지는 않았을 테니 20년보다 더 적은 시간을 수련으로 보냈을 것이다. 허나, 그 모든 시간을 수련에 쏟는다 하더라도 레이엘이 가진 능력 중 하나도 제대로 이룰 수 있을지 확신이 서지 않았다.

'천재……라는 건가?'

사라와 제니아는 각자 나름대로 생각을 정리했다. 그리고 그런 두 여인을 바라보는 레이엘의 눈빛이 점점 더 깊어졌다.

가넷상단에서 보낸 흑마법사를 처리한 뒤로는 별다른 일 없이 카라미스 공작령에 도착했다. 카라미스 공작령은 상당히 큰 영지였다. 크롬 왕국에는 2개의 공작령이 있었고, 카라미스 공작령은 조금 작은 편이었지만, 땅은 훨씬 비옥했다.

그 비옥한 땅에서 나오는 막대한 곡물 덕분에 카라미스 공작가는 왕국 최고의 부와 영향력을 쌓을 수 있었다.

아직 추수가 시작되기 전이라 공작령 어디를 가건 온통 탐스러운 곡식들 천지였다.

"대단하군."

레이엘은 순수하게 감탄했다. 카라미스 공작령의 농지는 끝이 보이지 않을 정도로 넓었다. 그 모든 걸 거두면 양이 얼마나 될지 가늠하기도 어려웠다.

"카라미스 공작령은 왕국 최고의 곡창지대를 가지고 있어요. 가장 비옥하고 가장 넓죠."

제니아가 씁쓸한 표정을 지었다. 그런 대단한 카라미스 공작가와 담판을 지어야 한다고 생각하니 벌써부터 자신감이 쭉쭉 떨어졌다. 하지만 그녀는 이내 입을 앙다물고 결연한 표정을 지었다.

"어떻게 할 건지는 생각했나?"

레이엘의 물음에 제니아가 흠칫하더니 고개를 저었다.

"아직 거기까지는 생각하지 않았어요. 다만, 정당한 대가를 요구할 생각이에요."

"카라미스라는 성은 버릴 건가? 그럼 평민이 될 텐데? 아니, 그 전에 그걸 공작가에서 허락해 줄 것 같은가?"

레이엘의 말은 담담했지만 핵심을 파고들었다. 제니아는 결국 인정할 수밖에 없었다.

"안 해주겠죠. 그리고 뒤로 다른 수작을 부리겠죠."

어쩌면 암살자까지 동원할지도 모른다. 하지만 제니아는 마음을 돌릴 생각이 전혀 없었다. 지금이라도 그냥 도망가면 편하게 살 수 있을지 모른다. 더 이상 그녀를 쫓는 사람은 없다. 가넷상단을 통해 그녀의 존재가 알려질지 모르지만, 그때쯤이면 다른 나라로 가서 조용히 숨을 수 있었다.

하지만 제니아는 그렇게 하기 싫었다. 당당하게 자신이 살아 있음을 알리고 싶었다. 자신의 의지를 관철시키고 싶었다. 물론 어렵겠지만 말이다.

문득 제니아가 미안한 표정으로 레이엘과 사라를 바라봤다.

"어쩌면 저 때문에 피해를 볼 수도 있어요."

레이엘은 대답하지 않았다. 함께 오겠다고 결심한 순간부터 충분히 각오한 일이었다. 그리고 그런 위협에 당하지 않을 자신도 있었다.

제니아는 묵묵히 걸음을 옮기는 레이엘을 복잡한 눈으로 바라봤다. 자신을 도와주겠다고 나서는 것이 한편으로는 고마우면서도 다른 한편으로는 걱정이 되었다. 제니아의 시선이 사라에게로 돌아갔다. 사라 역시 마찬가지였다. 걱정이 더 앞섰다.

"그래서 말씀드리는 건데, 두 사람은 이쯤에서 손을 떼세요."

제니아의 말에 사라가 눈을 동그랗게 떴다. 그리고 세차게 고개를 저었다.

"그럴 수 없어요. 여기까지 와서 그냥 돌아가라니요. 전 끝까지 아가씨와 함께할 거예요."

"죽을 수도 있어. 아니, 죽는 것보다 훨씬 몹쓸 짓을 당할 수도 있어. 난 사라가 그렇게 되는 걸 원하지 않아."

사라의 눈에 물기가 일렁였다.

"그럼 아가씨는요? 아가씨는 어떻게 되는데요? 아가씨 혼자 공작가에 보내놓고 전 마음 편하게 살 수 있을 것 같은가요? 전 절대 그렇게 못해요."

제니아는 사라의 말에 가슴이 뭉클해졌다. 사라의 마음이 너무나도 아프게 가슴을 적셨다. 하지만 그래서 더욱 사라를 데려갈 수 없었다. 제니아는 도움을 청하는 눈으로 레이엘을 바라봤다. 두 사람의 도움은 이 정도면 충분하다.

레이엘은 제니아의 간절한 눈빛을 묵묵히 바라봤다. 두 여인의 대화나 행동을 보고 있으면 또 다른 빛이 두 사람을 감싸는 것 같았다.

욕심이 생겼다. 그 빛을 가지고 싶었다. 레이엘은 문득 자신이 대체 왜 이러는지 이해가 가지 않았다. 정말로 쓸데없는 집착 아닌가.

"후우. 여차하면 도망갈 방법이라도 있어야 하지 않겠나?"

레이엘의 말에 제니아가 의아한 표정을 지었다.

"예? 그게 무슨 말인가요?"

"내가 도와주겠다는 말이다. 뭔가 문제가 생기면 두 사람 정도는 데리고 도망갈 수 있으니까. 내 능력을 너무 얕보지 마라."

"레, 레이엘의 능력을 얕본 적은 없어요. 하지만……."

"전혀 위험하지 않다. 여차하면 마수의 숲까지만 도망가면 된다. 겪어봐서 알겠지만 그곳은 제국의 대군이 몰려와도 어떻게 할 수 없는 곳이다."

제니아는 자신도 모르게 고개를 끄덕였다. 확실히 마수의 숲은 그런 곳이다. 인간의 발길을 허용하지 않는 곳, 그리고 레이엘의 고향이었다. 제니아는 촉촉한 눈빛으로 레이엘을 바라봤다.

"고마워요. 그리고 사라도 고마워. 정말로 든든해. 내게 이런 사람들이 있다는 사실이."

제니아는 그렇게 말하며 속으로 또 다른 결심을 했다. 목표를 더 확장해서 새로운 길을 바라봤다. 언젠가는 이 두 사람에게 지금 자신이 느낀 그 감정을 고스란히 가질 수 있게 해주겠다고 말이다.

"그럼 갈까요?"

사라가 밝게 웃으며 말하자, 제니아가 부드럽게 미소 지으며 고개를 끄덕였다. 그리고 레이엘이 무심한 얼굴로 먼저 걸음을 옮겼다.

세 사람은 그렇게 카라미스 공작령의 곡창지대를 지나 공작성에 도착했다.

"제니아가 돌아왔다고? 그것도 혼자서?"

얼마 전 카라미스 가의 가주이자 공작이 된 세이드 카라미스는 자신의 표정이 일그러졌다는 사실도 느끼지 못할 정도로 당황했다.

"드레이크 기사단은 어떻게 되었는지 알아봤느냐?"

세이드의 질문에 그의 심복인 이레인 남작은 고개를 숙이며 대답했다.

"포레인에 도착한 것까지 확인했습니다만, 그 이후의 행적이 없습니다."

"행적이 없어?"

"아무래도 마수의 숲으로 들어간 것 같습니다."

세이드가 눈살을 찌푸렸다. 마수의 숲은 라이온 기사단을 먹어치운 곳이다. 그런 곳에 드레이크 기사단이 들어갔다면 아마 절대 무사하진 못할 것이다.

"드레이크 기사단은 우리 카라미스 가의 기둥이나 다름없다. 어떻게든 찾아라. 제니아가 돌아왔는데, 그들이 아직까지 그곳에 있을 리 없다."

"예. 그렇게 하겠습니다."

이레인 남작은 고개를 숙이며 대답을 했지만 표정은 살짝 회의적이었다. 드레이크 기사단이 얼마나 중요한지 그 역시 잘 알고 있다. 그렇기에 그 행적을 모든 수단과 방법을 가리지 않고 찾아봤다. 하지만 포레인 시에서 감쪽같이 모든 흔적이 사라졌다.

'마수의 숲에 들어가서 모두 당한 게 분명해.'

하지만 그렇다고 마수의 숲을 조사할 수는 없다. 그랬다간 카라미스 공작가도 나락으로 떨어지고 말 것이다.

"그나저나 제니아는 지금 어쩌고 있느냐?"

"아가씨의 방에서 쉬고 있습니다."

세이드는 냉소와 함께 코웃음을 쳤다.

"흥, 천한 몸에서 나온 계집이면 그답게 시키는 대로 할 것이지, 괜한 고생을 시키는군. 자브리안 백작가에는 연락을 했느냐?"

"이미 연락을 했습니다. 페릴 공자가 조만간 도착할 예정입니다."

세이드는 그제야 만족스런 표정으로 고개를 끄덕였다.

"좋아. 이제야 뭔가 제대로 돌아가는 느낌이로군."

자브리안 백작가는 크롬 왕국에서 세 손가락 안에 드는 부를 자랑했다. 그들의 주력은 유통이었는데, 거대한 상단을 세 개나 운용할 정도로 대단한 유통망을 자랑했다. 특히 왕국 내의 유통보다는 타국으로의 유통이 더욱 대단했다.

만일 카라미스 공작가가 자브리안 백작가와 손을 잡으면 그 막대한 곡물을 훨씬 비싼 가격으로 타국에 판매할 수 있게 될 것이고, 그것은 결과적으로 카라미스 가를 더욱 탄탄하게 만들어줄 것이다.

세이드의 눈에 야망이 넘실거렸다. 세이드는 공작의 자리로 만족할 생각이 전혀 없었다. 그가 궁극적으로 원하는 것은 최고의 자리였다. 그리고 제니아를 이용한 자브리안 백작가와의 결합은 그 야망의 초석이 될 것이다.

"혼례 준비를 서두르도록. 장소는 반드시 우리 쪽에서 해야만 한다."

"그렇게 준비하고 협상 중입니다. 자브리안 백작가에서도 충분히 납득을 했습니다."

사실 자브리안 백작가는 장자인 페릴이 워낙 제니아를 애타게 원하기 때문에 대부분의 조건을 수용했다. 카라미스 공작가로서는 제니아 덕분에 막대한 이득을 챙기는 셈이었다.

하지만 세이드는 그것을 당연하게 여겼다. 그것은 카라미스 공작가의 힘이지 제니아의 덕은 절대 아니라고 생각했다.

"한데 아가씨께서 이상한 손님을 하나 데려왔습니다."

"이상한 손님? 남자인가?"

"그렇습니다."

세이드의 얼굴이 또 일그러졌다.

"지금 때가 어느 때인데 남자를 끌어들여! 당장 내쫓도록. 적당히 돈을 쥐어줘서 내보내."

"그렇게 처리하려고 했습니다만……."

이레인 남작이 난감한 표정을 감추지 못했다. 세이드는 그제야 뭔가 조금 이상하다는 걸 느꼈다.

"한데? 그놈이 안 나가겠다고 버티던가?"

"아가씨께서 절대 안 된다고 하셨습니다. 한데 아무래도 분위기가……"

세이드의 눈에서 불똥이 튀었다. 이레인 남작이 말을 흐렸지만, 그 말이 무엇을 의미하는지 모를 수가 없었다.

"강제로라도 끌어내! 지금 제정신이냐! 조만간 페릴이 도착한다! 그 전에 어떻게든 정리해!"

세이드의 얼굴이 붉으락푸르락해졌다. 그러고 보니 제니아가 갑자기 혼례를 피해 도망친 이유가 어쩌면 남자 때문일 수도 있겠다는 생각이 들었다. 만일 그렇다면 자신이 계획하는 일에 큰 차질이 빚어진다.

이레인 남작이 고개를 숙이고는 밖으로 나갔다. 하지만 그의 얼굴에는 수심이 어려 있었다. 세이드는 그것을 보며 못마땅한 표정을 지었다. 만일 이레인 남작이 해결하지 못한다면 암살자를 고용해서라도 해결하겠다고 마음을 먹었다.

제니아는 태어나고 자란 자신의 방에 있는데도 마치 바늘방석에 앉은 것처럼 불편하고 불안했다.

"하아."

제니아의 한숨에 사라가 그녀에게 다가갔다.

"아가씨. 너무 염려 마세요. 다 잘될 거예요. 그리고 레이엘도 있잖아요."

제니아는 방 한가운데 바닥에 주저앉아 지그시 눈을 감은 레이엘을 바라봤다. 레이엘의 몸에서는 뭔가 범접키 어려운 느낌이 뿜어져 나왔다. 그래서 한동안 다가가지도 못했다.

"그래서 더 걱정이야. 다른 가신들이 모두 모이려면 아직 사흘은 더 기다려야 하는데, 그때까지 무슨 일이 벌어질지 알 수가 없잖아."

"설마 무슨 일이 벌어지기야 하겠어요?"

제니아가 고개를 저었다. 사라는 아직 세이드가 어떤 사람인지 모른다. 제대로 겪어보지 않았고, 그에 대해 생각해 본 적도 없으니까 말이다. 하지만 제니아는 몇 번이나 세이드를 겪어봤다. 그는 이런 상황을 그냥 넘어갈 사람이 아니었다.

그녀가 그렇게 심각한 얼굴로 사라와 대화하고 있을 때, 방문이 벌컥 열렸다. 공작가의 영애가 머무는 방에 이렇게 함부로 들어온다는 건 상상도 할 수 없는 일이었다. 하지만 실제로 그런 일이 벌어졌다.

제니아는 너무 당황해서 멍한 눈으로 열린 문을 쳐다봤다. 십여 명의 병사들이 우르르 몰려왔다. 그리고 마지막으로 허리에 검을 찬 기사까지 들어왔다.

"이게 무슨 짓이냐!"

제니아가 정신을 차리고 소리쳤다. 그녀의 몸에서 뿜어져 나오는 위압감에 기사와 병사들이 흠칫 놀랐다. 하지만 기사는 이내 빙긋 웃으며 제니아를 향해 주먹을 가슴에 대고 정중히 허리를 숙였다.

"죄송합니다. 급한 일이라서 미리 양해를 구하지 못했습니다. 금방 처리하고 나갈 테니 부디 용서하시길."

기사는 그렇게 말한 후, 허리를 펴고 고개를 돌려 레이엘을 노려봤다.

"뭣들 하는 거냐. 어서 이놈을 끌어내지 않고."

기사의 명령에 병사들이 우르르 몰려들었다. 레이엘은 그때까지 바닥에 가만히 앉아 있었다. 물론 눈은 뜬 상태였다. 레이엘의 서늘한 시선이 병사들을 한 번씩 훑고는 기사에게 가서 꽂혔다.

"그만! 대체 누구 맘대로 그 사람을 데려가려는 것이냐!"

제니아가 잔뜩 화난 목소리로 외쳤다. 그녀는 분노로 인해 몸을 부들부들 떨었다. 병사들이 제니아의 서슬에 잠시 멈칫거렸다. 하지만 기사는 여전히 여유로웠다.

"공작 각하의 명입니다."

기사는 그 말과 함께 다시 병사들에게 눈짓을 했다. 병사들이 레이엘에게 달려들었다.

쿠당탕!

병사들이 한데 얽혀 꼴사납게 바닥을 굴렀다. 잡으려던 목표가 갑자기 사라져 균형을 잃은 것이다. 열 명이나 되는 병사가 한꺼번에 뒤엉켜 나뒹구는 광경은 우스꽝스럽기 그지없었지만 아무도 웃지 않았다.

기사의 표정이 대번에 굳었다. 그는 어느새 한쪽 옆으로 물러난 레이엘을 노려보고 있었다.

　"감히 공작 각하의 명을 어길 셈이냐?"

　기사는 그렇게 말하며 허리춤에 있는 검에 슬쩍 손을 올렸다. 따르지 않으면 베겠다는 의지를 뿜어냈다.

　레이엘은 무심한 눈으로 기사를 쳐다봤다. 그리고 슬쩍 고개를 돌려 제니아를 바라봤다.

　"어떻게 하길 원하지?"

　레이엘의 물음에 제니아는 퍼뜩 정신을 차렸다. 지금 이곳에서 가장 중요한 것은 자신의 의지라는 걸 깨달은 것이다.

　"당연히 레이엘은 여기 있어야죠."

　제니아의 대답에 레이엘이 기사를 쳐다봤다. 그 서늘하고 무심한 시선에 기사가 흠칫 놀랐다.

　"얘기 들었으면 그만 가라."

　레이엘의 말에 기사의 얼굴이 붉으락푸르락해졌다. 그는 대번에 검을 뽑았다.

　챙!

　"감히!"

　기사가 빛살처럼 몸을 날렸다. 그의 검이 그대로 레이엘의 심장을 향해 뻗어 나갔다. 어차피 죽여도 상관없다는 명령을 받고 왔다. 그의 검에는 거리낌이 전혀 없었다.

　쩡!

"쿨럭!"

기사는 피를 토하며 뒤로 주춤주춤 물러났다. 그리고 불신 가득한 눈으로 자신의 부러진 검을 쳐다봤다.

레이엘은 검을 뽑지도 않았다. 기사는 레이엘이 뭘 어떻게 했는지조차 보지 못했다. 다만 손이 잠깐 움직이는 것 같다는 생각을 했을 뿐이었다.

레이엘은 고개를 슥 돌려 병사들을 쳐다봤다. 레이엘의 몸에서 흘러나오는 스산한 살기에 병사들이 화들짝 놀랐다.

기사는 부러진 검을 들고 걸음을 옮기려다가 바닥에 털썩 주저앉았다. 균형을 잡을 수 없었다. 다리가 후들거리고 속에서 계속 핏물이 올라왔다.

"커억!"

결국 또 한 번 시커멓게 죽은피를 토해냈다. 기사는 비틀거리며 일어섰다. 그리고 병사들을 향해 명령했다.

"도, 돌아간다."

더 이상 자신의 힘으로 어찌할 수 없다는 걸 인정한 것이다. 아무래도 레이엘을 상대하려면 기사 한두 명으로는 어림도 없을 것 같았다.

기사와 병사들이 우르르 물러가자, 제니아는 다리에 힘이 풀려 털썩 주저앉았다. 그녀의 얼굴에는 안도와 자괴감이 뒤섞여 있었다.

사라가 급히 제니아에게 다가갔다.

"아가씨! 괜찮으세요?"

제니아가 힘없이 고개를 끄덕였다. 그저 조금 놀란 것뿐이다. 하지만 이제는 훨씬 명확하게 자신의 위치를 깨달았다. 자신은 이미 이곳에서 이방인에 불과했다.

"하아. 앞으로 버티는 일이 걱정이네."

제니아가 걱정스런 눈으로 레이엘을 바라봤다. 이번에는 레이엘의 힘으로 대충 넘어갔다고 하지만 앞으로는 더 많은 기사를 보낼 것이다. 그리고 수단과 방법을 가리지 않을 것이다. 지금 저들의 목표는 레이엘이었다.

"걱정할 것 없다. 며칠 버티는 정도는 아무것도 아니니까."

레이엘의 말에도 제니아는 표정에서 근심을 지울 수 없었다. 레이엘의 실력은 잘 알지만 세이드는 그렇게 물렁한 사람이 아니다.

"세이드가 수단 방법을 안 가리기 시작하면 정말로 상대하기 어려워질 거예요."

레이엘의 눈빛이 차가워졌다.

"내가 수단 방법을 안 가리면 어떻게 될 것 같은가?"

레이엘의 말에 제니아는 몸을 부르르 떨었다. 그런 건 생각도 해본 적이 없다. 하지만 무서울 것이다. 레이엘은 아직 그가 가진 것을 전부 보여주지 않았다.

제니아와 사라의 시선을 받으며 레이엘이 움직이기 시작했다. 레이엘은 아공간을 열어 몇 가지 물건을 꺼냈다. 그리고 그 물건을 방 안 곳곳에 놓아두었다. 바닥에 놓인 물건들이 잠시 빛을 발하다가 사라져 버렸다.

그 놀라운 광경에 사라와 제니아는 자신들의 상황도 잊고 멍하니 바라보기만 했다.

레이엘의 작업은 그 뒤로도 한동안 계속되었다. 나중에는 빛나는 액체가 든 병을 꺼내서 그것으로 바닥에 뭔가 기이한 문양과 문자를 그리기까지 했다.

그것을 본 사라의 눈이 반짝 빛났다.

"마법진!"

레이엘이 바닥에 그린 건 마법진이었다. 그것도 사라가 아는 것과는 방식 자체가 완전히 달랐다. 사라는 신기한 눈으로 레이엘이 그린 마법진을 유심히 살폈다. 하지만 그것을 보고 연구할 시간은 없었다. 마법진이 완성되자, 레이엘이 놓아둔 다른 물건들과 마찬가지로 빛을 발하며 사라졌기 때문이다.

"이제 대강 준비는 끝났다. 사흘 정도는 마음 편하게 쉬어도 된다."

제니아와 사라는 레이엘의 말을 모두 믿을 수는 없었지만, 그래도 한결 마음이 편해졌다. 덕분에 모처럼 제대로 쉴 수 있었다.

그렇게 사흘 동안 세 사람은 방에서 한 발도 밖으로 나가지 않았다. 레이엘은 사흘 내내 방 한가운데에 지그시 눈을 감은 채 앉아 있었고, 사라는 억지로 마법 공부를 했다. 그리고 제니아는 앞으로 어떻게 해야 할지 끊임없이 고민하고 또 고민했다.

*　　　*　　　*

제니아의 방은 카라미스 공작성에서도 상당히 외진 곳에 있었다. 공작가의 영애이긴 하지만 제대로 대접을 받기 어려운 상황이었다.

그녀에게 딸린 전속 시녀는 다섯 명에 불과했다. 카라미스가의 다른 영애의 경우 스무 명의 전속 시녀를 거느리는 것에 비하면 상당히 초라하다 할 수 있었다.

그나마 다섯의 전속 시녀도 최근 돌아온 이후에는 아무도 보이지 않았다. 제니아의 방을 중심으로 기사와 병사들을 배치해 출입을 통제했기 때문이다.

즉, 제니아의 방은 공작성 내에서 격리된 거나 다름없었다.

처음에는 그렇게 의도적으로 격리를 시켰다. 심지어는 음식도 넣어주지 않았다. 하지만 지금은 상황이 조금 묘하게 변해버렸다.

제니아의 방문 앞에 서 있는 기사들은 곤혹스러운 표정으로 마법사들이 오기만을 기다렸다. 레이엘에게 기사 하나가 호되게 당한 이후, 세이드는 아예 기사단 하나를 제니아의 방으로 보냈다.

기사를 함부로 대한 레이엘에게 공작가의 무서움을 알려주려는 의도도 있었지만, 사실 더 큰 이유는 레이엘을 회유하거나 협박해 마수의 숲에 있을지도 모르는 드레이크 기사단을 찾기 위함이었다.

세이드는 레이엘이 포레인에서 상당히 유명한 길잡이라는 것을 알아냈다. 다각도로 조사를 했으니 당연했다.

하지만 그렇게 보낸 기사단은 지금 며칠째 제니아의 방에도 들어가지 못하고 멀뚱히 서 있기만 했다.

"사라가 이렇게 대단한 마법사였나? 정말로 의외인데?"

기사들도 사라에 대해 잘 알고 있었다. 그녀의 스승도 공작가의 마법사 중 하나였다. 물론 지금은 마나를 모두 잃고 폐인이 되어 공작성을 나갔지만 말이다.

기사 중 하나가 다시 문을 열어봤다. 문은 잠겨 있지도 않았다. 부드럽게 열린 문 안으로 희미한 기운이 소용돌이치는 시커먼 공간이 보였다. 그곳에서는 한기가 흘러나오고 있었다. 발을 들이면 다시는 빠져나오지 못할 곳으로 떨어질 것 같았다.

기사들은 섣불리 문 안으로 발을 들이지 못했다. 어차피 제니아를 비롯해 사라와 레이엘은 방에 갇혀 있다. 굳이 모험을 할 필요는 없었다.

그렇게 잠시 시간이 지나자, 마법사 세 명이 부리나케 달려왔다. 새로운 마법이 나타났다는 말에 눈에서 광기까지 번득이며 만사 제치고 온 것이다.

"비켜 보게."

마법사 중 가장 나이가 많은 펠릭이 앞으로 나섰다. 펠릭은 문을 열고 검은 공간을 유심히 살폈다. 마나를 흘려보내기도 하고 가벼운 마법을 써보기도 했다. 하지만 아무리 봐도 검은 공간의 정체를 알아낼 수 없었다.

"이상하군. 아무래도 직접 안으로 들어가는 게 가장 좋은 방법 같은데……."

마음 같아선 직접 들어가고 싶었다. 하지만 그럴 수 없었다. 검은 공간의 정체를 확실히 파악하기 전에는 그런 모험을 할 수 없었다.

펠릭 옆으로 나머지 마법사들이 다가갔다. 펠릭이 잠시 물러난 사이에 그들도 나름대로 방법을 강구해 검은 공간을 조사했다.

"이걸 만든 놈이 방 안에 있단 말이지?"

펠릭의 물음에 기사들이 고개를 끄덕이며 대답했다.

"그렇습니다. 돌멩이를 던져봤는데 흔적도 없이 빨려 들어가서 섣불리 들어갈 수가 없었습니다."

"흐음. 빨려 들어갔다라……."

펠릭은 잠시 고민하다가 다시 기사를 바라보며 입을 열었다.

"일단 안에 있는 놈을 잡아야겠네. 벽을 부술 테니 들어갈 준비를 하게."

펠릭의 말에 기사가 눈을 빛냈다. 이곳에 온 기사의 수는 서른 명이나 된다. 서른 명의 기사들이 검을 뽑고 돌진할 준비를 하자, 펠릭이 나직이 주문을 외웠다.

20초나 걸려 주문을 외운 펠릭은 양손을 들어 올렸다. 일단 위력이 강한 주문을 써야 벽을 확실히 날려 버릴 수 있었다. 안으로 날려 보내는 건 곤란했다. 방 안에는 레이엘만 있는 게 아니라 사라와 제니아도 함께 있을 테니까 말이다.

펠릭의 양손에서 눈부신 빛이 뿜어져 나왔다. 그리고 그 빛은 문 옆의 벽으로 남김없이 스며들었다. 벽이나 바위를 부술 때 쓰는 마법 '그라인드'였다.

드드드드.

빛을 흡수한 벽이 진동을 시작했다. 그리고 그대로 먼지가 되어 폭삭 주저앉았다. 복도에 돌가루가 잔뜩 날렸다.

펠릭은 미리 준비했던 '윈드'를 이용해 먼지를 날려 버렸다. 먼지가 사라지고 드러난 광경은 놀라웠다.

"허어, 벽도 마찬가지란 말인가?"

부서져 사라진 벽 대신 검은 공간이 일렁이고 있었다. 사방 어디를 부숴도 마찬가지 결과가 나올 거라고 쉽게 예상할 수 있었다.

"직접 뛰어드는 것밖에 방법이 없는 건가?"

펠릭은 손가락으로 턱을 짚으며 슬쩍 고개를 돌렸다. 병사한 명이 그와 눈이 마주쳤다. 펠릭은 품에서 금화 다섯 개를 꺼냈다.

"먼저 저기에 들어가는 사람에게 이걸 주지."

금화 다섯 개의 유혹은 강렬했다. 하지만 이건 어쩌면 목숨을 걸어야 할지도 모르는 일이었다. 병사들은 섣불리 나서지 않았다.

"여기는 성 안이다. 설마 아가씨가 죽음에 이를 정도로 위험한 공간을 만드셨을 리가 있느냐?"

펠릭의 말은 설득력이 있었다. 성의 귀족들 사이에서는 그렇지 않았지만, 귀족이 아닌 사람들 사이에서는 제니아의 평판이 상당히 좋았다. 제니아는 다른 귀족들과는 좀 달랐다. 언제나 부드러웠고 배려심이 깊었다.

그런 제니아가 목숨을 위협할 정도로 위험한 상황을 만들 리가 없었다. 그제야 병사들이 슬그머니 서로의 눈치를 보기 시작했다.

"저…… 제가……."

결국 병사 한 명이 앞으로 나섰다. 펠릭은 손에 든 금화 다섯 개를 즉시 병사에게 넘겼다. 짤랑거리는 소리와 함께 번쩍이는 금화가 병사의 손에 쏟아졌다. 병사는 그것을 보며 마른침을 꿀꺽 삼켰다.

지켜보고 있던 다른 병사들도 막상 돈을 받는 걸 보니 자기가 먼저 나설걸 하고 후회를 했다.

"자, 어려울 거 하나도 없다. 그냥 안으로 들어가기만 하면 돼. 그 다음은 알아서 해라. 다시 나오건 아니면 좀 더 구경을 하건."

펠릭의 말에 병사가 문 앞으로 다가갔다. 그리고 긴장한 눈으로 잠시 망설였다. 마치 검은 물결이 요동치는 듯했다. 병사는 손에 든 금화를 한 번 보고는 이를 악물었다. 그리고 천천히 손을 뻗었다.

꿀렁.

검은 공간이 일렁이며 병사의 손을 삼켰다. 병사의 눈이 살짝 커졌다. 뭔가 섬뜩한 느낌이 들었다. 하지만 고통스럽다거나 하지는 않았다. 병사는 조금 더 용기를 냈다.

팔을 좀 더 밀어 넣은 병사는 이내 용기를 내고 그 안으로 발걸음을 옮겼다. 그러자 마치 안에서 끌어당기는 것처럼 몸이 쑥 들어가 버렸다.

"으아악!"

병사는 자신도 모르게 비명을 질렀다. 안에서 뭔가가 빨아들이는 것 같았다. 저항을 해봤지만 소용이 없었다. 너무 놀라 비명을 질렀지만 아무도 그를 도와주지 않았다. 아니, 도와줄 시간이 없었다.

검은 공간은 꿀렁이며 병사를 삼키고는 이내 아무 일 없었다는 듯 다시 원래대로 돌아왔다.

펠릭은 그 모든 광경을 지켜보며 눈살을 찌푸렸다.

'분명히 마나가 움직였다.'

마나가 움직였다는 것은 마법을 이용해 만들었다는 뜻이다. 한데 펠릭이 아는 범위에서 이런 마법은 존재하지 않는다. 완전히 새로운 마법이거나 아니면 알려지지 않았던 고대마법 중 하나일지도 모른다.

'고대마법일 가능성이 크다!'

펠릭은 가슴이 뛰었다. 고대마법에 대해서는 제대로 알려진 것이 거의 없다. 하지만 전해지는 이야기로는 굉장한 위력이라고 한다. 그런 고대마법의 실마리를 찾을 수도 있다고 생각하니 심장이 터져 버릴 것 같았다.

잠시 그렇게 생각에 잠긴 사이 검은 공간이 다시 꿀렁이기 시작했다. 그리고 뭔가를 토해냈다.

"크헉!"

조금 전에 안으로 들어갔던 병사였다. 그는 온몸에 검은 액체를 잔뜩 뒤집어쓰고선 거칠게 숨을 몰아쉬고 있었다.

"허억! 허억!"

병사의 몸에 묻어 있던 검은 액체가 연기로 변해 증발하기 시작했다. 그의 몸이 일순 검은 연기에 휩싸였다. 그리고 그 검은 연기는 다시 검은 공간으로 남김없이 빨려 들어갔다.

펠릭은 다급히 병사에게 다가갔다.

"어떻더냐?"

병사는 한참 동안이나 호흡을 가다듬었다. 그의 입에서는 검은 연기가 끊임없이 흘러나왔다. 폐를 가득 메운 검은 연기 때문에 제대로 숨을 쉬는 것도, 말을 하는 것도 할 수 없었다.

펠릭은 끈기 있게 기다렸다. 병사의 상태가 한눈에 보기에도 심상치 않았다. 곧 병사의 입에서 맑은 숨이 토해져 나왔다. 그제야 병사가 입을 열었다.

"암흑이었습니다."

"암흑?"

"아무것도 보이지 않았습니다. 마치 새까만 물에 빠진 것 같았습니다. 입과 코로 마구 물이 들어와서 허우적대다가 어딘가로 빨려 들어갔는데, 눈을 떠보니 이곳이었습니다."

병사의 눈에는 공포가 가득했다.

펠릭은 몸을 벌벌 떠는 병사를 잠시 살펴보다가 고개를 끄덕였다. 그리고 검은 공간을 바라봤다.

"이번에는 내가 직접……."

펠릭은 그렇게 중얼거리다가 입을 다물었다. 검은 공간에 갑자기 파문이 일었기 때문이다. 파문이 점점 커졌다. 그리고 검은 공간이 점차 옅어지기 시작했다.

"어어……!"

펠릭이 놀라 입을 벌린 사이 검은 공간이 말끔히 사라져 버렸다. 열린 문은 물론이고 부서진 벽을 통해서도 안이 훤히 보였다. 펠릭의 눈에 마치 외출 준비를 마친 것 같은 세 사람의 모습이 보였다.

가장 먼저 움직인 것은 제니아였다. 제니아는 당당한 얼굴로 밖으로 걸어 나갔다. 밖에 있던 기사들이 제니아의 기세에 눌려 분분히 길을 열었다.

제니아 뒤로 사라와 레이엘이 따랐다. 기사들은 물론이고 마법사들까지 너무 당황해 레이엘을 잡아야 한다는 사실조차 잊어버렸다.

그들이 그렇게 머뭇거리는 사이 제니아가 시야에서 사라져 버렸다. 기사들은 그제야 정신을 차렸다.

"쪼, 쫓아라!"

기사와 병사들이 우르르 몰려갔다. 그들의 목표는 레이엘이 었다. 레이엘을 제압해서 세이드에게 데려가는 것이 그들이 받은 명령이었다.

기사와 병사들이 사라졌는데도 마법사들은 여전히 그 자리에 남아 있었다. 그들은 눈을 빛내며 방 안으로 급히 들어갔다. 그리고 문을 시작으로 방 구석구석을 살피기 시작했다. 그들의 눈에는 탐욕이 짙게 어려 있었다.

제니아는 빠르게 걸었다. 서두르지 않을 수가 없었다. 기사들의 다급한 발소리가 뒤에서 들려왔다. 제니아가 향하는 곳은 카라미스 공작성의 메인 홀인 영광의 홀이었다. 매월 마지막 날, 카라미스 공작가의 가신들이 모두 그곳에 모여 회의를 한다.

그동안 제니아는 그 회의에 단 한 번도 참석한 적이 없었다. 자격이 없는 건 아니었지만 참석할 수 없었다. 그녀에게는 그 어떤 기회도 주어지지 않았다.

제니아가 처음이자 마지막으로 잡은 기회가 바로 마수의 숲 원정이었다. 제니아는 그 기회를 너무나도 멋지게 살려냈다.

하지만 세이드는 그녀가 잡은 성공의 줄을 성혼이라는 한 마디로 단칼에 베어 버렸다.

지금 제니아가 하려는 것은 스스로 기회를 만드는 일이다. 예전에는 기회가 오기만을 기다렸지만, 이제 더 이상 그렇게 수동적으로 살아갈 생각은 없었다. 제니아는 눈동자를 살짝 돌려 레이엘을 바라봤다.

이 모든 변화는 레이엘 덕분이었다. 진심으로 고마웠다.

"멈춰라!"

제니아는 뒤에서 들려오는 외침을 무시했다. 그리고 당연한 일이지만 레이엘도 그 말을 무시했다. 그들은 정신을 차리고 쫓아온 기사들이었다.

"아가씨! 멈추십시오!"

기사들은 그렇게 소리치며 다급히 달려왔다. 제니아는 발걸음을 조금 더 빨리했다. 하지만 뛰지는 않았다. 달려가면 도망치는 것과 다를 바 없지 않은가. 그녀는 당당했다.

어느새 기사와 병사들이 제니아의 앞길을 막아섰다. 이제 이 넓은 복도만 지나면 바로 목적지인 영광의 홀이었다. 분위기를 보니 예상했던 대로 가신들 대부분이 모인 듯했다. 복도 끝에 있는 거대한 문 주위에 가신들을 수행해서 온 기사와 하인들이 보였다.

"아가씨, 멈추십시오. 더 이상은 용납하지 못합니다."

기사의 말에 제니아가 걸음을 멈췄다. 그리고 날카로운 눈으로 그를 노려봤다. 제니아의 몸에서 카리스마가 뿜어져 나왔다. 기사는 움찔 놀라며 뒤로 한 걸음 물러났다.

"용납하지 못한다고? 내가 누구라고 생각하는 거지? 넌 카라미스 가의 기사가 아니란 말이냐? 난 아직 카라미스 가의 사람이다!"

기사는 제니아의 말에 당황했다.

"그, 그것이 아니라······. 공작 각하의 명령입니다. 아가씨를 절대 방에서 내보내지 말라고 하셨습니다."

제니아의 눈에 차가운 빛이 스쳤다.

"흥. 명령은 그게 전부였느냐?"

"무슨 말씀이신지······."

"날 죽이라는 명령을 내린 건 아니냔 말이다. 아니면 네가 자의적으로 명령을 그렇게 해석한 것이냐?"

기사가 펄쩍 뛰었다.

"절대 그렇지 않습니다! 아가씨께서는 자브리안 백작가의 공자님과 혼례를 올려야 할 분이십니다. 만일 아가씨의 신변에 문제가 생기면 큰일입니다. 한데 공작 각하께서 그런 명령을 내리셨을 리 없지 않습니까."

기사는 식은땀을 흘렸다. 제니아는 그것을 보며 피식 웃었다.

"비켜라. 내가 오라버니께 직접 묻겠다."

"비, 비킬 수 없습니다. 돌아가십시오. 아가씨."

제니아의 웃음이 차가워졌다.

"비키라고 했다. 지금 네 행동은 나와 오라버니를 동시에 모독하는 행위다."

"그, 그렇지 않습니다!"

기사는 그렇게 소리쳤다. 하지만 이미 기세가 팍 꺾여 버렸다. 등줄기에서 식은땀이 흘렀다. 힘으로 하면 아무것도 아닌 어린 소녀일 뿐이다. 한데도 그녀에게 꼼짝도 할 수 없었다.

"내가 오라버니를 만나면 모두 해결될 문제다. 그러니 비키거라."

제니아가 부드럽게 말했다. 제니아의 목소리가 기사의 마음을 포근히 감싸 안았다. 기사는 자신도 모르게 긴장이 풀어졌다. 그리고 제니아의 말이 옳다고 생각했다. 이건 제니아와 세이드의 문제다. 자신 같은 일개 기사가 나서선 안 되는 문제였다.

그렇게 결론을 내린 기사가 옆으로 물러섰다. 제니아는 기사를 향해 빙긋 웃어 주었다. 기사는 제니아의 웃음에 고개를 꾸벅 숙이는 걸로 화답했다. 제니아가 당당히 기사와 병사들로 이루어진 길을 따라 걸어갔다.

사라는 이 모든 광경을 바라보며 놀란 눈을 감추지 못했다. 그동안 자신이 몰랐던 제니아의 새로운 면모를 본 것 같았다.

그리고 레이엘은 여전히 무표정한 얼굴로 그 뒤를 조용히 따라갔다. 마치 그림자처럼.

거대한 문이 천천히 열렸다. 영광의 홀에 모인 사람들은 묵묵히 그것을 바라봤다. 이미 문을 관리하는 시종으로부터 제니아가 왔다는 사실을 전해 들었기 때문에 놀라지는 않았다.

이윽고 문이 완전히 열리고, 제니아가 안으로 들어섰다. 제니아의 뒤를 사라와 레이엘이 따르고 있었는데, 그것을 본 카라미스 가의 가신들이 일제히 눈살을 찌푸렸다.

영광의 홀에서 회의를 할 때는 기사나 시종을 데려오지 않는 것이 원칙이었다. 유일하게 예외가 인정되는 것이 바로 카라미스 가의 가주인 공작이었다.

"이게 무슨 짓입니까. 회의에 다른 사람을 데리고 오다니요!"

가신 중 하나가 벌떡 일어나 제니아를 향해 소리쳤다. 살짝 붉어진 그의 얼굴이 얼마나 화가 났는지 알려주었다. 하지만 제니아는 그를 향해 눈길조차 주지 않았다. 제니아의 시선은 홀에 들어선 순간부터 오로지 세이드에게 꽂힌 채 움직이지 않았다.

"다들 진정하고 앉으시오."

세이드의 목소리가 낮게 깔리자, 가신들이 그제야 흥분을 가라앉혔다. 그리고 일어섰던 가신도 슬며시 자리에 앉았다. 이제 모두의 시선이 제니아와 세이드를 번갈아 살폈다.

세이드의 표정에는 은은한 미소까지 감돌았다. 여유가 넘쳤으며, 특유의 분위기로 좌중을 압도하고 있었다. 반면 제니아의 얼굴은 무표정했다. 심지어는 차갑게 느껴지기까지 했다. 웃음기는 찾아볼 수 없었으며, 여유가 보이지도 않았다.

하지만 제니아의 분위기는 세이드 못지않았다. 가신들은 모두 의외라는 듯 눈을 크게 뜨고 제니아를 바라봤다. 그동안 가신들이 내린 제니아에 대한 평가는 공작가의 영애이며, 언젠가는 공작가를 위해 다른 귀족가와 성혼을 해야만 하는 여인에 불과했다. 하지만 지금 그 평가가 조금이나마 흔들리고 있었다.

세이드도 그런 제니아의 모습이 의외였는지 눈에 이채를 띠었다.

"자, 그럼 이제 들어보자꾸나. 대체 여기에는 왜 왔는지 말이야."

"제게도 회의에 참석할 자격은 있는 걸로 아는데요?"

"그야 그렇지. 하지만 넌 그동안 단 한 번도 참석한 적이 없었잖느냐."

"그도 그렇군요."

사실은 참석하지 못하도록 사방에서 은근히 압력을 가한 것이었지만, 제니아는 순순히 인정했다. 그 압력을 이겨내고라도 참석하고자 했으면 충분히 참석할 수 있었다. 그걸 발로 차버린 것은 결과적으로는 자기 스스로였다.

"몇 가지 확인하고 싶은 사항이 있어서 왔어요. 그리고 드릴 말씀도 있고요."

세이드가 부드럽게 웃으며 고개를 끄덕였다. 그의 눈에 짙은 호기심이 어렸다. 그의 시선은 어느새 제니아 뒤에 조용히 서 있는 사라와 레이엘까지 한꺼번에 훑었다.

"말해 봐라."

"우선, 제가 가문에 세운 공에 대해 확인하고 싶어요."

"인장을 되찾아온 일을 말하려는 것이로구나."

"네. 맞아요. 그 공을 인정하시나요?"

제니아는 세이드를 바라보며 말했지만 실제로는 모든 가신들을 향해 말하고 있었다. 그들이 모두 인정한다면 아무리 세이드라도 번복할 수 없다.

가신들 중 상당수가 미미하게 고개를 끄덕였다. 그들 역시 그 공은 충분히 인정해야 한다고 여겼다. 그런 가신들의 분위기를 세이드가 모를 리 없다. 세이드는 무겁게 고개를 끄덕였다.

"당연하다. 비록 라이온 기사단을 모두 잃긴 했지만 그것은 분명히 네 공이다."

세이드는 의도적으로 라이온 기사단의 전멸을 부각시켰다. 제니아가 여기 와서 이러는 정확한 의도를 알 수는 없지만 끌려 다닐 수는 없었다.

"다행이네요. 그 공에 대한 상을 원했거든요."

세이드의 눈매가 살짝 일그러졌다. 그리고 대다수 가신들의 표정이 못마땅하게 변했다. 제니아는 공작가의 영애다. 자신의 가문을 위해 세운 당연한 공을 이용해 뭔가를 얻어내려는 모습이 좋게 보일 리 없었다.

"좋다. 원한다면 상을 주지. 가문의 인장을 되찾아온 것은 상당히 큰 공이라 할 수 있으니, 좋은 상을 줘야겠지. 어디, 뭐가 있을까……."

세이드가 잠시 고민하는 척 말을 흐렸다. 그리고 슬쩍 고개를 돌려 가신들을 쳐다봤다. 적당히 생색을 낼 수 있으면서도 공작가에 손해가 크지 않은 선에서 상을 생각해 보라는 뜻이었다.

가신들은 세이드와 제니아의 눈치를 살피며 맹렬히 머리를 굴렸다. 하지만 제니아는 그들에게 더 이상의 시간을 주지 않았다.

"전 카라미스 가의 성을 버리겠어요. 그러니 작은 영지를 하나 주세요."

싸늘한 침묵이 흘렀다. 제니아의 말은 그만큼 충격적이었다. 가신들은 과연 그것이 가능한지부터 생각해 봤다. 그리고 세이드 역시 놀라 찢어질 듯한 눈으로 제니아를 노려봤다.

"네 말이 의미하는 바가 무엇인지 알고 하는 말이더냐?"

"충분히 알고 있어요."

"자브리안 백작가와 혼인이 결정된 것도 알고 있겠지?"

"물론이에요."

"그런데도 그따위 소리를 한단 말이냐?"

"한 번도 원하지 않았던 혼인이에요. 그걸 피하기 위해 마수의 숲까지 갔다는 거, 오라버니도 잘 아시지 않나요? 아니, 이젠 오라버니가 아니죠. 공작 각하."

세이드의 얼굴이 일그러졌다. 가신들 사이에서 웅성거림이 일어나기 시작했다. 이런 내막을 모든 가신이 알고 있을 리 없다. 아는 사람도 몇 있었지만 대부분은 모르던 사실이었다.

"너……, 대체 왜 이러는 거냐?"

"전 원하는 걸 말씀드렸어요. 이제 공작 각하의 차례가 되었어요. 어떻게 하실 건가요?"

세이드는 이를 갈았지만 이곳에서 뭘 어떻게 할 수는 없었다. 가신들이 모인 자리에서 가문에 공을 세운 사람을 핍박한다면 그 파장이 만만치 않을 것이다.

"좋다. 원하는 대로 해주마. 하지만 가문의 성을 버린다는 말은 하지 마라. 네 원대로 백작가와의 혼담을 없던 일로 되돌리마. 그리고 적당한 영지를 내려줄 테니, 그곳에서 머리를 식히고 있어라. 조만간 내가 옳았다는 걸 깨닫게 될 거다."

세이드는 그 말을 끝으로 입을 다물었다. 제니아는 그런 세이드에게 정중히 고개를 숙이고는 홀에서 나갔다.

제니아가 사라지고 난 뒤에도 세이드는 한동안 입을 열지 않았다. 그의 눈빛이 점점 차가워졌다. 가신들은 그런 세이드의 눈치를 살피며 알아서 회의를 진행해 나갔다.

상당히 많은 가신들이 애썼지만, 결국 그날의 회의는 지지

부진하게 흐르다가 끝나 버렸다.

"후아, 아가씨 정말 대단해요."

제니아는 사라의 말에 씁쓸한 표정을 지었다.

"뭘, 그저 할 말을 했을 뿐인데. 그리고 가신들이 없었으면 말도 꺼내지 못했을 거야."

"그래도 그게 어디에요. 전 공작님 앞에 서기만 해도 다리가 떨려서 서 있기도 힘든데요."

"하긴, 좀 무섭긴 하지. 사실은 나도 무서워서 혼났어."

두 여인이 서로 대화를 나누며 긴장 때문에 한껏 경직되었던 몸과 마음을 풀었다. 레이엘은 가만히 그 광경을 지켜보고 있었다. 오늘의 제니아는 평소보다 더 빛났다. 자신도 그 빛을 가지고 싶었다.

"이걸로 끝인가?"

레이엘의 물음에 제니아가 고개를 돌려 그를 바라봤다. 레이엘의 공허한 눈이 보였다.

"아직은 아니죠. 오라버니가 여기서 그냥 물러날 리 없거든요. 아마 정말로 영지를 넘기게 되더라도 결코 정상적인 영지는 아닐 거예요."

레이엘이 걸음을 멈췄다. 10여 미터 정도 더 걸어가면 제니아의 방이었다. 제니아는 불안한 눈으로 레이엘을 바라봤다. 마치 레이엘이 이제 자기는 그만 돌아가겠다고 말하려는 것 같았다. 제니아의 눈동자가 촉촉해졌다.

"레이엘, 왜 그래요? 빨리 방으로 가서 쉬어요. 우리."

제니아는 차마 입을 열지 못했는데, 사라가 나서서 물었다. 제니아는 긴장한 눈으로 레이엘을 바라봤다. 그녀의 눈에 간절함이 어렸다. 정말로 여기서 레이엘과 헤어지기 싫었다. 레이엘의 저 무표정한 얼굴에 다채로운 표정을 만들어 주고 싶었다. 공허한 눈에 빛을 채워주고 싶었다.

잠시 침묵이 흘렀다. 그리고 레이엘의 입이 열렸다.

"방에 누가 있다."

"예?"

제니아는 전혀 예상치 못한 레이엘의 말에 당황함을 감추지 못했다. 레이엘은 그런 제니아를 물끄러미 쳐다봤다.

"저런 느낌을 주는 사람이라면 암살자가 분명하군."

"아, 암살자라고요?"

세이드를 만나 담판을 지은 것이 바로 조금 전이다. 한데 벌써 암살자가 이곳으로 온 것이다. 아무래도 세이드는 자신이 움직이기 전에 충분한 준비를 해둔 모양이었다.

"어쩌죠?"

제니아가 묻자, 레이엘이 당연하다는 듯 대답했다.

"내가 묻고 싶은 말이다. 선택은 두 가지. 암살자를 없애거나, 아니면 네가 이곳을 떠나거나."

제니아는 심각한 얼굴로 고민에 빠졌다. 이곳을 그냥 떠나는 건 좋은 선택이 아니었다. 결과가 어찌 되건 도망치는 것과 다름이 없었다. 이곳을 떠나는 건 세이드로부터 원하는 걸 모두 얻은 뒤라야만 한다.

"방으로 들어가겠어요. 절 지켜주실 거죠?"

제니아가 간절한 눈으로 레이엘에게 부탁했다. 레이엘은 다시 걸음을 옮기는 걸로 대답을 대신했다.

제니아의 방은 아까 그대로였다. 한쪽 벽이 부서져서 안이 훤히 보이고, 문은 굳게 닫혀 있었다. 레이엘은 거침없이 걸어가 문을 활짝 열었다.

레이엘이 방으로 들어간 순간, 날카로운 빛줄기 두 개가 레이엘의 사각을 파고들었다.

레이엘은 가볍게 손을 휘저었다.

따당!

비수 두 개가 바닥에 떨어졌다. 레이엘은 파리를 내쫓듯 손을 이리저리 휘저었다.

퍼벅!

"큭!"

"커억!"

묵직한 두 개의 신음소리가 들려왔다. 그리고 온통 시커먼 옷을 뒤집어쓴 두 사람이 바닥을 꼴사납게 나뒹굴었다. 그들은 바닥에 쓰러지고 나서도 한동안 움직이지 못하고 몸을 부들부들 떨었다.

레이엘은 자연스럽게 안으로 걸어 들어갔다. 역시 자신을 노린 것이 맞았다. 레이엘이 방 한가운데까지 걸어간 후 멈췄다. 그리고 제니아와 사라가 조심스럽게 방으로 들어섰다.

"그만."

레이엘의 말에 제니아와 사라는 반사적으로 걸음을 멈췄다. 그 순간 두 여인 앞에 시커먼 옷을 입은 사내 한 명이 불쑥 솟아올랐다.

"꺄악!"

제니아와 사라가 놀라 짧게 비명을 질렀다. 검은 옷의 암살자는 재빨리 두 여인 뒤로 돌아가 팔뚝만 한 검으로 두 여인의 목을 뒤에서부터 감싸 겨눴다.

"거기까지다. 조금이라도 움직이면 두 사람의 목숨은 없다."

암살자의 말에 레이엘이 천천히 돌아서서 암살자를 똑바로 쳐다봤다. 두 암살자를 행동불능으로 만든 사람답지 않게 공허함이 느껴졌다. 암살자는 자신도 모르게 눈살을 찌푸렸다. 그가 보기에 레이엘은 사람이 아니라 인형 같았다.

"움직이지 말라고 했을 텐데!"

암살자의 검이 사라의 목에 닿았다. 어찌나 날카롭게 날을 갈았는지 금방이라도 살이 쩍 갈라질 것 같았다. 암살자는 초조해졌다.

표정을 읽을 수도 없고, 상황을 읽을 수도 없었다. 레이엘이 무슨 생각을 하고 있는지 도저히 판단할 수가 없었다.

그 순간 레이엘의 손이 슬쩍 올라갔다. 암살자는 반사적으로 사라의 목에 들이민 검을 쭉 그었다. 일단 한 명의 목숨을 없애야 얘기가 더 쉬워질 것 같았다. 아직 인질은 한 명이 더 있었으니 망설일 이유가 없었다.

"어어?"

암살자는 이해할 수 없었다. 분명히 팔을 당겨 검을 그었는데, 자신이 원했던 상황이 펼쳐지지 않았다. 사라의 목은 그대로였다.

그리고 어딘가에서 피가 분수처럼 쏟아졌다. 암살자는 고개를 돌려 그것이 자신의 팔에서 나온다는 걸 알아냈다. 너무나도 깨끗하게 팔이 잘려 있었다.

검을 쥔 팔뚝이 바닥에 떨어진 채 피에 잠겨 있었다.

암살자는 비틀거리며 뒤로 물러났다. 그리고 어느새 그 앞에 레이엘이 서 있었다. 예의 그 무표정한 얼굴로. 암살자는 자신이 이렇게 공포에 떨 수 있다는 사실을 처음 알았다. 레이엘의 얼굴은 정말로 무서웠다.

"저, 저리 가!"

암살자가 멀쩡한 쪽 팔을 마구 휘둘렀다. 그 손에도 날카로운 비수가 들려 있었다. 하지만 그 비수는 레이엘의 털끝 하나 건드리지 못했다. 암살자는 이해할 수 없었다. 분명히 레이엘은 가만히 서 있었고, 자신은 그의 치명적인 급소를 마구 찌르는데, 아무런 변화가 없었다. 아니, 손에 찌르는 감각조차 느껴지지 않았다.

퍽!

암살자의 몸이 뒤로 쭉 밀려났다. 그의 안면이 처참할 정도로 함몰되었다. 암살자는 그 한 방에 그대로 절명했다.

레이엘은 천천히 몸을 돌렸다. 그리고 아직도 바닥에 누워 있는 두 명의 암살자를 무표정한 얼굴로 쳐다봤다. 그 공허한 눈과 마주친 두 암살자는 몸을 부르르 떨었다.

"알고 있는 게 많아야 고통이 덜할 텐데……."

레이엘은 마치 두 암살자를 걱정해 주는 듯 말했다. 하지만 표정과 눈빛이 없어 그 말을 들은 두 사람에게는 오히려 훨씬 큰 공포를 안겨 주었다.

잠시 후, 제니아의 방이 처절함으로 물들었다.

* * *

제니아가 세이드와 담판을 지은 지 5일이 지났다. 제니아는 그동안 한 번도 방 밖으로 나가지 않았다. 그리고 그 5일 동안 암살자의 습격을 무려 세 번이나 받아야 했다. 그중 두 번은 레이엘이 목표였다.

당연히 레이엘의 철통 같은 대비로 아무런 피해를 입지 않았다. 심지어 3일이 지난 후부터는 잠도 설치지 않을 정도가 되었다. 그만큼 레이엘의 방비는 대단했다.

"레이엘은 어떻게 이렇게 매번 암살자를 찾아낼 수 있는 거죠? 정말로 대단해요."

다섯 번째 암살자를 물리쳤을 때, 사라가 그렇게 물었다. 레이엘은 아무렇지도 않은 표정으로 경악할 만한 대답을 내놓았다.

"난 암살자였다."

"저, 정말인가요?"

"지금이라도 원한다면 누구에게도 들키지 않고 카라미스 공작을 암살할 수도 있다."

레이엘은 섬뜩한 말을 아무렇지도 않게 내뱉고는 마치 그렇게 할까? 하는 표정으로 제니아를 바라봤다. 제니아는 기겁을 하며 손사래를 쳤다.

"아, 아뇨. 그럴 필요는 없어요!"

"어쩌면 그게 가장 쉽고 간단한 방법일지도 모른다."

세이드가 죽으면 카라미스 공작가는 발칵 뒤집힐 것이다. 만일 레이엘이 정말로 아무에게도 들키지 않고 암살에 성공한다면 제니아는 아무런 의심도 받지 않고 공작가를 떠날 수도 있을 것이다. 지금도 제니아의 방 주위에는 그녀 일행을 감시하는 눈들로 가득했으니까.

하지만 제니아는 그렇게까지 할 생각이 전혀 없었다. 카라미스 공작가는 자신의 가문이기도 했다. 물론 그리 대접받지 못하긴 했지만 말이다.

"뭐, 하고 싶은 대로 하는 게 제일 좋겠지."

레이엘은 굳이 제니아의 대답을 기다리지 않고 그렇게 말한 후, 방 한가운데로 가 앉아 지그시 눈을 감았다. 레이엘의 몸 주위로 아지랑이가 일렁였다.

사라는 레이엘이 명상을 빙자한 수련에 들어가는 모습을 보고는 나직이 한숨을 내쉬었다. 레이엘의 몸 주위로 마나가 요동치는 것이 느껴졌다. 최근 레이엘이 지속적으로 그녀에게 먹인 가루가 드디어 조금씩 효과를 발휘하기 시작한 것이다.

'대체 그게 뭘까?'

사라는 레이엘이 준 가루의 정체를 알지 못했다. 그것은 거대개미의 더듬이를 빻아 만든 가루였다. 더듬이 가루를 장복하면 마나에 민감해져 마법의 단계를 올리는 데 큰 도움이 된다. 당연히 그 가치는 이루 말할 수 없을 정도로 컸다.

아무튼 뭐가 뭔지는 모르지만 레이엘 덕분에 마나에 민감해져 최근에는 마나의 흐름이 변화하면 그것을 알아채곤 했다.

그렇게 자신이 먹은 것에 대해 생각하던 사라는 고개를 돌려 제니아를 바라봤다. 제니아 역시 레이엘을 바라보며 뭔가를 골똘히 생각하고 있었다.

"아가씨."

사라가 부르자, 제니아도 상념에서 벗어났다. 그리고 사라를 향해 부드러운 미소를 보내 주었다.

"언제쯤 여길 나갈 수 있을까요?"

"글쎄. 내 생각에는 조만간 결과가 나올 것 같아. 여기에서 일을 벌이는 것보다 차라리 날 내보내는 것이 더 유리한 상황으로 만들어갈 수 있을 테니까."

제니아의 말에 사라는 고개를 갸웃거렸다. 사실 그런 부분에 대해서는 잘 이해할 수 없었다. 사라는 그 부분에 대해 조금 더 물어보고 고민을 해보려고 했지만, 그럴 필요가 없게 되었다. 누군가 문을 두드리며 제니아를 불렀다.

똑똑!

"아가씨. 안으로 들어가도 되겠습니까?"

낯익은 목소리였다. 예전 그녀를 가로막았던 기사였다. 몇몇 기사들이 마음대로 문을 열고 들어오다가 레이엘이 미리 깔아둔 마법에 된통 당하고는 그 이후로 혹시 이렇게 안에 들어올 일이 있으면 반드시 확인을 했다.

사실 처음부터 그렇게 하는 것이 공작가의 영애인 제니아에 대한 예의였지만, 애초에 카라미스 공작가의 기사들 중에는 그런 마음을 가진 기사는 한 명도 없었다.

그나마 조금 나았던 기사단이 라이온 기사단이었지만, 그들조차도 제니아에게 공작가의 영애를 대하는 정도의 예의를 차리진 않았다.

"들어와."

제니아의 허락이 떨어지자, 조심스럽게 문이 열리고 기사

한 명이 안으로 들어왔다. 그리고 둘둘 말린 양피지 하나를 공손히 전했다. 제니아는 그것을 받아 펼쳐서 단숨에 읽었다.

"그냥 떠나시면 된다고 하셨습니다. 그리고 이것이 영지에 대한 권리증입니다."

제니아는 기사가 건네주는 또 다른 양피지를 받아들었다. 그 안에는 발터스 영지의 권리를 인정한다는 내용과 함께 복잡한 마법진과 문양이 그려져 있었다.

"그럼 전 이만 돌아가 보겠습니다."

기사는 되도록 정중히 인사를 하고는 밖으로 나갔다. 다시 조용히 문이 닫혔고, 방 안에는 침묵이 감돌았다. 그 침묵을 먼저 깬 것은 사라였다.

"발터스라는 영지는 들어본 적이 없는 것 같은데, 정말로 카라미스 공작령에 그런 영지가 있나요?"

제니아는 굳은 표정으로 고개를 끄덕였다.

"있어. 카라미스 공작령과는 좀, 아니, 아주 멀긴 하지만."

발터스 영지는 카라미스 공작령이 있는 왕국 중앙부와는 상당히 거리가 먼 곳에 위치한다. 발터스 영지는 마수의 숲에 닿아 있다. 하지만 마수의 숲으로 인해 살아가는 포레인과는 상당히 처지가 달랐다.

발터스 영지는 전대 카라미스 공작이 구입한 곳이었다. 워낙 척박한 곳이라 인구도 별로 없고, 원하는 사람도 거의 없는 곳이었다. 전대 카라미스 공작이 발터스 영지를 구입한 이유는 마수의 숲에 흥미가 생겼기 때문이었다. 더 정확히는 마수의 숲에 있는 유적에 관심이 있었다.

그렇게 구입했지만 발터스 영지는 쓸모가 없었다. 카라미스 공작이 원했던 곳이 아니었다. 발터스 영지에 붙은 마수의 숲은 포레인 쪽과는 완전히 달랐다. 아예 조사 자체가 불가능했다.

결국 전대 카라미스 공작은 다시 포레인 쪽으로 시선을 돌렸고, 인장까지 들고 마수의 숲에 들어가 죽고 말았다.

발터스 영지는 그 이후로 그냥 방치 상태였다. 영지를 관리할 관리조차 파견하지 않았다. 아마 제니아가 영주라고 주장하며 그곳에 가면, 영지민들의 반발이 상당할 것이다.

제니아에게 설명을 들은 사라는 눈을 동그랗게 뜨며 고개를 저었다.

"그런 곳에 가시려고요? 그것도 영주로요? 안 돼요. 너무 위험해요."

"그래도 갈 거야. 꼭 거기가 아니라도 난 지금 위험한 상황이거든."

제니아의 말에 사라가 입을 다물었다. 그리고 시무룩한 표정을 지었다. 자신이 뭔가 도움이 되어 주고 싶은데 그럴 힘이 없으니 너무나 답답하고 안타까웠다.

제니아는 그런 사라의 마음을 모두 안다는 듯 부드럽게 미소 지으며 그녀를 살며시 끌어안았다. 사라가 흠칫 놀라 떠는 게 그대로 느껴졌다.

"걱정하지 마. 다 잘될 거야. 자신도 있어."

제니아는 그렇게 말하고는 레이엘을 바라봤다. 레이엘이 자신을 도와줬으면 하는 마음이 간절했다. 하지만 차마 그렇게 말할 수가 없었다. 발터스까지 함께 가자고 할 염치는 없었다.

레이엘은 어느새 명상을 끝냈는지 눈을 뜨고 두 사람을 보고 있었다.

"눈부시군."

레이엘의 말에 사라와 제니아는 의아한 표정을 지었다. 레이엘은 더 설명할 생각이 없는지 자리에서 일어났다.

"발터스라고 했나? 그쪽 숲을 돌아보는 것도 나쁘지 않겠지. 새로운 길잡이를 키우는 것도 괜찮을 것 같고."

레이엘의 말에 제니아가 눈을 크게 떴다. 그녀의 눈이 촉촉하게 젖기 시작했다. 그리고 결국 한 줄기 눈물이 흘러 내렸다.

"고마워요. 정말로……."

레이엘은 그 말에 대답하지 않고 자신의 침대로 걸어갔다. 그리고 그대로 누워 잠들어 버렸다.

제니아는 깊은 잠에 빠진 레이엘의 모습을 하염없이 바라봤다. 그리고 사라가 그 옆에서 난감한 표정으로 제니아와 레이엘을 번갈아 쳐다봤다.

그렇게 하루가 또 지나갔다.

제3화 구름산맥

발터스 영지로 향하는 제니아는 시원섭섭한 기분이 들었다.
결국 가문의 성을 버리지는 못했다. 하지만 가문에서 벗어날
수는 있었다. 일단 지금은 그것만으로도 충분히 만족스러웠다.

'하긴, 성을 버릴 가장 확실한 방법이 하나 있긴 하지.'

제니아는 속으로 그렇게 중얼거리며 레이엘을 힐끗 바라봤
다. 성혼을 하면 남편의 성을 따라가게 되어 있다. 만일 자브
리안 백작가의 장남과 성혼을 했다면 그녀의 성은 자브리안이
되었을 것이다.

'그랬다면 카라미스랑 다를 게 하나도 없지.'

만일 레이엘과 결혼한다면, 레이엘의 성을 따라가야 한다.

하지만 레이엘은 성이 없는 평민이다. 그럴 경우 관례적으로 남편에게 부인의 성을 내린다. 물론 카라미스 공작가에서 그걸 허락할 리 없지만 말이다.

'가장 좋은 방법은 레이엘이 귀족이 된 다음에 혼례를 올리는 건가? 발터스라는 성도 나름 괜찮을 것 같네.'

제니아는 그렇게 생각하다가 흠칫 놀라 다시 앞을 봤다.

'내가 대체 무슨 생각을……!'

하지만 제니아는 인정하지 않을 수 없었다. 레이엘은 벌써 그녀의 마음을 잔뜩 차지해 버렸다. 만일 레이엘을 포기한다면 마음의 대부분이 떨어져 나가는 괴로움을 겪을 것이다.

"하아."

제니아는 자신도 모르게 한숨을 내쉬었다. 그리고 눈동자만 살짝 움직여 사라를 훔쳐봤다. 레이엘에 대해 생각을 하면 항상 사라가 마음에 걸렸다. 사라의 마음에도 레이엘이 있는 것이 확실했다.

하지만 제니아는 지금 이 순간, 사라도 그녀와 비슷한 생각을 하는 중이라는 건 전혀 모르고 있었다.

"아가씨, 발터스 영지는 어떤 곳인가요?"

사라는 숨 막힐 듯한 침묵이 싫어 먼저 그것을 깨뜨렸다. 제니아는 사라의 질문에 움찔 놀랐다가 이내 미소를 지으며 대답해 주었다.

"척박한 곳이지. 아마 쉽지는 않을 거야."

"그렇군요."

발터스 영지는 주인이 여러 번 바뀐 곳이었다. 땅은 척박하고 영지민은 거칠었으며 돈은 거의 벌리지 않는 곳이었으니, 그곳을 차지한 영주들은 어떻게 하면 벗어날 수 있을까만 궁리했다.

전대 카라미스 공작에게 영지를 팔아치운 페르마 남작도 마찬가지였다. 그는 영지를 팔 기회가 오자 두 번 생각하지도 않고 헐값에 팔아 버렸다.

그것이 벌써 10년 전 일이었다. 제니아의 표정이 살짝 어두워졌다.

'그런 곳에서 과연 자리를 잡을 수 있을까?'

하지만 아무리 어려워도 지금보다는 나을 것이다. 가문에 얽매여 스스로의 의지로는 아무것도 할 수 없는 지금의 삶보다는 훨씬 활기차고 즐거울 것이다. 제니아는 그렇게 확신했다.

"너무 걱정하지 마세요. 아가씨. 다 잘될 거예요."

사라가 미소를 지으며 그렇게 말하자, 제니아는 사라에게 더욱 미안해졌다. 자신을 위해 여기까지 따라온 아이였다. 카라미스 공작령에 그냥 남는다면 훨씬 더 좋은 대접을 받을 수 있는 아이였다. 하지만 그 모든 걸 포기하고 자신을 따라왔다.

"참, 바이런님은?"

바이런은 사라의 마법스승이었다. 한때는 6클래스에 이르는 뛰어난 마법사였지만, 이제는 마나를 모두 잃어 평범한 늙은이에 지나지 않았다. 바이런의 얘기를 꺼내자 사라의 표정이 미묘하게 어두워졌다.

"스승님께서도 조만간 발터스 영지로 가시겠다고 하셨어요."

사라의 말에는 걱정이 가득했다. 바이런은 힘없는 늙은이에 불과하다. 그에게 남은 것은 마법에 대한 지식뿐이었다. 그 지식을 노리는 사람들이 꽤 많았지만 바이런은 오로지 그의 제자인 사라에게만 마음을 열었다.

발터스까지는 꽤 멀다. 일단 구름산맥을 종으로 횡단하다시피 이동해야 한다. 그렇게 이동한 후에 며칠을 더 가야 하는데, 그 길이 또 험난하기 그지없다. 달리 발터스가 척박하다고 하는 것이 아니었다.

그런 멀고 험한 길을 60세가 훌쩍 넘은 사람이 간다고 생각하면 보통 일이 아니었다.

"우리랑 함께 가시면 좋을 텐데……."

제니아의 말에 사라가 고개를 저었다.

"벌써 말씀드려 봤어요. 하지만 정리하실 일이 많으시대요. 적어도 보름은 더 있어야 출발하실 수 있다고 하시네요."

사라의 힘없는 말에 제니아가 위로하는 눈빛으로 그녀의 어깨를 살며시 감싸 안아 주었다.

세 사람은 그렇게 카라미스 공작령을 벗어났다. 카라미스 공작령에서 발터스까지 가는 길은 세 가지 정도가 있었다. 이제 공작령을 벗어났으니 길을 선택해야만 했다.

"가장 편한 길로 가죠."

제니아가 선택한 길은 첸튼 영지를 통과해서 가는 길이었다. 약간 돌아가는 느낌이 있었지만, 치안도 제대로 확보되어 있고, 길도 잘 닦여 있었기에 오히려 더 빨리 갈 수도 있었다.

하지만 레이엘은 제니아의 선택에 고개를 저었다.

"구름산맥으로 가는 게 더 나을 거다."

"구름산맥이요? 그럼 너무 힘들 텐데요?"

구름산맥은 그 길이만 수백 킬로미터에 달한다. 문제는 산맥 전체에 몬스터가 수도 없이 많다는 점이다. 레이엘의 말은 산맥을 직접 타고 이동하자는 뜻이었다.

보통 사람이 한 말이라면 일고의 가치도 없이 거절하겠지만, 레이엘이 한 말이다 보니 신중하게 받아들일 수밖에 없었다.

"길을 따라 가면 된다. 평지를 걷는 것보다야 힘들겠지만, 쓸데없는 충돌은 모두 피할 수 있겠지."

제니아의 표정이 살짝 굳었다. 그리고 이내 고개를 끄덕였다. 레이엘이 무슨 말을 하는지 이해한 것이다. 세이드가 이대로 물러날 리 없었다.

'오라버니가 날 이렇게 순순히 놔줄 리 없지.'

아마 별의별 방법을 다 쓸 것이다. 그리고 발터스 영지에도 손을 써 두었을 것이다. 자신이 영지에 자리를 잡지 못하도록 갖은 방해를 펼칠 것이 분명했다.

'오라버니는, 세이드는 그런 사람이니까.'

제니아는 결국 레이엘의 말을 따르는 게 가장 현명하다는 판단을 내렸다. 구름산맥의 몬스터는 레이엘이 어떻게든 해줄 것이다. 레이엘은 길잡이니까.

"좋아요. 레이엘의 말을 따르겠어요. 구름산맥을 따라서 이동하죠."

"올바른 선택이다."

일단 결정을 내리고 나자, 레이엘은 이동속도를 높였다. 제니아와 사라는 레이엘의 속도에 맞추기 위해 발걸음을 빨리했다.

그렇게 부지런히 이동한 세 사람은 구름산맥에서 가장 가까운 곳에 위치한 마을로 들어섰다.

*   *   *

크롬 왕국에 존재하는 암살길드는 딱 두 군데뿐이었다. 본래는 상당히 많은 길드가 난립했었지만, 10년 전, 지금의 두 길드가 모든 암살길드를 정리해 버렸다.

그중 나이트베일은 최근 규모를 더 확장하면서 대륙 전체로 영향력을 뻗어가려는 야심을 슬금슬금 드러내고 있었다. 그에 따라 자연스럽게 막대한 자금이 필요했고, 훨씬 더 활발한 활동을 하는 중이었다.

그 나이트베일의 카라미스 지부에서는 새로 들어온 의뢰의 처리를 두고 고심하고 있었다.

"조사는 제대로 한 거겠지?"

"물론입니다. 목표인 제니아 카라미스는 현 카라미스 공작인 세이드와는 완전히 갈라섰다고 해도 과언이 아닙니다."

"누가 의뢰했는지는 알아봤나?"

"워낙 조심스러운 자가 의뢰를 해서 정확히 알아낼 수는 없었습니다만, 짐작은 하고 있습니다."

"짐작? 정확도는?"

"50%입니다."

"그 정도면 꽤 높군. 얘기해 봐."

"세이드 카라미스입니다."

"뭐? 그게 정말이야?"

"말씀드렸다시피 확실한 건 아닙니다."

"근거는?"

"세이드 카라미스의 그간 행적입니다."

"흐음."

나이트베일의 카리미스 지부장은 심각한 얼굴로 생각에 잠겼다. 확실히 세이드 카라미스는 겉으로 보는 것과는 많이 다르다.

이번에 제니아가 발터스 영지로 가는 바람에 그가 계획했던 자브리안 백작가와의 연계가 무너졌으니, 그에 합당한 보복을 하는 것은 당연한 수순이었다. 설령 그것이 자신의 피붙이라 하더라도 말이다.

'그러고 보면 세이드와 제니아는 피가 반밖에 이어지지 않

았군. 어머니가 다르니 말이야. 게다가 제니아의 어머니는 평민 출신이었지.'

외부적으로 드러나기에는 세이드가 제니아의 어머니였던 실비아에게 상당히 깍듯했지만, 실제로는 가장 경멸하는 사람 중 하나였다는 건, 정보를 취급하는 자들 중에는 모르는 사람이 없었다. 그런 실비아의 딸인 제니아를 세이드가 탐탁지 않게 여긴다는 건 너무나 당연한 일이었다.

"확실히 의뢰자가 세이드 카리미스라면 뒤탈은 없겠군. 그럼 나머지 50%는 뭐지?"

"페릴 자브리안입니다."

지부장이 크게 고개를 끄덕였다. 확실히 의심이 가는 사람이었다. 그리고 충분히 이런 일을 벌일 만한 사람이기도 했다.

"어느 쪽이든 뒤탈은 염려 없겠군."

의뢰자가 세이드라면 말할 것도 없고, 페릴이라면 세이드 쪽과 협상이 가능하다. 세이드는 자브리안 백작가의 힘을 이용하고 싶어 안달이 나 있으니 페릴과 세이드 사이에서 말만 잘하면 나이트베일도 그들을 이용할 수 있을 것이다.

"의뢰부 쪽의 판단도 대체적으로 그렇습니다."

"대체적으로? 그럼 반대하는 사람도 있다는 뜻인가?"

"두 사람이 반대했습니다."

"이유는?"

"제니아 쪽의 전력 파악이 제대로 이루어지지 않았다는 판단입니다."

지부장이 눈살을 찌푸렸다.

"전력? 전력이라고 할 만한 게 있었나? 함께 있는 마법사가 4클래스라고 했던가?"

"정확히는 4클래스 마법사 한 명과 남자 한 명입니다."

"남자? 조사는?"

"마수의 숲 길잡이라는 것밖에 아직 모릅니다."

"길잡이? 네 예상은 어떻지? 그가 강자일 것 같은가?"

지부장의 물음에 마크는 약간 곤혹스러운 표정을 지었다.

"마수의 숲 근방에는 전혀 손을 뻗친 적이 없어서 정보가 거의 없습니다. 따라서 판단하고 말고 할 것도 없습니다."

"아무리 그래도 조사도 안 하고 덜컥 의뢰를 받아들일 수는 없는데……."

지부장은 잠시 고민했다. 카라미스 지부장은 나이트베일에서 세 손가락 안에 드는 권력자였다. 그리고 마크는 그의 심복이자, 암살만으로는 나이트베일 최고의 실력자였다.

'마크가 나선다면 충분히 가능하긴 할 텐데……'

지부장은 점점 수락 쪽으로 무게가 실리는 걸 부정할 수 없었다. 불확실한 남자 한 명 때문에 포기하기에는 너무 탐스러운 먹잇감이었다.

"의뢰금으로 얼마를 불렀다고?"

"2000골드입니다."

2000골드면 한 사람을 암살하는 대가로는 어마어마한 액수였다. 물론 거기에는 입막음비도 포함된 것이다. 지부장은 고개를 끄덕이며 말했다.

　"의뢰금을 3000골드로 올려서 수락해."

　마크의 눈이 휘둥그레졌다.

　"3000골드로 말입니까?"

　"그래. 생각해 보니 아무리 입막음비가 포함되었다지만 2000골드는 너무 과한 액수야. 분명히 뭔가 변수가 있다는 뜻이지. 그 변수가 뭔지는 대충 알겠지?"

　마크가 무겁게 고개를 끄덕였다. 함께 있다는 길잡이 사내, 바로 그가 이번 일의 최고 변수가 될 것이다. 마크는 이번 일의 계획을 처음부터 다시 짜야겠다고 생각하며 고개를 숙였다.

　"그렇게 처리하겠습니다."

　마크가 물러나자, 지부장이 눈을 빛내며 턱을 쓰다듬었다.

　"3000골드라……. 이 정도면 차기 길드장은 내 차지가 되려나? 흐흐흐."

　지부장의 뇌리에 그와 경쟁하는 두 사람의 얼굴이 떠올랐다가 서서히 사라졌다. 그리고 길드장이 되어 밤을 호령하는 자신의 모습이 크게 떠올랐다. 지부장의 입가에 진한 미소가 그려졌다.

마을에 도착한 레이엘 일행은 일단 숙소를 잡고 피로를 풀었다. 레이엘은 전혀 피곤하지 않았지만, 제니아와 사라가 문제였다. 생각보다 강행군을 해서 왔기 때문에 두 사람은 완전히 파김치가 되었다.

제니아는 마을에서 가장 좋은 여관의 제일 비싼 방을 원했지만, 레이엘의 반대로 결국 적당한 여관의 적당한 방에 묵을 수밖에 없었다. 별다른 이유도 말하지 않고 반대해서 제니아가 살짝 불만을 표하긴 했지만, 그래도 레이엘의 말에 고집을 세우지는 않았다.

여관을 잡고, 방을 정하며 주인과 흥정을 하는 것까지 모두 레이엘이 맡았는데, 제니아와 사라는 약간 의아한 표정을 지었다. 지금까지 숙소에 대해서 레이엘이 나선 적이 한 번도 없었기 때문이다.

레이엘은 특이하게도 마을에 들어서는 순간부터 두 사람을 통제했다. 제니아와 사라는 당황스러웠지만 그래도 레이엘을 마음 깊은 곳에서 신뢰하고 있었기에 그의 말을 모두 따라 주었다.

세 사람은 마을에서 멀리 떨어진 곳에서부터 각자 떨어져 서로 다른 방향으로 마을에 들어섰다. 그리고 레이엘이 미리 잡아놓은 여관에 따로 모여 조용히 방으로 들어갔다. 덕분에 거의 주목을 받지 않았다.

방에 들어온 제니아는 의문을 감추지 않았다.

"왜 이렇게 복잡하게 행동해야 하는 거죠?"

"시간을 벌어야 하니까."

"시간이요?"

제니아와 사라가 서로를 바라보며 눈을 동그랗게 떴다. 그리고 동시에 궁금증이 가득한 눈빛으로 레이엘을 바라봤다.

"좀 더 자세히 설명해 주세요."

"내 경험을 조금 살려봤을 뿐이다. 정보를 조금 흘어 놓았다. 지금 잔 다음 일어나자마자 떠나면 아마 쉽게 따라오지 못하겠지."

그제야 제니아와 사라는 레이엘이 뭘 걱정하는지 알 수 있었다. 레이엘의 경험을 살렸다면 답은 하나다.

"암살자인가요?"

"그저 조심하는 것뿐이다. 아직 확실한 건 아무것도 없어."

제니아가 고개를 끄덕였다. 그 말이 맞다. 하지만 세이드가 그냥 넘어갈 리 없으니, 틀림없이 암살자가 움직일 것이다.

'남자 하나와 여자 둘, 조사하기 편한 조합이긴 해.'

하지만 마을에서 멀리 떨어진 곳에서부터 따로 행동했고, 움직임을 극도로 자제했으니, 아마 탐문만으로 정보를 얻기는 결코 쉽지 않을 것이다.

'암살이라면 어딜 움직였을까? 나이트베일? 아니면 문워커?'

어느 쪽이든 까다로운 적이 될 것이 분명하다. 문제는 이들이 의뢰를 쉽게 포기하지는 않을 거란 점이었다. 의뢰에 실패하면 의뢰금을 고스란히 토해내야 한다. 위약금 따위는 없지만, 그래도 의뢰금에 대한 이자까지 물어야 한다. 그게 암살길드의 원칙이었다.

그래서 암살길드는 의뢰의 기한을 최대한 길게 잡고, 성공할 때까지 끊임없이 밀어붙인다. 물론 수십 년을 들여 늙어 죽게 만들거나 하는 일은 없다. 대부분의 암살은 몇 달 이내에 끝난다.

"이해했으면 식사부터 서두르지."

레이엘은 그렇게 말하며 아공간에서 미리 주문해서 보관해 두었던 음식들을 꺼냈다. 사라와 제니아는 묵묵히 식사를 했다.

보통 때라면 긴장감 때문에 제대로 먹지도 못하겠지만, 두 여인은 그동안 워낙 여러 일을 겪어서 이젠 밥만큼은 언제 어느 때라도 충분히 맛있게 즐길 수 있었다.

"이 여관 음식이 꽤 괜찮네요."

음식을 모두 먹고 차까지 한 잔 마신 사라는 그렇게 말하며 동의를 구하듯 레이엘을 바라봤다. 레이엘은 가볍게 고개를 끄덕여 주었다.

"이제 식사가 끝났으면 잠을 자도록."

레이엘의 단호한 말에 사라가 살짝 입술을 삐죽였다. 레이엘과 조금 더 얘기를 나누고 싶었는데, 이렇게 단칼에 잘려 버렸으니 왠지 서운한 마음이 들었다. 하지만 상황을 모르는 것도 아니었기에 어쩔 수 없었다.

이내 방 안에 어둠이 차올랐다. 아직 밖은 환했지만, 방은 어두웠다. 레이엘의 마법이 만들어낸 조화였다.

사라는 신기한 눈으로 손을 휘휘 저어 어둠을 뒤덮인 공간을 건드려 보았다. 그냥 어둠이 아니라, 마치 검은 안개 같았다. 미세한 가루가 방 안을 가득 채운 듯한 느낌이었다.

어느새 사라는 서운했던 마음도 잊고, 어둠을 즐기다가 슬며시 잠들어 버렸다.

레이엘은 어두운 방 한가운데에 가만히 앉아 그렇게 잠든 사라를 바라봤다. 사라는 칠흑 같은 어둠 속에서도 눈부시게 빛났다.

레이엘의 마음에 잠시 빛에 대한 욕망이 타올랐다가 사그라졌다. 그리고 레이엘도 조용히 눈을 감았다. 레이엘은 몸속에서 이리저리 요동치는 마나를 관조하며 가벼운 잠에 빠져들었다.

*　　　*　　　*

마크는 길드의 정보망을 이용해 제니아의 행적을 뒤쫓았다. 그녀가 어디로 향했는지 알아내는 건 별로 어렵지 않았다. 하지만 그래서 더 고개가 갸웃거려졌다.

"설마 구름산맥으로 들어갈 생각인가?"

마크는 제니아가 무슨 생각을 하는지 알 수가 없었다. 구름산맥은 고작 세 명이서 들락거릴 정도로 단순한 곳이 아니다. 실제 제니아의 예전 행적까지 모두 조사해 보니, 제니아는 가넷상단의 도움을 받아 산맥을 넘었다.

"한데 이번엔 달랑 세 명이라 이거지? 혹시 다른 조력자가 있는 건가?"

만일 그렇다면 일이 훨씬 골치 아파진다. 조력자가 많으면 많을수록 제니아에게 다가가는 게 어려워질 테니까 말이다.

"아니, 어쩌면 그렇게 위장하고 다른 길로 샐 수도 있겠군."

마크는 제니아의 행동을 예측해 봤다.

구름산맥의 북쪽 방향으로 길게 돌아가는 방법이 하나 있다. 물론 험난할 것이다. 마을도 거의 없고, 산맥에서 간간이 내려오는 몬스터를 계속 상대해야 할 테니까.

두 번째로는 구름산맥을 넘은 후에 다시 북쪽으로 이동하는 방법이 있다. 일단 산맥을 넘는 건 힘들지만, 넘은 후에 몇몇 도시와 마을을 거쳐서 발테스로 가는 길이 있었다. 첫 번째보다는 이게 조금 더 현실성이 있었다.

"그리고 마지막으로는……. 다시 되돌아와서 첸튼을 경유해서 돌아가는 방법이 있지."

마크는 그 어느 하나도 버릴 수 없었다. 혹시라도 잘못 찍으면 일이 더 복잡해지기 때문이다. 그래서 일단 자신이 동원할 수 있는 모든 암살자와 정보원을 동원했다. 그들을 둘로 나눠 하나는 첸튼 영지로 나머지는 구름산맥 쪽으로 보냈다.

"난 구름산맥으로 가야겠군. 아무래도 그쪽이 가장 확률이 높으니까."

마크는 이번 일의 성공을 추호도 의심하지 않았다. 마크의 손가락이 지도를 쓰윽 훑다가 한 지점에서 멈췄다.

"여기 있을 확률이 가장 높군."

그곳은 지금 레이엘 일행이 머물고 있는 마을이었다. 마크의 결정에 따라 그곳으로 길드의 정보원들이 우르르 몰려갔다. 물론 그 마을에도 이미 길드의 정보원이 두 명이나 상주해 있었다. 그들도 지금쯤 활발히 움직이고 있을 것이다.

마크는 조용히 암살 도구들을 정리했다. 그리고 차가운 눈빛을 흘리며 그림자처럼 밖으로 나갔다.

마크는 눈살을 찌푸리며 하늘 높이 치솟은 구름산맥을 노려봤다.

"정말로 용의주도한 놈이로군. 제대로 한 방 먹었어."

설마 세 명이 따로 행동을 해서 정보원의 눈을 가릴 거라고는 생각도 못했다. 게다가 여관에서 잠만 자고 바로 구름산맥으로 출발해 버려서 추적할 시간조차 부족했다.

"그 길잡이라는 놈의 머리에서 나온 계책이겠지? 생각보다 쉽지 않겠어. 그 정도로 머리를 굴리는 놈이 아무 생각 없이 구름산맥으로 들어갔을 리가 없지."

마크는 순식간에 정보원들을 이용해 주변의 정황을 모조리 긁어왔다. 그렇게 해서 제니아 일행이 용병을 고용하거나 상단을 이용하지 않았다는 사실을 알아냈다.

"대체 뭘 믿고 산맥으로 들어간 거지? 몬스터가 득실거려서 웬만한 용병들도 꺼리는 곳을 말이야."

마크는 그렇게 중얼거리며 고개를 갸웃거렸다. 그러더니 이내 한숨과 함께 발걸음을 옮겼다. 지금은 이렇게 낭비할 시간이 없었다. 마크는 암살자들을 이끌고 구름산맥으로 향했다.

마크와 함께하는 암살자들의 수는 무려 30명에 달했다. 그가 움직일 수 있는 모든 암살자를 끌어 모은 것이다. 게다가 정보원도 세 명이나 데려왔다.

마크는 구름산맥에 들어서면서 정보원들을 앞으로 내세웠다. 마크가 뽑아온 정보원들은 구름산맥에 대해 잘 아는 자들이었다. 어릴 때부터 산맥 근처에 살았거나, 가넷상단을 통해 산맥에 대해 익힌 자들이었다.

마크와 암살자들은 정보원들의 꽤 능숙한 안내를 따라 산맥에 진입했다. 그리고 제니아 일행의 흔적을 찾기 시작했다.

"서둘러라. 구름산맥에서 한자리에 오래 있는 건 자살행위야."

구름산맥에는 엄청난 수의 몬스터가 서식한다. 그리고 그런 몬스터들 중에는 터를 잡지 않고 방랑하는 종들도 꽤 된다. 만일 그런 몬스터에게 걸려들면 정말로 골치 아픈 상황이 벌어진다.

"흔적을 찾았습니다. 발자국입니다."

무른 땅 위에 희미한 발자국이 찍혀 있었다. 마크는 직접 그것을 확인하고는 주변의 다른 흔적도 꼼꼼히 살폈다. 그리고 그 발자국이 생긴 지 얼마 되지 않았다는 결론을 내렸다.

"가자."

다시 출발한 마크는 계속 흔적을 찾으며 추적을 했다. 추적은 상당히 순조로웠다. 게다가 몬스터를 한 번도 만나지 않았다. 그렇게 10시간이 넘게 추적을 한 마크는 뭔가 좀 이상하다는 생각이 들기 시작했다.

"이상하군. 이 길로 가면 산맥을 넘을 수 있는 게 확실한가?"

마크의 질문에 정보원이 고개를 저었다.

"산맥을 넘으려면 저쪽으로 가야 합니다. 이 길로 가면 더 깊이 들어가게 됩니다."

"더 깊이?"

"이렇게 계속 이동하면 결과적으로 산맥을 종단하게 됩니다. 산맥을 따라서 이동하는 거죠."

정보원의 말에 마크는 거대한 망치로 뒤통수를 맞는 듯한 충격을 받았다.

'산맥을 따라서!'

산맥을 따라서 이동하다니, 전혀 고려조차 하지 않았다. 이건 죽으러 가는 것과 다르지 않다. 마크는 계속 추적을 해야 하는지 심각하게 고민했다.

잠시 고민하던 마크는 결국 결정을 내렸다. 여기서 되돌아갈 수는 없었다. 그들을 자신이 죽이건 아니면 몬스터에게 죽임을 당하건, 어쨌든 시체를 확인해야만 한다. 그리고 증표를 가져가야 한다.

"정말로 골치 아프게 됐군."

마크는 짜증이 가득한 얼굴로 고개를 절레절레 저었다. 그리고 다시 걸음을 옮겼다. 어쨌든 추적 속도는 빠르다. 이대로 밤을 새워 이동하면 그들을 찾아낼 수 있을 것 같았다.

"가자."

마크와 30명의 암살자가 은밀히 이동을 시작했다. 구름산맥의 밤이 서서히 다가오고 있었다.

"오늘은 이쯤에서 쉬지."

레이엘의 말에 제니아와 사라는 거친 숨을 몰아쉬며 바닥에 그대로 주저앉았다. 엄청난 강행군이었다. 카라미스 공작령에서 구름산맥까지의 강행군은 강행군 축에도 못 들 정도였다.

"그런데 정말로 신기하네요. 구름산맥에서 이렇게 활개를 치고 다니는데 몬스터를 한 번도 안 만나다니."

"길을 따라왔으니까 그런 거죠?"

제니아와 사라의 말에 레이엘이 고개를 끄덕이며 아공간을 열었다. 커다란 솥과 신선한 식재료를 꺼낸 레이엘은 정령을 이용해 불을 피우고 능숙한 솜씨로 요리를 하기 시작했다.

제니아와 사라는 행복한 얼굴로 그런 레이엘을 바라봤다.

레이엘은 한창 요리를 하다가 두 여인의 시선을 느끼고는 고개를 돌려 쳐다봤다. 사라와 제니아는 도둑질하다 들킨 것처럼 화들짝 놀라더니 황급히 시선을 돌렸다. 레이엘은 잠시 두 여인을 무심한 눈으로 바라보다가 다시 요리에 열중했다.

이윽고 요리가 완성됐다. 구수한 냄새를 풍기는 스프와 육즙이 뚝뚝 떨어지는 고기구이였다. 제니아와 사라는 허겁지겁 그것을 남김없이 먹어치웠다.

배부르고 따뜻하니 슬그머니 졸음이 몰려왔다. 제니아와 사라는 평평한 돌 위에 가만히 누웠다. 별이 쏟아질 것 같았다. 두 여인은 그렇게 밤하늘을 이불 삼아 잠이 들었다.

레이엘은 평소와 마찬가지로 나무에 기대 잠깐 눈을 붙였다. 그렇게 한 시간만 자도 충분했다. 그리고 한 시간쯤 지났을 때, 레이엘이 갑자기 눈을 떴다.

"벌써 왔나? 생각보다 능력이 뛰어나군."

레이엘은 처음부터 암살자가 올 거라고 예상했다. 그리고 그에 대한 대비를 충분히 했다. 암살자는 어떤 방법을 쓸지 모르기 때문에 무서운 것이다.

그들에게는 빈틈을 보여선 안 된다. 그래서 레이엘은 미리 근처에 알람마법을 잔뜩 깔아뒀다. 그 알람마법이 방금 울린 것이다. 정상적으로 이동한다면 여기서 한 시간 걸리는 거리에 암살자가 있었다.

레이엘은 자리에서 일어났다. 그리고 손을 몇 번 휘저었다.

레이엘의 손끝에 바람이 맴돌았다. 그렇게 레이엘의 손가락을 희롱하던 바람이 스르륵 빠져나갔다. 잠시 후, 빠져나갔던 바람이 다시 돌아왔다. 이번에는 레이엘의 손가락이 아니라 귓가로 가서 이리저리 춤을 췄다.

"서른 명쯤인가?"

레이엘은 바람의 정령을 이용해 이곳으로 다가오는 암살자들의 소리를 가져왔다. 그것을 분석해 인원수와 그들의 상태를 대강 파악했다.

위치까지 알고 있으니 상대하는 건 간단했다. 굳이 구름산맥으로 온 것은 그들을 비롯한 모두에게 혼란을 줄 수 있기 때문이었다.

레이엘이 느긋한 걸음으로 움직였다. 물론 자리를 떠나기 전에 이곳을 마법으로 감싸는 것을 잊지는 않았다.

"멈춰!"

마크가 한 손을 들어올려 신호를 보내자 모든 암살자들이 일제히 움직임을 멈췄다. 마크는 갑자기 등줄기를 쫙 훑고 지나가는 소름에 식은땀을 흘렸다. 이건 감당하기 어려운 위기 상황을 맞이할 때마다 느끼던 감각이었다.

"뭔가 심상치 않다. 모두 준비해."

마크의 말에 암살자들은 물론이고 정보원들까지 무기를 꺼냈다. 정보원들 역시 나이트베일의 일원이다. 단검술 정도는 제대로 익혔다.

마크는 긴장한 눈으로 사방을 살폈다. 마크의 감각이 점차 날카로워졌다. 그렇게 얼마나 시간이 지났을까. 마크는 불길한 느낌의 정체를 알아냈다.

"이런 젠장! 몬스터다!"

한밤중에 몬스터를 만나는 건 쉽지 않은 일이다. 물론 밤에 활동하는 몬스터가 없는 건 아니지만 상당히 드물었다.

마크와 암살자들이 긴장하며 무기를 들어올린 순간, 거대한 그림자가 그들을 덮쳤다.

쉬익!

공기를 가르는 소리만 들렸다. 발소리라도 들렸으면 미리 좀 더 대비를 했을 텐데, 불행하게도 그렇지 못했다.

"다크울프!"

새카만 털로 뒤덮인 늑대 한 마리가 암살자들을 덮쳤다. 다크울프라 불리는 몬스터였다. 드물게 야행성이었고, 밤에는 정말로 상대하기가 까다로운 몬스터 중 하나였다.

"모두 모여!"

마크는 다급하게 소리치고 단검을 휘둘렀다. 마크의 단검에서 푸르스름한 빛이 일어나며 다크울프의 등을 살짝 훑고 지나갔다.

하지만 다크울프는 아무렇지도 않은지 울음소리 한 번 내지 않고 다시 달려들었다.

"으아악!"

정보원 한 명이 비명을 질렀다. 다크울프가 그의 목을 물어 뜯었다.

콰득!

그대로 목이 잘려 나갔다. 다크울프는 태연하게 목이 잘린 시체를 뜯어먹기 시작했다. 다크울프의 눈이 섬뜩하게 빛나며 암살자들을 살폈다.

"천천히 물러나라. 다크울프는 자기 먹을 것만 챙기면 더는 공격하지 않을 거다."

마크의 말에 암살자들은 한데 모여 천천히 물러나려 했다. 하지만 그들은 몇 발 걷지도 못하고 다시 멈춰야 했다. 마크의 얼굴에 식은땀이 흘렀다.

"설마 다크울프의 서식지였던가?"

십여 마리의 다크울프가 나타났다. 다크울프들은 위협적인 눈빛으로 어슬렁거리며 움직여 어느새 일행을 포위했다.

"절대 먼저 움직이지 마라. 흩어지면 다 죽는다."

마크는 그렇게 말하며 맹렬히 머리를 굴렸다. 다크울프는 모두 14마리였다. 즉, 14명만 희생하면 나머지는 무사할 수 있다는 뜻이다. 하지만 이곳이 만일 다크울프의 서식지라면 아직도 수십 마리의 다크울프가 남아 있을 것이다.

'어쩌지? 그냥 무작정 도망가는 게 낫나?'

마크는 결국 도망을 선택했다. 아직 다크울프의 수가 적을 때 도망가야 살아날 가능성이 생긴다. 의뢰가 마음에 걸렸지만, 더 이상 의뢰에 연연할 필요는 없을 듯했다.

'다크울프의 서식지로 걸어 들어갔으니 다 죽었겠지.'

거의 그럴 것이다. 아니, 그래야만 한다. 자신은 지금 도망갈 것이기 때문이다.

마크는 암살자들에게 눈짓으로 신호를 보냈다. 모든 암살자와 정보원들이 마크의 신호를 받고 고개를 끄덕였다. 동시에 움직이는 것이 살 확률이 높았다.

"지금!"

마크의 신호가 떨어지자 모든 암살자들이 일제히 달리기 시작했다. 물론 마크도 쏜살같이 달렸다. 다크울프들이 그 뒤를 맹렬히 추격했다. 그렇게 암살자들이 하나둘 쓰러져 다크울프의 먹이가 되기 시작했다.

다음날, 제니아와 사라는 잠에서 깨 기지개를 켜면서 레이엘부터 찾았다. 레이엘은 언제 일어났는지 벌써 아침식사를 준비하고 있었다.

"벌써 일어나셨어요?"

레이엘은 묵묵히 미리 준비해 둔 스프 그릇을 내밀었다. 제니아와 사라는 조심스럽게 그것을 받아 조금씩 먹었다.

제니아와 사라는 어제와는 뭔가 분위기가 달라졌다는 걸 느꼈다. 뭐가 어떻게 달라졌는지는 모르겠지만 분명히 변했다.

두 여인은 그게 대체 뭘까 고민하면서 아침식사를 마쳤다.

"앞으로는 조금 천천히 갈 생각이다."

레이엘의 말에 사라와 제니아가 눈을 동그랗게 떴다. 그리고 달라진 분위기가 레이엘로부터 비롯되었음을 깨달았다.

"무슨 일이 있었던 거로군요? 설마 암살자가⋯⋯?"

"돌아갔다. 아마 당분간은 이쪽으로 올 엄두도 내지 못할 거다."

레이엘의 말에 제니아와 사라가 고개를 갸웃거렸다. 왜 그런지 이해는 못하겠지만 레이엘이 그렇다면 그런 것이다. 어쨌든 앞으로는 암살자에 대한 걱정은 더 이상 할 필요가 없으니 잘된 셈이었다.

"그럼 대충 씻고 출발하지."

레이엘의 말에 두 여인은 서둘러 움직였다. 어제 미리 봐둔 근처의 샘으로 가서 대충 씻은 후, 다시 이동을 시작했다. 구름산맥은 아주 길다. 그리고 여행은 이제 시작이었다. 아마 아주 긴 여정이 될 것이다.

마크는 만신창이가 된 몸으로 간신히 구름산맥을 벗어났다. 함께 갔던 암살자와 정보원은 몽땅 죽었다. 혼자만 살아남은 것이다. 그조차 사실은 기적에 가까웠다.

"크윽. 젠장. 확실히 무서운 곳이로군."

도망치면서 확인했다. 구름산맥이 얼마나 무서운 곳인지 말이다. 그런 곳에서 살아남는다는 건 불가능했다. 그것도 고작 세 명 아닌가.

"의뢰 성공의 증거가 될 만한 표식을 얻지 못한 건 좀 아쉽지만, 그래도 대충 해결한 셈인가?"

마크는 그렇게 중얼거리며 조금 불안한 표정을 지었다. 만일 그들이 살아났다면 문제가 커진다.

"뭐, 그때는 다시 암살을 시도하면 되겠지. 설마 또 산맥으로 숨지는 않을 테니 오히려 더 쉬운가?"

마크는 다시 카라미스 지부로 돌아가려다가 걸음을 멈췄다. 생각해 보니 만일의 사태에 대비하는 것이 더 나을 듯했다.

"발터스라고 했던가?"

마크는 일단 근처 마을로 향했다. 지부장에게 일차적인 보고를 하면서 겸사겸사 발터스로 가겠다고 통보할 생각이었다.

'문제는 이제 더 이상 내가 부릴 수 있는 암살자가 없다는 정도인가.'

문제는 또 있다. 발터스 영지는 워낙 낙후되고 척박해서 나이트베일의 지부도 없고 정보원도 없다는 점이었다. 마크가 그곳에 간다면 오로지 혼자만의 힘으로 모든 걸 해결해야만 한다. 하지만 어쩔 수 없는 일이었다. 마크는 나직이 한숨을 내쉬며 발걸음을 조금 더 서둘렀다.

제**4**화 발터스 영지로

구름산맥을 타고 이동하는 여정은 고되기 그지없었다. 구름 산맥은 수백 킬로미터에 달했고, 상당히 험한 산으로 이루어 져 있었다. 그런 곳을 종단한다는 건 결코 쉽지 않은 일이었 다.

"다 왔다. 저 산만 넘으면 끝이다."

제니아와 사라는 지친 얼굴로 레이엘의 손끝이 가리키는 곳 을 바라봤다. 지금까지 지나왔던 것과는 비교도 할 수 없을 정 도로 높은 산이 보였다.

'이쯤 왔으면 그냥 산맥을 빠져나가서 이동해도 괜찮을 텐 데, 왜 굳이 이 길을 고집하는 걸까?'

제니아는 그게 계속 의문이었다. 하지만 레이엘에게 묻지는 않았다. 그런 걸 묻는다는 사실 자체가 자신이 레이엘을 믿지 못하고 있다는 걸 나타내는 것 같아서였다. 물론 묻는다고 레이엘이 그렇게 여길 리 없지만 말이다.

레이엘은 생각과 감회에 잠긴 두 여인을 가만히 지켜보다가 물었다.

"오늘 여기서 노숙을 하고 내일 움직일 건지, 아니면 밤을 새워 이동해서 산을 넘을 건지 선택해라."

제니아와 사라는 누가 먼저랄 것도 없이 동시에 외쳤다.

"산을 넘어요!"

두 여인은 오늘 조금 무리하더라도 산을 넘어 마을로 들어가 편안한 침대에서 자고 싶었다. 그리고 따뜻한 물로 목욕도 하고 싶었다. 지금 그녀들의 몸은 땀과 먼지로 뒤범벅이었다. 말할 수 없을 정도로 찝찝했고, 불쾌했다.

사라와 제니아는 약간 질린 눈으로 레이엘을 바라봤다. 레이엘은 그녀들과 너무나 달랐다. 몸에 먼지 하나 묻지 않은 것 같았다. 옷은 마치 새로 빨아 입은 것처럼 깨끗했다. 어떻게 저럴 수 있는지 이해가 가지 않았다.

레이엘이 그녀들 몰래 씻거나 옷을 빤 건 절대 아니었다. 그런데도 이렇게 차이가 나니 정말로 미칠 지경이었다. 다른 사람이었다면 그냥 그런가 보다 하고 넘어갔겠지만, 상대는 레이엘이었다.

'차라리 레이엘이 지저분해지고 내가 깨끗했으면 좋겠는
데……'

사라와 제니아는 그렇게 속으로 실없는 생각을 하며 걸음을
옮겼다. 두 여인의 발걸음이 힘차게 변했다. 이제 저 높은 산
만 넘어가면 드디어 씻고 잘 수 있다는 생각에 가슴이 설레어
왔다.

"하아. 살 것 같아."

"저도요. 이대로 죽어도 여한이 없을 것 같아요. 하아."

제니아와 사라는 커다란 목욕통에 따뜻한 물을 가득 받아
그 안에 몸을 담갔다. 벌써 두 번이나 물을 갈아 묵은 때를 벗
겨낸 후였다.

여관의 하녀들이 새까매진 물을 새로 갈 때마다 사라와 제
니아의 얼굴은 부끄러움으로 붉어졌지만, 그래도 좋았다. 이
렇게 개운한 기분을 느껴본 건 태어나서 처음인 것 같았다.

"레이엘은 뭘 하고 있을까?"

제니아의 물음에 사라가 고개를 갸웃거렸다.

"글쎄요. 밖에 나가겠다고 했으니까. 아! 혹시 시장에 갔을
지도 모르겠네요. 산맥에서 잡은 몬스터를 처리해야 할 테니
까요."

"하긴."

제니아는 고개를 끄덕이다가 산맥에서 겪은 여러 가지 일이

떠올라 새삼스러운 표정을 지었다. 산맥은 길고 험했고, 곳곳에 몬스터가 서식하고 있었다. 레이엘이 길을 잘 잡은 덕분에 최대한 몬스터와 마주치지 않을 수 있었지만, 완전히 피해가는 건 어려웠다.

"그런데 지금 생각해 보면 일부러 몬스터가 있는 쪽으로 간 것 같단 말이야. 안 그래?"

사라도 제니아의 말에 동의했다.

"맞아요. 마수의 숲에 있는 마수들이 몬스터보다 훨씬 더 무서운데도 숲에서는 전혀 만나지 않았잖아요."

"그리고 보니 만났던 몬스터들이 하나같이 크고 무서웠다는 기억이 나네."

그들이 만났던 몬스터들은 몇 가지밖에 되지 않았다. 우선 오우거가 있었다. 가장 자주 만났던 몬스터가 오우거라고 한다면 아무리 구름산맥을 종단했다지만 아무도 믿지 않을 것이다. 오우거는 강한 몬스터이긴 하지만, 강한 만큼 개체도 많지 않았다.

지금 와서 생각해 보면 레이엘은 일부러 오우거가 있는 쪽으로 길을 잡았던 것 같았다.

오우거 외에 만났던 몬스터로는 다크울프와 메탈플라워가 있었다. 다크울프는 밤에 활동하는 새까만 늑대였는데, 그들의 가죽은 마수 흑표범의 가죽에 버금갈 정도로 튼튼했다. 물론 마수 흑표범의 가죽처럼 재생력은 없었지만 말이다.

메탈플라워는 마치 해바라기처럼 생긴 꽃이었는데, 이름 그대로 금속재질의 꽃잎과 잎을 가지고 있었다. 그리고 꽃잎이나 잎보다 훨씬 단단한 씨앗을 뿌려 공격하는 몬스터였다. 메탈플라워가 뿌리는 씨앗은 바위에 구멍을 숭숭 뚫을 정도로 강력했다.

레이엘은 그것들을 아주 간단하게 처리했다. 그리고 그 시체는 모조리 그의 아공간이 집어삼켰다.

사라는 레이엘의 아공간이 등장할 때마다 의문을 가지지 않을 수 없었다. 일반적으로 아공간은 보통 사람들이 사는 집 정도의 크기를 가진다. 그렇게 크지 않다는 뜻이다. 물론 작은 것도 아니었지만.

한데 레이엘은 그 안에 수십 구의 오우거 시체를 보관하고도 모자라 각종 요리도구나 식재료들을 보관한다. 통상적으로 알려진 아공간과는 차원이 다른 크기를 가졌다는 뜻이다.

'대체 어떻게 그럴 수 있을까?'

아공간이라는 것 자체가 난해하기 그지없는 마법이었다. 공간 계열의 마법들은 모두 그렇다. 그래서 아공간을 쓰려면 적어도 8클래스는 되어야 한다는 게 통설이었다.

사실 아공간 생성 마법이나 아공간의 입구를 여닫는 마법은 모두 6클래스 마스터의 마법이다. 하지만 그것이 공간 계열 마법이라는 게 문제다.

공간 계열의 마법은 마법의 수는 많지 않지만 그 하나하나가 난해하기 그지없었다. 수식의 복잡함과 방대함은 말할 것도 없고, 마법을 발현하기 위한 마나 컨트롤은 극도로 세심해야만 한다.

게다가 공간 계열의 마법은 시도 자체가 상당한 위험을 내포한다. 공간 계열의 마법을 잘못 쓰다 실패하면 온몸이 갈가리 찢겨 죽는 건 아주 가벼운 일에 속한다.

그래서 8클래스 정도가 되지 않으면 공간 계열의 마법은 시도조차 하지 말라는 불문율이 있을 정도였다. 최소한 8클래스의 경지에 이른 마나 컨트롤 능력이 있어야 그나마 위험성을 어느 정도 배제할 수 있기 때문이다.

사실 8클래스라는 경지 자체가 인간의 한계를 아득히 뛰어넘을 정도로 대단했다. 사라의 지식 안에서 8클래스 마법사는 세상에 딱 두 명이었다. 마법왕국 제피니아의 왕궁마법사인 알리안스와 마찬가지로 마법왕국 제피니아에 위치한 마탑 중 하나인 황혼의 탑을 지배하는 탑주 크로비스가 바로 8클래스 마법사였다.

그들에 대한 소문은 모조리 전설에 더 가깝다. 손짓 한 번에 성 하나를 무너뜨렸다던가, 발구름 한 번으로 지진을 일으켜 커다란 영지를 폐허로 만들었다던가 하는 식이었다.

그런 그들도 아공간을 쓴다는 얘기는 못 들어봤다. 물론 그들이 드러내지 않았고, 그다지 중요하게 여기지 않았기에 사라가 모를 수도 있었다. 하지만 사라는 그들이 그것을 못 쓸

가능성이 더 높다고 판단했다.

'그럼 대체 레이엘은…….'

그렇게 생각하면 레이엘의 능력에 의문이 생긴다. 레이엘이 8클래스 마법사를 능가한다고 볼 수 있기 때문이다. 게다가 아공간을 어떤 상황에서도 불쑥불쑥 여닫는 걸 보면 마나 컨트롤 능력이 극도로 발달했다는 뜻이다.

"정말로 존경스러운 사람이라니까……."

사라가 자신도 모르게 중얼거렸다. 제니아는 그 말을 듣고는 눈을 반짝 빛냈다.

"누가? 레이엘?"

사라가 화들짝 놀라 제니아를 바라봤다. 그리고는 얼굴을 붉히며 고개를 끄덕였다.

"하긴, 나도 존경스럽긴 하더라."

제니아의 눈이 살짝 몽롱해졌다. 사라는 그 모습을 보며 당황했다.

"아, 아가씨?"

"아, 미안. 딴 생각을 했네."

제니아는 쓴웃음을 지었다. 그리고 금방 화제를 다른 걸로 바꿨다. 레이엘 말고도 할 얘기는 많았다. 앞으로 도착할 영지에 대한 얘기, 또 그 또래 여자들이 흔히 갖고 있는 유행에 대한 얘기까지 말이다.

둘은 시간 가는 줄 모르고 목욕통 안에서 대화를 나누었다.

그렇게 두 여인은 그동안 산맥에서 쌓인 피로를 천천히 풀어 나갔다.

레이엘은 마을을 천천히 돌아보았다. 상당히 큰 마을이었다. 구름산맥에 가깝긴 하지만 근처에 비슷한 크기의 마을이 두 군데나 더 있었고, 각 마을마다 꽤 수준이 높은 자경대가 조직되어 마을을 지켰다.

구름산맥에서 언제 몬스터가 내려올지 모르기 때문에 자경대나 마을에 상주하는 용병들은 언제나 긴장 상태를 유지했다.

구름산맥은 몬스터 때문에 무서운 곳이기도 했지만, 또 그 때문에 돈이 되는 곳이기도 했다. 마수의 숲 근처에 있는 포레인과 비슷했다.

물론 포레인 쪽이 훨씬 더 나았다. 최소한 마수들은 숲을 벗어나는 일이 거의 없었다. 하지만 몬스터들은 그렇지 않았다. 레이엘은 항상 그게 의문이었다. 대체 왜 마수의 숲에 사는 마수들은 숲 밖으로 나가지 않는지 말이다.

아무튼 이곳 역시 마을에 용병들이 잔뜩 있었다. 사실 용병이라기보다는 몬스터 사냥꾼이 더 어울리는 말이지만 말이다.

몬스터를 사냥하는 용병들이 많으니, 당연히 그에 관련된 상인들도 상당히 많았다.

그리고 시장도 그에 맞춰 형성되어 있었다. 지금 레이엘이 둘러보는 시장 역시 그런 식으로 형성된 곳이었다.

"마법사들도 꽤 되는군."

구름산맥 주변의 마을이나 도시에는 마탑의 지부나 혹은 마탑에 속하지 않은 개인 마법사들이 구입한 저택이 꽤 많다. 몬스터의 사체에는 마법에 쓰는 재료가 많으니 당연한 일이었다. 마법 연구를 하려면 구름산맥 근처에서 하는 것이 훨씬 편하다.

레이엘은 일단 주변을 돌면서 시장 조사를 했다. 손해를 보고 팔 생각은 없었다. 아공간도 아직 여유가 상당히 남아 있었다. 레이엘의 아공간은 상당히 넓었다.

'수십 층짜리 건물만 한 아공간이니 다 채우는 것도 쉽지는 않은 일이지.'

하지만 이 근처에서 몬스터 사체를 모두 정리할 생각이었다. 아공간을 비운다는 의미보다는 가지고 있어봐야 소용이 없다는 의미가 더 강했다.

이제 그들이 갈 곳은 발터스 영지다. 그곳에 몬스터 사체를 살 만한 상인이 흔할 리 없다. 아마 그곳에서 팔려 하다가는 이곳보다 훨씬 가격을 후려칠 것이 분명했다. 보통 가격의 10%도 안 되는 가격으로 팔아야 할지도 모른다. 레이엘은 절대 그렇게 손해를 볼 생각은 없었다.

'어쨌든 상인의 경험도 가지고 있으니까.'

레이엘은 속으로 그렇게 생각하며 씁쓸한 표정을 지었다.

그렇게 대단한 상인은 아니었지만 어쨌든 상당한 경험이 있다. 물론 그 경험만으로는 조금 모자랄 수도 있지만, 레이엘이 가진 건 그것만이 아니니 상관없었다.

레이엘은 마을에 형성된 세 군데의 시장을 모두 돌며 꼼꼼히 조사를 했다. 그렇게 조사를 끝낸 레이엘은 일단 숙소로 돌아갔다. 아무래도 준비가 좀 필요할 듯했다.

"다녀오셨어요?"

사라가 밝게 웃으며 레이엘을 맞아 주었다. 레이엘은 순간 사라의 몸에서 뿜어져 나오는 눈부신 빛을 볼 수 있었다. 물론 그 빛은 레이엘에게만 보이는 것이리라.

사라는 레이엘이 자신을 빤히 쳐다보자 얼굴을 살짝 붉혔다.

"왜 그렇게 보세요?"

"아니다."

레이엘은 다시 표정을 없애며 안으로 들어갔다. 그러자 씁쓸한 표정을 짓고 있는 제니아가 보였다.

제니아는 사라가 레이엘을 맞이하는 걸 보며 살짝 안타까운 표정을 지었다. 자신은 절대 못하는 것이었다. 저런 살가운 표정과 밝은 인사는 하고 싶다고 마음대로 할 수 있는 게 아니었다.

'타고나던가 아니면 죽어라 연습을 해야겠지.'

자신은 타고나지 않았다. 하지만 연습을 할 여유도 없었다. 그게 제니아의 표정을 더욱 씁쓸하게 만들었다.

레이엘은 사라와 제니아의 표정을 보며 고개를 갸웃거렸다. 그리고는 별로 생각할 필요도 없다는 듯 방 한가운데로 걸어 들어가 주위를 살폈다.

꽤 큰 방을 잡았기에 넓이는 문제가 없었다. 문제는 냄새였다. 그것도 정령과 마법을 이용하면 별로 걱정할 건 없을 듯했다. 레이엘은 고개를 돌려 사라와 제니아를 바라봤다. 남은 문제는 저 두 사람이었다.

레이엘은 일단 침대를 한쪽 구석으로 옮겼다. 사라와 제니아는 갑작스런 레이엘의 행동에 그저 멍하니 바라보기만 했다. 침대를 모두 옮긴 레이엘은 방 중앙에 있는 다른 잡다한 물건들을 벽으로 치우기 시작했다.

그제야 정신을 차린 사라와 제니아가 다급히 레이엘을 불렀다.

"레, 레이엘!"

레이엘은 일을 모두 마치고 만족스럽다는 듯-물론 표정은 전혀 없었지만- 가볍게 고개를 한 번 끄덕이고는 사라와 제니아를 바라봤다.

"작업할 게 조금 있어서 배치를 바꿨다. 상관없겠지?"

"괜찮기야 하지만⋯⋯."

제니아는 당황스런 눈으로 벽에 다닥다닥 붙은 침대를 쳐다봤다. 침대 세 개가 나란히 붙어 있어 마치 하나의 침대처럼 보였다. 잠깐 당치않은 상상을 펼친 제니아의 얼굴이 새빨개졌다.

"잠자는 데 방해가 되지 않게 할 테니 걱정할 것 없다."

"그, 그런 걸 걱정하는 게 아니에요!"

제니아가 당황해서 소리쳤다. 그리고는 의식적으로 침대에서 시선을 멀리했다. 레이엘은 그런 제니아를 보며 고개를 한 번 갸웃거린 후, 아공간을 열어 찰랑거리는 푸른 물이 든 병 하나를 꺼냈다. 그리고 그것을 이용해 바닥에 커다란 문양을 그렸다.

'마법진!'

사라는 단번에 레이엘이 그리는 그림의 정체를 알아채고 집중했다. 높은 경지의 마법사가 마법진을 그리고 그것을 구동하는 걸 보는 것만으로도 큰 도움이 되곤 한다.

레이엘은 심혈을 기울여 마법진을 그렸다. 그리고 다시 아공간을 열어 푸르스름하게 빛나는 돌 일곱 개를 꺼냈다. 그것을 방 안 곳곳에 놓아둔 후, 다 됐다는 듯 사라와 제니아를 쳐다봤다.

"둘은 이제 자도록 해. 난 할 일이 좀 있으니까."

사라와 제니아는 잠시 머뭇거리다가 이내 침대로 향했다. 두 사람은 레이엘을 남겨두고 자신들만 자는 게 조금 미안해서 쉽게 잠들지 못할 거라 생각했다. 하지만 밤을 새워 강행군을 한데다가 목욕까지 한 덕분에 침대에 눕자마자 깊은 잠에 빠져들었다.

두 여인이 잠들자 레이엘은 본격적으로 작업을 시작했다. 일단 손을 한 번 휘저으니 그의 손에 바람이 머물렀다. 그리고 다시 손을 휘저으니 그 바람이 쭈욱 늘어나 창문까지 바람의 길을 만들었다.

이제 그 길은 지속적으로 내부의 악취를 밖으로 내보낼 것 이다.

"환기는 됐고……."

레이엘은 다시 손을 휘저었다. 레이엘의 손에서 희미한 빛 이 일어나더니 바닥으로 스며들었다. 그리고 마법진에서 강렬 한 빛이 솟구쳤다. 그와 동시에 요소요소에 놓아둔 결계석이 새파랗게 빛났다.

레이엘은 마법진과 진법이 제대로 작동하는 것을 확인하고 는 고개를 한 번 끄덕였다. 그리고 아공간을 열어 그동안 모은 몬스터의 사체를 하나하나 꺼내기 시작했다.

수백 킬로미터나 되는 산맥을 지나오며 모은 몬스터의 양은 상당했다. 가장 돈이 되는 몬스터만을 골라서 잡았기에 아마 모든 걸 팔면 어마어마한 돈을 벌 수 있을 것이다.

레이엘이 몬스터를 직접 손질하려는 이유는 더 높은 값을 받기 위함이었다. 오늘 시장을 둘러보고 나서 내린 결론이었 다. 그냥 사체를 파는 것보다 제대로 해체를 한 후, 잘 다듬어

서 팔면 적게는 세 배, 많게는 다섯 배나 여섯 배까지도 받을
수 있었다.

몬스터 해체야 그동안 하도 많은 마수들을 해체해 봐서 요
령만 잠깐 터득하면 간단한 일이었다. 레이엘은 시범적으로
오우거와 다크울프, 메탈플라워의 사체를 각각 한 구씩 꺼내
그것을 해체하고 다듬었다.

몬스터를 해체하는 것은 마수를 해체하는 것보다 훨씬 쉬웠
다. 칼에 오라를 입힐 필요도 없었고, 손에 마나를 불어넣을
필요도 없었다. 그리고 무엇보다 검강을 쓸 필요가 없었다.

마수의 사체를 분해할 때는 결국은 검강을 쓸 수밖에 없었
고, 해체에도 훨씬 섬세한 손놀림이 필요했다. 그리고 내부 구
조가 생각보다 복잡해서 레이엘도 제대로 숙련되기까지 꽤 시
간이 걸렸다.

그에 반해 몬스터는 그저 칼로 죽죽 긋는 것만으로 해체가
가능하니 너무나 간단하게 느껴졌다.

레이엘은 일단 요령을 대강 익히고 나자, 작업 속도를 올렸
다.

오우거는 버릴 것이 하나도 없는 몬스터다. 가죽과 힘줄, 발
톱, 이빨은 말할 것도 없고, 체액은 고급 힐링포션의 재료였
다. 그리고 오우거의 뼈에는 마나가 다량 함유되어 있어 마법
재료로 인기가 높았다. 각종 장기는 암거래를 통해 흑마법사
들에게 팔려간다.

다크울프의 경우는 오우거보다 좀 못하다. 가죽과 이빨, 발톱 정도가 쓸모 있고, 나머지는 쓸모가 없었다. 그래도 다크울프의 가죽은 없어서 못 팔 정도로 인기가 좋았다. 특유의 검은 광택이 멋지기도 하지만, 마법 저항력이 높아서 쓸모가 많았다.

메탈플라워는 몸체가 특수한 금속이기 때문에 무구를 만드는 데 쓰인다. 웬만한 강철보다 훨씬 단단하기 때문에 모든 대장장이들이 카라디움 다음으로 애타게 기다리는 재료이기도 했다. 물론 마수 중 하나인 메탈트리를 못 봤기 때문이지만 말이다.

레이엘은 그 모든 것을 하나도 남김없이 제대로 분해해 보관했다. 수많은 사체들이 조각조각 분해되고 가죽이 벗겨져 따로따로 분류가 되었다. 그리고 그 상태로 다시 고스란히 아공간으로 들어갔다.

모든 작업을 다 끝내는 데 무려 10시간이나 걸렸다. 물론 다른 사람이 그 이야기를 들었다면 허풍도 정도껏 치라고 화를 냈겠지만 말이다.

레이엘은 작업을 다 끝내고 침대로 갔다. 두 여인은 여전히 잠에 빠져 있었다. 아마 몇 시간은 더 있어야 일어날 것 같았다. 레이엘은 반사적으로 창을 바라봤다. 깜깜한 밤이었다.

"하루가 그냥 날아갔군."

마을에 도착했을 때가 점심이 막 지날 무렵이었다. 제니아와 사라가 씻고, 레이엘이 시장을 둘러보는 동안 오후가 되었고, 레이엘이 사체를 분해하는 동안 이제 진짜 한밤중이 된 것이다.

레이엘은 침대에 몸을 뉘였다. 사라와 제니아는 서로를 가볍게 끌어안은 채 자고 있었다. 그 옆에 누워 팔로 머리를 괴고, 한참 동안이나 잠든 두 사람을 가만히 지켜보았다. 레이엘은 남은 한 손을 가볍게 휘저었다. 마나가 움직이며 두 여인의 몸으로 부드럽게 스며들었다.

그렇게 또 하루가 지나갔다.

사라와 제니아는 아침이 되어서야 깼다. 일어나서 늘어지게 기지개를 켜고 나니 정말로 살 것 같았다. 지난 한 달 동안 쌓인 모든 피로가 싹 날아가 버린 것 같았다.

"역시 목욕을 하고 자길 잘했어. 그치?"

제니아가 오랜만에 밝게 웃으며 말하자, 사라도 기분 좋게 웃어 주었다.

"맞아요, 아가씨. 저도 몸이 날아갈 것 같아요."

두 여인은 그렇게 말하며 레이엘을 찾았다. 그리고 깜짝 놀라 눈을 동그랗게 뜨며 입을 꾹 다물었다. 레이엘이 그녀들 옆에서 곤히 자고 있었다.

그동안 레이엘이 자는 모습을 한 번도 본 적이 없기에 설마 아직까지 자고 있을 줄은 몰랐다. 사라와 제니아는 약속이라도 한 듯 조심스럽게 움직여 침대에서 내려왔다.

그리고 레이엘이 깰세라 살금살금 걸어 침대에서 멀어졌다.

침대에서 한참 떨어진 두 사람은 잠시 동안 레이엘이 자는 모습을 바라봤다. 완전한 무방비 상태였다. 지금까지 레이엘과 함께 지내면서 레이엘의 몸에서 긴장이 사라진 건 처음이었다.

"그만큼 우리를 믿게 된 걸까?"

제니아의 눈에 기쁨이 어렸다. 그리고 사라의 얼굴에도 환한 미소가 떠올랐다. 두 여인은 벅차오르는 가슴을 살짝 감싸며 계속해서 레이엘의 모습을 바라봤다.

레이엘이 깨어난 건 그로부터 두 시간이 더 지난 후였다. 사라와 제니아는 그제야 자신들이 지나칠 정도로 일찍 일어났다는 사실을 깨달았다. 여관의 홀로 내려가 보니 아침을 먹으려는 사람들로 북적댔다.

세 사람은 적당한 테이블에 자리를 잡고 앉아 식사를 마친 후, 밖으로 나갔다. 이제 이곳에서의 일을 마무리하고 발터스 영지로 가면 된다.

이곳에서 발터스 영지까지 가는 길에는 큰 마을도 별로 없고, 길도 좋지 않다. 한 마디로 낙후된 지역이었다. 그렇기 때문에 필요한 게 있다면 이곳에서 모두 준비하는 것이 좋았다.

"아가씨는 발터스 영지에 가본 적이 있으세요?"

제니아가 고개를 저었다. 가봤을 리가 없다. 그곳에 가본 사람은 전대 가주이자 제니아의 아버지인 카라미스 공작뿐이었다.

"가문에서도 그곳에 신경을 끊은 지 꽤 됐어. 아마 이번에 내가 그곳을 받지 않았다면 언젠가는 누군가에게 팔았거나, 왕국에 반납했을 거야."

발터스 영지에도 당연히 세금이 부과된다. 워낙 낙후되고 척박한 영지라 세금이 많진 않지만, 공연히 돈을 날릴 이유가 없다. 지금이야 영지 자체에서 어떻게든 세금을 마련해서 납부하고 있지만, 언제 그것이 끊어질지 알 수 없는 곳이었다.

제니아가 가려는 곳은 그런 영지였다.

"뭐, 열심히 하면 어떻게든 되겠지."

제니아가 힘을 내려는 듯 강한 어조로 말했다. 사라는 그 모습에 빙긋 웃으며 고개를 끄덕여 주었다.

"아가씨라면 분명 잘 하실 거예요. 발터스는 이제 왕국에서 가장 살기 좋은 영지가 되겠네요."

'그랬으면 좋겠지만……'

제니아는 그 말은 속으로 삼켰다. 그리고 얼굴에 드러나려는 쓴웃음을 억지로 감췄다. 아직 영지는 구경도 못했다. 벌써부터 약해질 수는 없지 않은가.

"그나저나 레이엘, 우리 어디로 가는 거죠?"

사라가 이번에는 레이엘에게 물었다. 레이엘은 손가락을 들어 한쪽을 가리켰다. 두 여인의 시선이 그곳으로 향했다. 시장이 형성된 곳에 꽤 커다란 건물 하나가 보였다. 하얀 칠이 되어 있어, 다른 상점이나 집들과는 많이 달라 보였다.

"저기가 뭐하는 데죠?"

"상단 건물이다. 제프리상단이라고 하더군."

"제프리상단이요?"

제프리상단은 제니아도 아는 상단이었다. 왕국에서 세 손가락 안에 드는 상단 중 하나였다. 그들은 왕국 삼대상단답게 다루지 않는 분야가 거의 없었다. 몬스터 부산물 역시 그들이 주로 다루는 품목 중 하나였다.

"상단에 팔면 제값을 못 받을 텐데요?"

제니아가 의아한 눈으로 물었다. 어제 시장을 모두 돌아본 이유가 몬스터의 사체를 좀 더 좋은 값에 팔기 위함이라는 걸 알기에 드는 당연한 의문이었다.

"한두 마리라면 그렇겠지만, 양이 좀 많다. 이걸 한꺼번에 처리하면 값이 떨어질 수밖에 없지."

공급이 많아지면 가격이 떨어지는 건 당연한 이치다. 제니아는 문득 레이엘이 얼마나 많은 몬스터를 잡았는지가 떠올랐다.

'하긴, 그 정도 양이면 이런 마을 정도의 경제 규모야 단숨에 흔들리겠지.'

"제값을 받고 팔려면 시간이 많이 걸린다. 조금씩 풀어야 하니까. 하지만 상단에 맡기면 그들이 알아서 그걸 조절하겠지."

제니아가 고개를 끄덕였다. 상당히 일리 있는 말이었다. 물론 언제나 공급이 수요를 따라가지 못하는 물품이라면 그게 통용되지 않겠지만 말이다.

하지만 몬스터의 사체를 판다면 공급을 조절하는 일 같은 건 불가능하다. 몬스터 사체에도 공급이 극도로 부족한 부분이 있는가 하면 그렇지 않은 부위도 있으니까 말이다.

"그럼 어제 할 일이 있다던 게……."

레이엘이 고개를 끄덕였다.

"맞다. 그동안 잡았던 몬스터를 모두 해체했지."

제니아와 사라의 입이 떡 벌어졌다. 대체 어떻게 하면 그 많은 몬스터를 하룻밤 만에 해체할 수 있단 말인가. 레이엘이 그동안 잡은 몬스터가 좀 많은가.

오우거만 30마리가 넘었다. 다크울프는 그보다 훨씬 많았다. 메탈플라워는 수가 좀 적었지만, 그래도 대여섯 마리는 될 것이다.

'보통은 오우거 한 마리를 해체하는데도 몇 시간이 걸린다고 들었는데…….'

두 여인은 질린 눈으로 레이엘을 바라봤다. 능력이 대단한 건 알고 있었지만, 이젠 숫제 인간으로 보이지도 않았다. 다시한 번 레이엘의 진정한 정체에 대한 짙은 의문이 들었다.

그들이 그렇게 얘기하고 생각하는 사이 어느새 제프리상단에 도착했다. 정확히는 상단의 지부였다. 제프리상단은 구름산맥에 가까운 마을들 중에 몇 군데에 이렇게 지부를 설치하고 상단을 운용했는데, 이 마을은 가장 저렴한 가격에 몬스터 사체를 구입할 수 있기에 상단에서도 꽤 중요하게 여기는 곳이었다.

사라와 제니아는 문을 열고 안으로 들어가는 레이엘을 따라가며 속으로 상단 사람들이 꽤 놀라겠다고 생각했다. 한 사람이 그렇게 많은 몬스터 부산물을 가져오는 경우는 아마 지금까지 거의 없었을 테니까 말이다.

제프리상단의 구름산맥 7호 지점의 지점장인 클레인은 1층의 널찍한 홀에서 정신없이 움직이는 사람들을 일일이 살피며 지시를 내리고 있었다.

제프리상단은 구름산맥을 둘러싼 마을들에 총 10개의 지점을 세우고 관리했다. 그중 이 7호 지점이 가장 좋은 성과를 내고 있었기에 지점장인 클레인의 위상도 점차 높아지는 중이었다.

'이대로라면 3년 안에 본점으로 가는 것도 불가능하지는 않겠어.'

클레인은 빙긋 미소를 지었다. 승승장구하는 자신의 모습을 생각하면 절로 웃음이 나왔다. 그렇게 미소를 짓고 있던 클레인의 눈에 문이 열리는 모습이 보였다.

"응? 이 시간에 올 사람이 있었나?"

지금은 약간 이른 시간이다. 보통 사람이라면 아침밥을 먹을 때였다. 상단의 경우 새벽에 일을 시작하기 때문에 밥도 일찍 먹지만 말이다.

문이 열리고 세 사람이 들어서자, 클레인의 눈에서 반짝 빛이 일었다. 그들을 보는 순간 뭔가 좋은 예감이 들었다. 클레인은 지금까지 자신의 예감을 믿어왔다. 아직까지는 한 번도 이런 좋은 예감이 그를 배신한 적이 없었다. 그리고 들어온 세 사람도 어쩐지 보통 사람으로 보이지 않았다.

아니나 다를까 그들은 클레인을 발견하자마자 곧장 다가왔다. 단번에 책임자가 누군지 알아챘다는 뜻이다. 클레인은 지금 상단의 다른 직원이나 일꾼들과 거의 차이가 나지 않는 옷차림을 하고 있었다.

아침의 바쁜 시간에는 언제나 막일을 편하게 할 수 있는 옷을 입어왔다. 물론 아침의 일이 마무리 되면 다시 깨끗하고 보기 좋은 옷으로 갈아입었다.

클레인은 자신을 향해 똑바로 걸어오는 사람들을 그냥 서서 기다릴 수 없었다. 왠지 마음이 급해졌다. 클레인은 즉시 걸음을 옮겼다. 그의 걸음이 점점 빨라졌다.

"어서 오십시오. 저희 제프리상단에 잘 오셨습니다."

일단 정중하게 인사를 한 클레인은 눈앞의 사내를 조심스럽게 살피며 물었다.

"한데 무슨 일로 오셨습니까?"

클레인은 레이엘을 보며 속으로 감탄을 금치 못했다. 상단에서 일을 해온 지 벌써 20년이 넘었다. 그 오랜 시간 동안 얻은 게 있다면 바로 사람을 보고 파악하는 눈이었다. 한데 아무것도 알 수가 없었다. 마치 막막한 벽을 보는 듯했다.

'이런 느낌을 주는 사람은 우리 상단주님을 제외하고는 처음인데 말이야.'

클레인은 자신의 예감이 왠지 이번에도 제대로 맞아들 것 같아 기분이 좋아졌다.

"일단 이곳은 번잡하니 안으로 드시겠습니까?"

클레인은 정중하게 세 사람을 2층으로 안내했다. 2층에는 지점장의 사무실이 있었다.

사무실에 들어간 클레인은 최대한 정중하게 레이엘 일행을 대접했다. 테이블에 앉은 세 사람 앞에 직접 차를 대령한 클레인은 조심스러운 어조로 물었다.

"하면 이제 저희 상단을 찾아온 이유를 물어도 되겠습니까?"

레이엘은 말없이 손을 내밀었다. 레이엘의 손에는 어느새 몇 가지 몬스터 부산물이 들려 있었다. 오우거의 힘줄과 다크 울프의 발톱 그리고 메탈플라워의 꽃잎이었다.

그것을 본 클레인의 눈이 대번에 빛났다.

"호오. 몬스터 부산물이로군요. 손질 상태도 굉장히 훌륭하고……."

클레인은 기대에 찬 눈으로 레이엘을 바라봤다.

"물량이 좀 많다."

클레인의 얼굴이 환해졌다.

"그렇다면 저희 상단에 제대로 찾아오셨습니다. 아무리 많은 물량이라도 얼마든지 소화가 가능한 곳이니까요. 하면 파실 물건이 오우거와 다크울프 그리고 메탈플라워의 부산물이겠군요?"

레이엘이 고개를 끄덕였다. 처음에 보여줄 세 가지 물건을 그렇게 정한 이유가 뭘 팔려고 하는지 바로 한 번에 알아보라는 뜻이었다. 클레인은 훌륭하게 그 뜻을 알아챘다. 레이엘은 새삼스러운 눈으로 클레인을 슬쩍 쳐다봤다.

"저……, 그럼 물량은 얼마나……."

"오우거 32마리. 다크울프 52마리, 그리고 메탈플라워 6마리."

클레인의 눈이 화등잔만 해졌다. 그 정도 물량이라면 각각의 몬스터 당 이곳 지부에서 몇 년 동안 모아도 힘든 양이었다.

게다가 손질 상태도 최상이다. 아직 다른 물건은 보지 못했지만 이것과 마찬가지일 거라고 거의 확신할 수 있었다. 눈앞에 있는 사람은 그런 사람이었다.

클레인의 눈에 살짝 야망이 스쳤다. 만일 이걸 모두 사서 제대로 처리할 수만 있다면 3년으로 예상했던 본점행을 1년 안으로 줄일 수도 있었다.

레이엘은 그런 클레인을 보며 입을 꾹 다물었다. 이번에도 빛이 보였다. 클레인의 몸에서도 눈부신 빛이 나고 있었다. 어쩌면 이 눈부신 빛은 자신을 제외한 다른 모든 사람들이 가지고 있을지도 모른다는 생각이 들었다.

마음이 더욱 공허해졌다. 그리고 욕망이 더욱 강해졌다. 아니, 이건 집착이었다. 빛에 대한 과도할 정도의 집착이었다. 저 빛을 가지고 싶었다. 자신의 텅 빈 마음을 저 찬란한 빛으로 가득 채우고 싶었다.

"어떻습니까?"

클레인의 말에 레이엘은 그제야 정신을 차렸다. 그러고 보니 방금 클레인이 뭔가를 열심히 설명했는데 빛에 정신이 팔린 나머지 하나도 듣지 못했다.

"못 들었다."

그렇게 열심히 떠들었는데도 못 들었다는 황당한 한 마디를 들었지만, 클레인은 싫은 내색 한 번 하지 않고 얼굴에 미소까지 머금으며 똑같은 설명을 조금 더 풀어서 자세히 늘어놓았다. 레이엘은 그 설명을 모두 듣고는 고개를 끄덕였다.

"그렇게 하지."

사실은 더 밀고 당기기를 하며 가격을 높게 받을 생각이었다. 하지만 이젠 그러고 싶은 생각 자체가 사라져 버렸다. 자신에게 필요한 건 돈이 아니었다. 빛이었다.

레이엘이 대번에 허락을 하자, 오히려 더 찜찜한 건 클레인이었다. 클레인은 적어도 세 번은 밀고 당기기를 할 거라 예상하고 가격을 조금 후려쳤는데, 단번에 레이엘이 승낙해 버리자 맥이 풀려 버렸다. 그리고 한편으로는 지나치게 가격을 후려친 것 같아 마음이 좋지 않았다.

사실 이런 건 이익을 추구하는 상인으로서는 실격이라 할 수 있었지만 클레인은 결국 고개를 저었다. 마음에 찜찜함이 남는 거래는 하고 싶지 않았다. 클레인이 어색한 표정을 지었다.

"그렇게 하면 손님께서 너무 손해를 보시니 제가 조금 더 쓰겠습니다."

클레인의 말에 놀란 것은 사라와 제니아였다. 이런 황당한 경우는 처음이었다. 하지만 레이엘의 표정에 드러난 건 흥미였다. 클레인은 머리를 벅벅 긁으며 말을 이었다.

"전 적어도 세 번은 밀고 당기기를 할 거라 예상하고 부른 가격이었습니다. 손님의 분위기에서 꽤 노련한 상인의 느낌이 나서 말이죠."

레이엘의 눈이 더욱 흥미롭게 빛났다. 클레인의 말에는 틀린 점이 하나도 없다. 자신은 꽤 노련한 상인이었다. 그리고 지금의 클레인에게서 또 다른 빛이 뿜어져 나오고 있었다.

"돈은 어떻게 드릴까요? 현금으로 바로 지급해 드릴 수도 있습니다만 그러면 가지고 다니기가 많이 불편하실 테니 보석을 적당히 섞어서 드려도 되겠습니까?"

레이엘은 고개를 저었다.

"모두 현금으로."

클레인은 당황했지만 레이엘의 표정이 너무나 담담해서 이내 고개를 끄덕였다. 그렇게 거래가 마무리 되었다. 레이엘은 여전히 찬란한 빛을 뿜고 있는 클레인을 잠시 쳐다봤다.

클레인은 자신을 바라보는 레이엘을 보며 부드럽게 웃었다.

"앞으로도 물건이 있으시면 지체하지 마시고 절 찾아 주십시오. 언제든 성심껏 모시겠습니다."

클레인의 말에 레이엘이 고개를 돌려 제니아를 쳐다봤다. 제니아는 레이엘과 눈이 마주치자 화들짝 놀랐다. 하지만 이내 그가 무슨 뜻으로 자신을 쳐다봤는지 알아채고 고개를 끄덕이고는 말을 꺼냈다.

"우리는 이제 발터스 영지로 갈 거예요."

"발터스 영지 말입니까?"

클레인이 살짝 놀란 눈으로 제니아를 바라봤다. 제니아는 클레인의 눈길을 피하지 않고 말을 이었다.

"제가 그곳의 영주예요."

"아, 이거 몰라 뵀었습니다."

클레인이 급히 일어나 허리를 숙였다.

"앞으로 그곳에 가끔 와주실 수 있나요?"

상단이 한 번 왕복하는 것만으로도 영지에 활기가 생긴다. 특히 발터스 같은 곳은 더더욱 그럴 것이다. 제니아는 기대에 찬 눈으로 클레인을 바라봤다. 하지만 클레인은 난감한 표정을 감추지 못했다.

"한 가지 문제만 해결되면 갈 수 있습니다."

"문제요?"

"그곳에 가려면 상당한 수준의 용병들을 고용해야 합니다."

제니아의 눈살이 찌푸려졌다.

"그 말씀은 그곳에 도적들이 있다는 뜻인가요?"

"도적인지 확실치는 않습니다만, 상당히 거친 자들이 있는 건 확실합니다. 그곳에 물건을 싣고 가기 위해선 최고의 용병들을 상당수 데려가야 합니다."

클레인의 말대로라면 문제가 심각해진다. 그리고 그곳에 와 달라는 말을 더 이상 할 수 없었다. 상인에게 손해를 보면서 장사를 하라고 할 수는 없지 않은가.

제니아도 클레인도 난감한 표정을 지었다. 그리고 그때 레이엘이 입을 열었다.

"가끔 와주면 좋은 물건을 주도록 하지."

"좋은 물건이라면……."

클레인의 눈빛에 기대감이 어렸다. 확실히 이번 손님은 예감대로 대박을 몰고 오는 사람이 분명했다.

레이엘이 품에서 뭔가를 꺼냈다. 그것은 작은 단검이었다. 하지만 그 재질이 범상치 않아 보였다. 클레인은 그것을 받아들고 세심히 살폈다.

"허어. 대단한 물건이로군요."

감히 몬스터 부산물과는 비교도 할 수 없는 가치를 지닌 물건이었다.

"이 문양은……, 설마 마법도 걸린 겁니까?"

클레인의 눈에 경악이 어렸다. 이건 대단하다는 말만으로는 부족했다. 정말로 굉장한 물건이었다. 이런 물건은 부르는 게 값이었다. 그리고 이런 물건을 보유하고 있다는 자체만으로 상단의 위상이 올라간다.

레이엘은 단검을 회수하며 말했다.

"나중에 발터스로 오면 파는 걸 고려해 보지."

레이엘의 말에 클레인이 단번에 허리를 숙였다.

"무슨 일이 있어도 준비해서 가도록 하겠습니다. 그 물건 꼭 제게 넘겨주십시오!"

레이엘은 가볍게 고개를 끄덕인 후 자리에서 일어났다. 레이엘이 밖으로 나가자 클레인이 황급히 달려가 다시 상단 밖까지 안내를 했다.

클레인은 레이엘과 두 여인의 모습이 보이지 않을 때까지 상단 건물 앞에 서서 배웅을 했다. 혹시라도 돌아보는 사람이 있을 때마다 허리를 깊이 숙이면서 말이다.

"고마워요."

제니아의 인사에 레이엘은 고개를 저었다. 클레인에게 그런 제안을 한 것은 제니아를 위해서가 아니었다. 아니, 그런 이유가 아예 없는 건 아니었지만, 꼭 그 때문은 아니었다.

'나는 대체 왜 이렇게 빛에 집착을 하는 건가…….'

클레인의 몸에서 뿜어져 나오던 빛 때문이었다. 그는 빛을 두 개나 가지고 있었다.

제**5**화 영주성을 장악한 사람들

레이엘의 아공간에 상당한 액수의 금화와 은화가 쌓였다.
보통 오우거의 사체는 한 마리당 100골드 정도에 거래된다.
하지만 그건 그냥 아무런 가공도 하지 않은 사체의 가격이다.
사체의 상태에 따라서 가격이 훨씬 더 내려갈 수도 있었다.

하지만 레이엘은 그것을 완벽한 상태로 해체했다. 당연히
가격이 훨씬 높아질 수밖에 없었다. 게다가 다크울프와 메탈
플라워까지 있었다. 그 모든 걸 처분해서 레이엘이 얻은 돈은
무려 16000골드에 달한다.

이 정도면 평생 호의호식하며 살고도 남는 돈이었다. 제니
아와 사라는 새삼 레이엘의 능력에 감탄했다. 만약 그가 구름

산맥 근처에서 자리를 잡고 몬스터 사냥을 하면 얼마든지 돈을 모을 수 있지 않겠는가.

'하긴, 마수의 숲에서 마수들을 상대하던 사람인데.'

마수의 경우는 몬스터보다 훨씬 비싸다. 마수의 숲으로 들어가는 자체가 위험한 일이고, 마수를 상대하는 것도 보통 일이 아니었기에 그 희소성은 어마어마하다.

'발터스 영지는 마수 사냥이 거의 불가능한 곳이라고 하던데……'

만일 그게 가능하다면 발터스 영지를 키우는 것도 불가능한 것만은 아니었다. 제니아는 레이엘을 힐끗 바라봤다. 그리고 은근한 희망을 불태웠다.

꼭 마수 사냥꾼을 육성하거나 영지병으로 마수를 사냥할 필요는 없었다. 레이엘 혼자서 해도 충분하다. 영지에 마수의 부산물이 있다는 사실만으로도 수많은 사람들이 이곳으로 몰려들 것이다.

'제2의 포레인이 되지 말라는 법도 없지.'

제니아는 그렇게 생각했다. 아니, 어쩌면 포레인보다 훨씬 더 대단해질지도 모른다. 아무리 포레인이라도 레이엘처럼 많은 마수의 부산물을 가지고 있지는 못할 테니까 말이다.

그들은 서둘러 발터스로 향했다. 아직 갈 길이 멀다. 지금까지처럼 강행군을 한다면 사흘이면 도착하겠지만, 그렇게 할 생각은 없었다. 영지에 도착하면 무슨 일을 겪을지 모른다. 이제부터는 충분히 체력을 비축하고 정신적으로도 최대한 여유를 갖춰야만 한다.

레이엘 일행은 그렇게 느긋하게 5일을 걸어 드디어 발터스에 도착했다.

"생각보다 영지가 넓은 것 같은데요?"

사라가 처음 영지에 들어서며 한 말이었다. 영지는 광활했다. 물론 대부분의 땅이 황무지에 가까웠지만, 제대로 개간만 한다면 그럭저럭 쓸 만한 땅이 될 수도 있을 것 같았다. 제니아는 순간 희망이 더 생기는 것 같았다.

하지만 두 여인의 희망은 레이엘의 한 마디에 깨끗이 사라져 버렸다.

"이런 땅에서는 농사를 짓기가 쉽지 않을 거다."

"예?"

"지력이 너무 모자라. 곡물을 심어봐야 큰 소출을 기대하긴 어렵다. 게다가 토양도 좋지 않아. 노동력 낭비다."

제니아의 얼굴에 어렸던 희망이 순식간에 사라졌다. 하지만 문득 레이엘이 그런 걸 어떻게 알고 있는지 궁금해졌다.

"대체 어떻게 한 번 보는 것만으로 아시는 거죠? 설마 농사도 지어 보셨어요?"

제니아의 물음에 레이엘이 당연하다는 듯 고개를 끄덕였다.

"해봤으니 알지."

제니아와 사라는 질린 얼굴로 레이엘을 바라봤다. 농사까지 지어봤다니, 게다가 한눈에 토양을 알아볼 정도라면 상당한 경험을 갖고 있다는 뜻 아닌가.

'뭐지? 노련한 상인에 경험 많은 농부까지? 게다가 뛰어난 대장장이에다가 마법에 검술에 정령까지. 고작 스무 살에 이 모든 걸 다 이뤘다고?'

사라와 제니아는 그제야 레이엘이 예전에 했던 말이 새롭게 다가왔다. 레이엘은 꿈이라고 했다.

'꿈이라……'

그때는 정말 꿈에서까지 노력했을 거라고 억지로 받아들였다. 하지만 지금 다시 생각하니 완전히 다른 의미였던 것 같다.

제니아와 사라가 심각한 표정으로 생각에 잠겨 있는 동안 어느새 영주성이 보이기 시작했다.

"영주성은 꽤 그럴듯하군."

레이엘의 말에 퍼뜩 정신을 차린 두 여인은 고개를 들어 영주성을 바라봤다. 레이엘의 말대로 꽤 훌륭한 성이었다. 해자도 제대로 파여 있고, 성벽도 높고 튼튼했다.

성의 규모도 상당해서 근처에 군데군데 서 있는 허름한 집들만 아니라면 백작이 머무는 성이라고 해도 믿을 수 있을 정도였다.

"성을 제외한 다른 건 별로 볼 것이 없네요."

제니아는 그렇게 말하며 성 주변을 훑어보았다. 군데군데

놓인 집들을 모두 모아도 100호가 간신히 넘을 듯했다. 그 정도라면 인구는 뻔했다.

마을도 몇 개는 있을 테니 이게 전부는 아니겠지만, 그래도 영지 전체의 인구가 만 명은 안 되는 게 확실했다. 아니, 그 절반도 안 될지 몰랐다.

제니아는 암담했지만 그래도 모든 희망을 버리지는 않았다. 어떻게든 좋은 영지로 만들고야 말겠다는 의지를 불태웠다.

'아니면 죽어야 할 테니까.'

세이드가 이대로 물러날 리 없었다. 아마 별의별 수를 다 쓸 것이다. 영지 자체에 수작을 걸 수도 있었다. 어쩌면 그렇게 자신을 바닥까지 끌어내린 다음 다시 밧줄을 드리울지 모른다. 그리고 그 밧줄을 잡는 순간부터 더 이상 세이드에게 대항할 수 없게 될 것이다.

제니아는 이를 악물었다. 결코 그렇게 될 수는 없었다. 그녀의 의지가 느껴졌는지 사라도 결연한 표정으로 제니아를 바라봤다.

그리고 레이엘은 그렇게 두 여인이 발하는 눈부신 빛을 잠시 멍하니 바라봤다.

* * *

레긴은 방금 들은 보고에 눈살을 찌푸렸다.

"새 영주가 왔다고? 이제 와서?"

지금까지 발터스에서 왕처럼 살아왔다. 그렇게 하기 위해서 영지민들을 쥐어짜 세금까지 제대로 납부해 왔다. 한데 이제 와서 영주가 나타났다니, 완전히 죽 쒀서 개 준 꼴 아닌가.

"병력은 얼마나 되지?"

"없습니다."

"뭐?"

"그게, 세 명이 왔는데, 영주는 게다가 여자랍니다."

레긴의 표정이 금세 풀어졌다.

"그러니까 기사도 병사도 없이 달랑 몸만 왔다 이거지? 시녀 하나 데리고?"

"아무래도 그런 것 같습니다. 남자가 하나 있긴 했지만……."

"뭐, 호위겠지. 그럼 기사가 한 명인가? 그쯤이야 두려울 것 하나도 없지."

레긴은 테이블을 손가락으로 톡톡 두드리며 생각에 잠겼다. 과연 새로운 영주를 건드려도 뒤탈이 없을까 고민 중이었다.

'상식적으로 생각해서 새로 부임하는 영주가 병사를 하나도 데리고 오지 않았다는 건 말이 안 되지. 게다가 이곳 발터스 영지의 사정이야 뻔한데 말이야.'

아마 카라미스 공작가에서 밀려난 귀족일 것이다. 그렇다면 건드려도 크게 손해가 나지는 않을 것이다. 문제는 다시 새로운 영주가 오는 경우였다. 만일 그가 병력까지 데리고 온다면 레긴의 시대는 끝이었다.

"좋아. 일단 안으로 들여서 정중히 대접해라. 여자라고 했지?"

레긴의 얼굴에 음흉한 미소가 감돌았다. 영주가 여자라면 영지를 손에 넣을 아주 확실한 방법이 있었다. 영주를 얻으면 된다. 그러면 레긴은 자연스럽게 진짜 영주가 될 수 있었다.

'아무런 마찰도 없이 말이지.'

레긴의 명을 받은 병사 두 명이 황급히 물러났다. 레긴이 저렇게 웃을 때는 근처에 있어 봐야 좋을 게 없었다. 레긴은 겉으로 보기에는 호리호리하고 연약해 보이지만, 그리고 사람 좋은 미소를 갖고 있지만, 실제로는 지독하리만치 잔인한 변태였다.

레긴은 두려움에 떨며 멀어지는 병사들을 보며 만족스런 표정을 지었다. 누군가 자신을 보며 두려움에 떤다는 사실이 짜릿한 쾌감을 가져다 주었다.

"영주라……. 그럭저럭 생긴 계집이면 좋겠는데 말이지. 아무리 영주가 되기 위해서라지만 펑퍼짐한 아줌마나 쭈그렁 할망구를 안으려면 고역일 테니까 말이야. 큭큭큭큭."

레긴의 음산한 웃음소리가 홀에 나직이 울려 퍼졌다.

                    *   *   *

"안으로 드십시오."

제니아는 성 안으로 안내하는 병사를 따라가면서 기묘한 느낌에 고개를 갸웃거렸다. 병사의 태도는 더할 나위 없이 정중했다. 영주를 맞이하는 거니 당연했다. 한데 뭐라 설명하기 어려운 위화감이 들었다.

병사가 그들을 안내한 곳은 성에 마련된 화려한 응접실이었다. 낙후된 영지의 성이라고는 믿을 수 없을 정도로 화려했다.

"편히 쉬고 계십시오."

병사는 그 말만 하고는 고개를 꾸벅 숙여 인사한 후, 밖으로 나가 버렸다.

제니아와 사라는 황당한 표정을 지었다. 그리고 그제야 그 위화감의 정체를 알 수 있었다.

'이건 손님 대접인가?'

이들은 제니아를 영주로 대접한 게 아니라 손님으로 대접한 거였다. 즉, 아예 영주로 인정하지 않았다는 뜻이다.

"일이 간단히 끝날 것 같지 않구나."

제니아가 한탄하듯 말하자, 사라도 굳은 표정으로 고개를 끄덕였다.

"맞아요. 아무래도 딴 맘을 먹은 사람이 있는 것 같아요. 그나저나 병사들은 꽤 훌륭해 보이는데요? 카라미스 가에 있는 병사들보다 오히려 더 나은 것 같아요."

사라도 카라미스 공작가에서 상당한 시간을 보냈다. 당연히 그 정도 안목은 있었다. 그녀가 보기에도 이곳 발터스 영지의 병사들은 정예였다.

"이렇게 척박한 곳에서 살아남으려면 강해지는 수밖에 없겠지. 그럼 상단을 공격한다는 자들이 설마 병사들인가?"

제니아는 더더욱 씁쓸해졌다. 이런 병사를 보유한 영지에 도적들이 패거리를 만들어 상단을 공격한다는 건 있을 수 없는 일이다. 영주가 병사들에게 상단을 공격하라고 사주하지 않는다면 말이다.

"문제는 이곳 발터스에는 영주대리가 존재하지 않는다는 사실이야. 아마 지금 여기를 장악한 사람은 자신을 영주대리라고 병사들을 속이고 있을지도 몰라."

제니아의 말에 사라의 표정이 더욱 심각해졌다. 만일 그렇다면 보통 위험한 일이 아니다. 지금까지 거짓으로 영주대리 역할을 해왔다면 진짜 영주에게 영지를 곱게 넘길 리가 없었다.

"그래도 날 해치거나 하지는 못할 테니까 걱정하지 마."

제니아가 빙긋 웃으며 말하자, 사라는 왠지 안심이 되는 것 같았다.

"왜 그런 거죠?"

"정식으로 영주가 왔다는 건, 위에서 관심을 가졌다는 뜻도 되거든. 만일 영주가 죽거나 사라진다면 더 큰 힘을 가진 자가 이곳을 방문하게 될 텐데 가짜 영주대리가 그걸 원하지는 않을 테니까."

사라는 고개를 끄덕이며 안심했다. 확실히 그랬다. 그런 모험을 하지는 않을 것이다. 하지만 이어지는 레이엘의 말에 두여인은 그대로 얼굴을 굳힐 수밖에 없었다.

"굳이 해칠 필요가 없지. 영주를 차지하면 되니까."

제니아의 얼굴이 살짝 창백해졌다. 그게 가장 확실한 방법이긴 하다. 하지만 이내 그녀의 표정이 결연해졌다.

"만일 그런 일이 일어난다면 전 차라리 자결을 할 거예요."

레이엘은 그런 제니아를 보며 미소를 지었다. 레이엘의 미소는 정말로 눈부셨다. 제니아와 사라는 잠시 넋을 잃고 레이엘의 얼굴을 바라봤다.

"그럴 필요는 없을 거다. 내가 그렇게 두지 않을 테니까."

제니아는 갑자기 자신의 가슴에 사아악 스며드는 기이한 느낌에 숨이 턱 막혔다. 두 손을 들어 가슴을 살짝 움켜쥐었다. 그리고 열망이 담긴 눈으로 레이엘을 바라봤다. 어느새 미소는 사라졌지만 그 잔향이 남아 제니아의 마음을 마구 뒤흔들었다.

그렇게 그들이 대화와 감정을 나누고 있을 때, 문이 살짝 열리고 시녀 한 명이 들어와 공손히 허리를 숙였다.

"레긴님께서 오셨습니다."

"레긴님?"

제니아의 반문에 시녀가 급히 말을 덧붙였다.

"영주대리님이십니다."

제니아의 눈이 반짝 빛났다. 드디어 가짜 영주대리를 보게 된 것이다.

제니아가 허락하지도 않았는데 레긴이 안으로 들어왔다. 그의 표정과 태도는 당당하기 그지없었다. 레긴은 부드러운 미소를 머금은 채 제니아에게 공손히 예를 취했다.

"레긴이라고 합니다. 부족하나마 제가 이곳 발터스를 관리하고 있습니다."

레긴은 그렇게 인사를 한 후, 시녀에게 눈짓을 했다. 시녀가 밖으로 나갔고, 밖에서 대기하던 병사 열 명이 안으로 들어와 문을 지키고 섰다. 병사들은 하나하나 대단한 실력을 가진 듯했다. 눈빛이 예사롭지 않았고, 자세에서 기세가 느껴졌다.

제니아는 그 광경을 묵묵히 바라보다가 레긴을 향해 말했다.

"발터스에는 영주대리가 없는 걸로 알았는데, 제가 잘못 알았나요?"

"아, 그렇지 않습니다. 이곳은 그저 방치되어 있었습니다. 지난 10년 동안이나요. 영지가 엉망이 되는 걸 보다 못해 영지민들이 마음을 모아 절 뽑았습니다. 임시로나마 영지를 관리하고 세금을 납부할 사람이 필요했으니까요."

제니아가 고개를 끄덕였다.

"그렇군요. 하면 방금 전 시녀의 말은······."

"그것도 신경 쓰지 않으셔도 됩니다. 그저 자기들끼리 알아서 그렇게 부르는 거니까요. 정 신경이 쓰이신다면 제가 병사들을 풀어 확실히 영지민들에게 주지시키겠습니다."

제니아가 빙긋 웃으며 고개를 저었다.

"그러실 필요는 없어요."

"그리고 외람된 말씀이지만, 제가 지금까지 이곳 발터스에서 이룩한 것들은 인정해 주셨으면 합니다. 저도 나름대로 힘들었거든요."

"일단 인수인계부터 하고 얘기를 계속하죠."

"아아, 그게 순서겠죠. 하지만 인수인계가 그렇게 간단한 것도 아니고 나름의 준비가 필요하니 조금 기다려 주셨으면 합니다. 괜찮으시겠지요?"

레긴은 그렇게 말하며 환하게 웃었다. 너무나 순진무구한 표정이라 모르는 사람이 봤다면 단번에 호감을 이끌어 냈을 것이다. 하지만 제니아는 그렇게 호락호락하지 않았다. 벌써 이런 식의 쓴맛을 몇 번이나 경험해왔다.

"일단 어쩔 수 없군요."

레긴은 만족스런 표정을 지었다.

"그럼 쉴 곳을 마련해 드리겠습니다. 부디 편히 쉬시기를."

레긴이 공손히 인사하고 나가자, 병사들도 우르르 따라갔다. 제니아는 그 모습을 보며 나직이 한숨을 내쉬었다.

"하아. 쉽지 않은 사람이네."

제니아는 반사적으로 레이엘을 바라봤다. 레이엘은 레긴을 어떻게 평가하는지 궁금했던 것이다.

레이엘의 표정은 평소와 약간 달랐다. 평소에는 아무런 표정이 없었는데 지금은 그렇지 않았다. 정확히 말하자면 예전 흑마법사를 만났을 때와 조금 비슷했다.

"레이엘?"

제니아와 사라가 의아한 눈으로 레이엘을 바라봤다. 하지만 레이엘은 아무런 반응을 보이지 않았다. 레이엘은 지금 레긴에 대해 생각하는 중이었다.

레긴에게서 흑마법의 흔적이 느껴졌다. 레긴은 절대 흑마법사가 아니다. 하지만 그 느낌이 전해진다는 건, 흑마법사와 어떤 관계가 있다는 뜻이었다.

'하긴, 흑마법사면 어떻고 아니면 어떤가.'

흑마법사라고 해서 모두 사악한 것은 아니다. 다만 일단 사악한 짓을 하기 시작하면 걷잡을 수 없는 것뿐이다. 한참을 상념에 잠겨 있던 레이엘은 문득 제니아와 사라의 시선을 느꼈다.

"왜 그러지?"

"아뇨. 너무 생각에 열중해 있으시기에 궁금해서요."

레이엘이 고개를 저었다.

"별것 아니다. 그보다 숙소로 우리를 안내해 줄 사람이 온 모양이군."

레이엘이 그렇게 말하며 문을 바라보자, 살며시 문이 열렸다. 그리고 시녀 한 명이 조심스럽게 들어왔다.

제니아와 사라는 그 모습을 보고 눈살을 살짝 찌푸렸다.

'어떻게 된 게 여기 사람들은 노크를 하지 않는 거지?'

그들은 손님이다. 손님이 있는 곳에 들어가려면 미리 노크를 하고 의중을 묻는 것이 예의다.

'아니, 손님이기 이전에 난 영주인데.'

제니아는 더 기분이 나빴다. 아무리 레긴이 있다고 하지만 성의 시녀들까지 자신을 무시하는 것 같았다. 제니아는 말없이 그들을 안내하는 시녀를 잠시 노려봤다. 시녀의 태도는 그리 달갑지 않았다. 그러고 보니 뭔가 조금 이상한 시녀였다.

"방은 그럭저럭 훌륭하군요."

제니아는 방에 들어서며 그렇게 말했다. 하지만 시녀는 그저 말없이 고개만 한 번 숙이고는 돌아가 버렸다. 사라와 제니아는 멍한 눈으로 그 모습을 쳐다봤다. 아무래도 시녀에 대한 교육부터 시작해야 할 것 같았다.

"그런 눈으로 볼 것 없다. 시녀가 아니니까."

"예?"

사라와 제니아는 레이엘의 말에 놀란 눈으로 다시 멀어지는 시녀의 뒷모습을 바라봤다. 시녀는 막 복도의 끝에 도착해 모퉁이를 돌고 있었다. 시녀가 슬쩍 고개를 돌려 레이엘 일행을 확인하는 모습이 보였다.

제니아와 사라의 눈이 살짝 커졌다.

"방금 눈이 붉게 빛나지 않았어?"

"저도 봤어요."

"이제 조금 알겠군. 방금 그 시녀가 흑마법사다. 아마 레긴을 손에 쥔 사람이겠지. 레긴은 모르고 있겠지만."

제니아와 사라는 멍한 눈으로 레이엘을 바라봤다. 왠지 일이 점점 복잡해지는 듯했다.

레긴은 질서정연하게 도열한 병사들을 쭉 둘러봤다. 병사들의 눈빛이 번득였다. 그냥 병사라고 하기에는 지나칠 정도로 강한 자들이었다. 그런 병사가 무려 100명이나 있었다.

물론 일반적인 영지의 병사 치고는 수가 적은 편이었다. 하지만 이곳 발터스 영지에서는 병사 100명을 유지하는 것도 벅찼다. 영지에서 나오는 돈이 너무 적었다. 물론 지금은 아니지만 말이다.

'그래도 용케 여기까지 왔군.'

레긴은 특별한 방법으로 병사들을 육성했다. 그래서 이 병사들은 다른 영지의 기사만큼이나 강했다. 레긴의 입가에 음흉한 미소가 떠올랐다.

'그때 그 책을 발견하지 못했다면 이런 건 꿈도 못 꿨겠지.'

8년 전 새까만 표지의 책을 발견하지 못했다면 아마 레긴은 영지민들의 반란으로 죽었을지도 모른다. 현재 발터스 영지에서 레긴을 좋아하는 영지민은 단 한 명도 없었다.

쓸 만한 여자는 모조리 성의 시녀로 끌어들였고, 젊고 그나마 조금 건강한 사내는 병사로 차출했다. 그렇게 해서 100명의 병사를 만들었다.

이 병사들은 그 새까만 책에 쓰인 비법을 이용해서 훈련을 시켰다. 레긴을 향한 병사들의 충성심은 하늘을 찌를 듯했고, 실력은 웬만한 기사와 맞먹었다.

'즉, 난 기사 100명을 가진 영주란 말이지.'

100명의 기사를 가진 영주는 그리 흔치 않다. 더구나 남작이 그 정도 기사를 가졌다면 최강이라 할 수 있었다. 아니, 웬만한 자작이라도 함부로 하지 못할 정도의 힘이었다. 물론 기사를 받쳐주는 병사가 없다면 그 힘을 제대로 쓰기 어렵겠지만 말이다.

레긴의 뇌리에 오늘 확인한 새로운 영주의 얼굴이 떠올랐다.

"제니아라고 했지, 제니아……."

처음 보고서 얼마나 놀랐는지 모른다. 레긴은 태어나서 그렇게 아름다운 여자는 처음 봤다. 게다가 그 옆에 함께 있던 사라라는 여자도 마찬가지로 아름다웠다.

'그런 여자를 둘이나 얻을 수 있게 되다니, 복이 터졌군. 큭큭큭큭.'

레긴은 병사들을 향해 손짓했다. 병사들이 레긴의 손짓에 따라 일사불란하게 흩어졌다. 이렇게 하루에 한 번씩 병사들을 보면 가슴이 뿌듯해진다.

"자아. 그럼 슬슬 작업을 하러 가볼까?"

레긴은 접대용 미소를 얼굴에 새기고 밖으로 나갔다.

"아가씨, 답답하지 않으세요?"

"답답하지."

제니아는 그렇게 대답하며 심각한 표정을 지었다. 벌써 발터스에 도착한 지 닷새가 지났다. 그런데도 레긴은 인수인계를 차일피일 미루고 있었다.

사실 인수인계 따위 안 해도 그만이다. 마법까지 새겨진 제대로 된 임명장이 있으니 이곳의 영주는 이미 제니아였다. 하지만 제니아는 제대로 된 절차를 거쳐 영지를 얻고 싶었다. 막무가내로 밀어붙여 영주가 된다면 레긴은 분명히 지저분한 수를 쓸 것이다.

'아마도 그게 돈과 병력이 되겠지?'

돈과 병력을 쓸어가 버린다면 영지 운영이 불가능해진다. 발터스 영지의 수입은 대부분 사냥과 농사다. 그 중 사냥의 비중이 더 컸다. 마수의 숲으로는 아예 들어갈 엄두도 내지 못했고, 근처에 있는 몇 개의 산에서 사냥을 하는 정도가 전부였다.

각 마을마다 농지가 있긴 하지만, 정말로 입에 풀칠할 정도밖에 곡물이 나오지 않는다. 그나마도 발터스에서 가장 쓸 만한 땅에 농지를 만들었기 때문에 더 이상의 소출은 바랄 수가 없었다.

영지 상황이 그러니 레긴이 돈과 병력을 몽땅 들고 도망치면 제니아는 그야말로 손발이 잘려나간 형국이 된다.

게다가 더 곤란한 건, 레긴이 자꾸 제니아에게 수작을 건다는 점이었다. 레긴이 무슨 생각을 하는지 훤히 알 수 있었지만, 그것을 단칼에 끊을 수가 없었다. 아직까지 칼자루는 레긴이 쥐고 있었기 때문이다.

"그래도 병사들은 정말 대단한 것 같아요. 충성심도 높고."

제니아도 그건 인정할 수밖에 없었다. 병사들은 실력도 뛰어나고 충성심도 높았다. 물론 그 충성의 방향이 자신이나 영지가 아니라 레긴이라는 것이 문제였지만.

"정말 어떻게 해야 할지 모르겠네."

제니아는 그렇게 말하며 한쪽 구석에 눈을 감고 앉아 있는 레이엘을 힐끗 쳐다봤다. 레이엘은 이곳에 도착한 내내 저렇게 앉아서 명상을 빙자한 수련을 하고 있었다. 제니아의 간절하고 안타까운 시선을 느꼈는지 레이엘이 갑자기 눈을 떴다.

"후우우."

레이엘이 숨을 길게 몰아쉬었다. 레이엘의 눈이 맑게 빛났다. 닷새 전과 분위기가 완전히 달라진 것 같았다.

"드디어 끝났군."

레이엘은 그렇게 중얼거리며 자리에서 일어났다. 드디어 카르의 왕으로부터 얻은 내단을 모두 자신의 것을 만들었다. 레이엘은 아랫배에 가득 들어찬 마나를 느끼며 기분 좋게 몸을 풀었다.

레이엘은 몸을 모두 푼 후, 제니아에게 다가갔다. 제니아와 사라의 눈이 호기심으로 물들었다. 과연 레이엘이 끝났다고 한 게 무엇인지 궁금했다. 아니, 레이엘에 대한 건 뭐든 다 궁금했다.

"일단 방향을 잘못 잡았다."

"예?"

제니아는 갑자기 다가와서 난데없는 말을 꺼낸 레이엘을 황당한 눈으로 바라봤다. 하지만 레이엘은 제니아의 시선에도 아랑곳하지 않고 말을 이었다.

"병사들은 나중 문제야. 일단 돈부터 확보해야 한다."

"돈이요?"

"레긴이 숨겨둔 돈을 먼저 찾아야 해."

제니아의 머리가 팽팽 돌아갔다. 어차피 그 돈은 영지의 돈이다. 즉, 앞으로 영주가 될 제니아의 돈이기도 했다. 하지만 또 레긴의 개인 재산이기도 하다. 그런 돈을 함부로 빼앗을 수는 없었다.

"그렇다면……."

"내가 훔쳐 주지."

"그게 가능한가요?"

레긴은 돈을 허술하게 보관할 사람이 아니다. 금고도 교묘하게 감췄을 것이고, 금고 자체에 몇 단계에 걸친 마법 보안 장치를 달았을 것이다.

제니아와 사라의 눈빛이 동시에 변했다.

"설마, 도둑도⋯⋯!"

레이엘이 가볍게 고개를 끄덕이며 대수롭지 않게 중얼거렸다.

"오늘 밤에 당장 시작한다."

사라와 제니아는 그런 레이엘의 모습을 멍하니 바라봤다. 이 사람을 만난 후로 놀라지 않은 날이 하루도 없는 것 같았다.

사실 레이엘이 5일이나 기다린 이유는 제니아가 나름대로 고민을 해보라는 뜻도 있었고, 카르의 왕으로부터 얻은 내단을 완전히 자신의 것으로 만들기 위함이기도 했다.

내단을 완전히 녹이지 않은 상태에서는 최상의 움직임을 만들어낼 수 없었다. 아무래도 이물질이 몸 안에 있는 것과 비슷했기 때문에 움직임 자체가 미묘하게 껄끄러웠다.

하지만 이제 내단을 모두 녹였으니, 더 이상 부자연스러운 움직임을 걱정할 필요가 없었다. 즉, 도둑질을 훨씬 잘 할 수 있게 되었다는 뜻이다.

"그런데 돈을 도둑맞고 레긴이 과연 가만히 있을까요?"

레긴에게는 상당한 실력의 병사가 100명이나 있다. 그들을 이용해 도둑을 잡는다는 미명으로 제니아에게 압박을 가할 수도 있었다. 그리고 레긴이 눈엣가시로 여기는 레이엘에게 해코지를 할 수도 있었다.

레이엘의 실력은 잘 알지만 100명이나 되는 병사가 한꺼번에 달려들면 쉽게 상대할 수 없을 것 같았다. 게다가 병사들의 실력이 보통이 아니었다. 제니아가 보기에 이곳의 병사들은 기사와 맞먹을 것 같았다.

"일단 병사를 먼저 장악하는 게 낫지 않을까요?"

"무슨 방법으로?"

"제가 하나하나 찾아다니며 설득해 보겠어요."

레이엘이 고개를 저었다.

"그들이 왜 레긴에게 충성한다고 생각하지?"

"급료와 가족 때문이겠지요."

"흑마법이다."

제니아와 사라의 얼굴에 경악이 어렸다.

"예? 흑마법이라고요?"

"저 병사들은 설득이 불가능하다. 어둠의 마력이 이미 골수에 스몄어. 저 정도로 깊숙이 침식당했다는 건 꽤 오랜 시간 공을 들였다는 얘기지."

"어찌……."

제니아는 그제야 레이엘이 말했던 흑마법사가 떠올랐다. 그녀는 시녀였다. 하지만 그때 봤던 붉은 눈빛은 너무나도 섬뜩했다.

"저 병사들은 데스나이트의 재료로 키워진 셈이다. 어쩌면 흑마법사의 경지가 생각보다 낮을 수도 있겠군. 오랜 시간 공을 들인 걸 보니."

"데, 데스나이트라니……."

상상만 해도 끔찍했다. 무려 100구의 데스나이트가 생긴다고 생각하니 소름이 오싹 돋았다. 만일 그렇게 되면 이 인근은 완전히 폐허가 될 것이다. 물론 흑마법사가 그럴 마음을 먹는다면 말이지만.

"그래도 아직 늦지 않았다. 골수에 스민 어둠의 마력을 모두 뽑아내고, 흑마법의 흔적을 깨끗이 지우면 평범한 사람으로 바꿀 수 있다. 물론 후유증은 좀 남겠지만."

"그래서……."

"돈을 훔쳐 레긴에게 미련을 남겨야 한다. 그래야 도망가지 않을 테니까."

사라와 제니아가 걱정스런 표정으로 레이엘을 바라봤다. 만일 그렇게 되면 필연적으로 레이엘과 병사들이 부딪치게 될 것이다. 무려 데스나이트가 되기 위해 키워진 병사들이었다.

"걱정할 것 없다. 설사 모두 데스나이트가 되었다 하더라도 날 당할 수 없을 테니까. 문제는 너희들이다."

사라와 제니아가 입술을 깨물었다. 자신들이 약하다는 건 잘 알고 있다. 하지만 이렇게 레이엘의 발목을 잡는다고 생각하니 자괴감이 들었다. 스스로가 너무나 한심하게 느껴졌다.

레이엘이 그녀들을 향해 환하게 미소를 지었다.

사라와 제니아는 순간 레이엘의 몸에서 빛이 일어나는 걸 보았다. 하지만 그 빛은 그녀들이 알아채는 순간 사라져 버렸다. 두 여인은 자신들이 착각을 했다고 생각했다. 레이엘의 미소가 너무나 환하고 아름다워서 그랬을 거라고 여겼다.

"그런 표정 지을 필요 없다. 너희는 너희들이 잘할 수 있는 걸 찾으면 되니까. 난 내가 잘할 수 있는 걸 할 뿐이다."

제니아와 사라의 눈에 결연한 빛이 맴돌았다. 어떻게든 그것을 찾고 말 것이라 결심했다. 자신들이 잘할 수 있는 걸 찾아서 레이엘에게 당당히 보여주고 자랑할 거라고 굳게 마음먹었다.

제6화 레긴과 흑마법사

밤은 금방 찾아왔다. 발터스의 밤은 음산했다. 밤이 되자 검은 안개가 뭉클뭉클 올라와 성 인근을 모조리 뒤덮었다.

레이엘은 창문을 통해 밖으로 나가며 검은 안개를 접하고는 고개를 끄덕였다. 확실히 흑마법이었다. 이 안개가 바로 병사들을 데스나이트로 만들기 위한 어둠의 마력이었다.

"이 정도로 막대한 양의 마력을 만들어내려면 보통 경지로는 어림도 없을 텐데, 아무래도 마정석을 가지고 있는 모양이군."

이렇게 성 전체를 휘감을 정도라면 상당한 마력이 필요하다. 아무리 밤이고, 빛보다는 어둠의 기운이 더 강대하다지만,

그래도 보통 능력으로는 어림도 없는 일이었다.

'이렇게 성 전체를 뒤덮은 건, 병사들뿐 아니라 다른 사람들까지도 말려들게 하려는 속셈이겠지.'

살아 있는 사람을 데스나이트로 만들기 위해선 여러 가지 조건이 필요하다. 일단 오라를 다룰 수 있을 정도로 강한 사람이라야 한다. 그리고 몸에 어둠의 마력을 빨리 흡수하도록 하는 마법진을 몇 개 새겨야 한다.

죽은 자를 데스나이트로 만드는 건 오히려 더 쉬웠다. 하지만 그렇게 하기 위해선 죽은 자의 능력이 최소 오라마스터에는 이르러야 한다. 그런 재료를 찾는 게 쉬울 리 없다. 그래서 보통의 흑마법사들은 살아 있는 사람을 키워서 데스나이트를 만든다.

'적게는 5년에서 많게는 10년까지도 걸릴 텐데, 상당히 끈기가 있는 흑마법사로군.'

레이엘은 지난 닷새 동안 가만히 앉아서 놀고만 있지 않았다. 제니아나 사라가 보기에는 계속 앉아서 명상만 한 것 같았겠지만, 레이엘은 정령을 다룰 수 있다.

바람의 정령은 바람을 다스린다. 그 말은 즉, 공기를 다룬다는 뜻이다. 레이엘은 다른 정령사와는 정령을 다루는 방식이 많이 다르다.

보통의 정령사는 정령을 불러 교감을 통해 친구가 되고, 친구에게 부탁을 하는 방식으로 정령을 다룬다. 하지만 레이엘은 정령의 근원을 다스린다. 즉, 부탁이 아니라 의지로 그 능력을 다룬다는 뜻이다.

레이엘에게는 정령사의 재능이 전혀 없었다. 그래서 편법을 이용해 정령을 얻었다. 그렇게 4개의 하급 정령과 계약 아닌 계약을 했고, 편법을 이용해 정령의 힘을 사용했다.

그렇기 때문에 가만히 앉아서 아무에게도 들키지 않고 바람의 정령을 이용하는 것쯤이야 아무것도 아니었다. 레이엘은 바람의 정령을 이용해 성 곳곳에서 흘러 다니는 소리를 모아 왔다.

도둑질을 하는 데 있어서 가장 중요한 건 정보였다. 정보도 없이 막무가내로 도둑질을 한다면 성공 가능성은 10%도 되지 않는다.

그래서 뛰어난 도둑들은 도둑질 자체보다 그것을 성공시키기 위해 정보를 모으는 데 훨씬 더 많은 공을 들인다.

레이엘이 바람의 정령을 이용해 소리를 모은 것도 정보 수집의 일환이었다.

그러한 정보 수집 작업을 통해 결국 금고의 위치를 알아냈다. 그리고 더불어 몇 가지 중요한 사실들도 알아냈다. 다른 사람들에게는 쓸모없을지 모르지만 레이엘에게는 상당히 귀중한 정보들이었다. 또한 방 안에만 갇혀 있어서는 절대 알아낼 수 없는 정보들이기도 했다.

일행이 머무는 방은 성에서도 상당히 높은 곳이었다. 창으로는 절대 무사히 빠져나갈 수 없었다. 하지만 레이엘에게는 아무런 문제가 되지 않았다.

레이엘은 창으로 빠져나가 벽에 붙은 채로 창문을 살짝 닫았다. 소리없이 창문이 닫혔고, 레이엘은 마치 거미처럼 벽을 타고 이동했다.

사방이 검은 안개로 뒤덮여 있는데다가, 레이엘이 지금 입은 옷도 새까매서 아무도 레이엘이 벽을 타고 이동하는 걸 보지 못했다.

벽에 붙어서 이동하는데도 그 속도가 바닥을 달리는 것과 큰 차이가 없었다. 레이엘은 순식간에 레긴의 침실에 도착했다.

레긴의 침실은 레이엘 일행의 숙소와 정 반대편에 있었다. 즉, 성을 타고 반 바퀴를 돈 셈이었다. 하지만 레이엘은 땀 한 방울 흘리지 않았다. 어차피 벽에 그의 몸이 붙도록 유지시켜 준 것은 손의 악력이 아니라 몸에서 실처럼 뿜어져 나온 마나였다.

레이엘의 손가락에서 마나가 가느다랗게 뽑혀 나왔다. 그 마나는 창문으로 스며들어 잠긴 창문을 열었다. 딸깍 소리조차 나지 않을 정도로 조용하게 창문이 열렸고, 레이엘은 그 안으로 그림자처럼 스며들어갔다.

레긴은 커다란 침대에 누워 자고 있었다. 레긴의 양 옆으로 알몸의 여인이 각각 한 명씩 누워서 레긴을 끌어안은 채 잠들어 있었다. 꽤 깊이 잠든 것 같았지만 레이엘은 확실히 하기 위해 마나를 조금 더 끌어냈다.

파팟!

레이엘의 손가락에서 뭉친 마나 세 개가 쏘아져 나갔다. 그 것들은 각각 세 사람의 몸 한 군데를 파고들었다. 그들의 숨소 리가 더욱 깊어졌다. 이로써 앞으로 적어도 세 시간 동안은 무 슨 일이 있어도 깨어나지 않을 것이다.

레이엘은 느긋하게 미리 조사해둔 곳을 향해 걸어갔다. 레 긴이 침실에 준비한 금고는 두 군데였다. 하나는 침대 밑이었 고, 다른 하나는 벽에 걸린 그림 뒤였다.

아직 시간은 많았다. 적어도 세 시간 동안은 완전히 안전하 다. 레이엘은 우선 벽에 걸린 그림으로 갔다. 상당히 잘 그린 초상화였다. 그림을 치우니 금고문이 보였는데, 역시 잠겨 있 었다.

레이엘의 손끝에서 마나가 실처럼 흘러나왔다.

딸깍.

잠김이 풀렸다. 하지만 레이엘은 신중했다. 손바닥을 올려 마나를 흘려보냈다. 문 안쪽의 상황이 머릿속에 그려질 듯 느 껴졌다.

티딕!

안에서 뭔가가 끊어지는 소리가 들렸다. 레이엘은 그제야 문을 열었다. 이중으로 된 알람 장치였다. 그것을 끊지 않고 문을 열면 요란한 소리가 나게 되어 있었다.

문을 열자, 차곡차곡 쌓인 금화와 은화가 보였다. 그리고 몇 개의 보석도 보였다. 레이엘은 그 위에 가볍게 손을 올리고 다시 마나를 흘려보냈다. 보통은 이런 곳에도 알람 장치를 해놓기 마련이었다.

'역시.'

금화나 은화를 건드려 그 무게가 달라지면 바로 작동하는 알람장치가 설치되어 있었다. 레이엘의 손에서 흘러나오는 마나가 더욱 진해졌다.

팅!

가벼운 금속음이 들렸다. 레이엘은 금고 안에 있던 금화와 은화, 그리고 보석을 남김없이 꺼내 아공간에 담았다.

레이엘의 손바닥이 이번에는 금고 가장 깊은 곳을 훑었다. 벽면에 동그란 홈이 보였다. 레이엘의 손에 마나가 진하게 뭉치면서 그 홈을 남김없이 메웠다.

딸깍.

이중으로 장치된 문이 대번에 열렸다.

그 안에는 밖에 있는 금화나 은화와는 차원이 다른 것들이 들어 있었다. 팔뚝만 한 금괴가 쌓여 있었다. 적어도 금괴 하나의 값어치가 100골드는 될 것 같았다.

레이엘은 그 금괴도 남김없이 쓸어 담았다. 물론 그 안에 설치된 알람 장치를 해제하는 것도 잊지 않았다.

그림 뒤의 금고는 그런 식으로 모두 3단계에 걸쳐 설치되어 있었다. 그 안에는 금화나 은화, 그리고 금괴와 커다란 보석들과 더불어 몇 가지 문서들이 있었다. 레이엘은 일단 아무것도 확인하지 않고 모조리 아공간에 담았다.

이제는 침대 밑에 있는 금고를 처리할 차례였다. 침대 밑에 있는 금고는 침대를 치우지 않으면 열 수 없는 구조로 되어 있었다. 마나를 실처럼 가느다랗게 뽑아 모든 장치를 확인할 수 있는 레이엘에게 그런 구조를 파악하는 것쯤은 너무나 간단한 일이었다.

레이엘은 일단 침대 위쪽에 있는 의자를 침대 아래쪽으로 옮겼다. 신경 써서 정확한 위치를 맞췄다. 그렇게 하지 않으면 침대를 움직일 때 또 알람이 울리게 되어 있었다. 내부의 구조를 모두 파악한 레이엘에게 있어서 그런 장치는 아무런 효과를 발휘하지 못했다.

레이엘은 의자를 옮긴 후 침대 앞에서 양손을 들어올렸다.

휘잉!

레이엘을 중심으로 가벼운 회오리가 생겨났다. 그리고 침대가 천천히 위로 들렸다. 바람의 정령을 이용한 것이다. 침대를 공중에 떠올린 바람은 그것을 그대로 옆으로 이동시켰다. 정확히 침대의 크기만큼만 움직인 후, 조용히 내려놓았다.

침대 밑에 있는 금고 역시 벽에 있는 것과 비슷한 방식이었다. 레이엘은 어렵지 않게 문을 열 수 있었다. 크기가 벽보다 훨씬 큰 만큼 안에 든 물건도 부피가 큰 것들 위주였다.

그곳에 있는 건 주로 도자기나 유명한 그림 같은 예술품 종류였다. 그리고 잘 만들어진 무구도 몇 개 있었다. 그 중 하나는 마법까지 걸린 무구였다. 레이엘은 그것들도 남김없이 아공간에 넣었다.

마지막으로 새까만 책 한 권이 작은 상자 안에 놓여 있었다. 상자도 꽤 공들여 만든 것이었다. 레이엘은 그 책을 보고는 고개를 끄덕였다. 책에서 음산한 기운이 확 풍겨왔다.

모든 걸 얻은 레이엘은 다시 침대를 원래대로 돌려놨다. 그리고 의자를 처음 그 자리에 놓은 후, 조용히 레긴의 침실을 빠져나갔다. 창문을 통해 나가기 전에 가운데에 구멍을 낸 은화 하나를 레긴의 머리맡에 놓아두었다.

아마 내일 아침이 되어 그것을 발견하면 레긴도 뭔가 이상함을 느끼고 금고를 확인할 것이다.

레이엘은 다시 창문을 닫고 마나를 이용해 창문을 잠갔다. 그리고 벽을 타고 조용히 이동했다. 어느새 방으로 돌아온 레이엘은 자신의 침대로 스며들어가 조용히 눈을 감았다.

발터스 영주성이 발칵 뒤집혔다. 레긴은 아침부터 길길이 날뛰며 병사들을 닦달했다.

"찾아! 어떻게든 찾으란 말이다!"

지난 8년 동안 애써서 모은 모든 것이 날아갔다. 그것도 자신의 것만 도둑맞았다. 성의 재물은 하나도 건드리지 않고, 오로지 침실에 있던 레긴의 재물만 건드렸다.

'게다가 그 책과 서류까지 사라졌으니……!'

다른 것도 문제지만 그 책은 더 문제다. 재물이야 다시 모으면 된다. 영주 일만 잘 해결하고 난 후 앞으로 영지민들을 좀 더 몰아붙이면 8년이 아니라 3년이면 같은 양의 재물을 모을 수도 있었다.

이제는 어느 정도 자리가 잡혀 지나치게 큰 액수의 뇌물이 한꺼번에 쓰일 일도 없었으니까.

하지만 그 책은 다르다. 거기에는 병사를 조련하는 법이 쓰여 있었다. 한데 그 방법이 일반적인 것과는 궤를 달리한다. 레긴은 병사들을 강하게 훈련시키기 위해 피를 썼다.

처음에는 짐승의 피를 이용했고, 나중에는 사람의 피를 썼다. 짐승의 피보다 사람의 피가 훨씬 효과가 컸기 때문이다. 물론 다 책에 쓰여 있는 내용이었다.

그 사실이 외부로 알려진다면 레긴은 매장당할 수도 있었다. 문제는 그뿐만이 아니다. 사라진 서류는 더 중요했다.

'내 광산이……!'

발터스 영지는 크기만 하고 쓸모는 전혀 없었다. 농지로 쓸 만한 땅이 거의 없었고, 별다른 특산물도 없었다. 산이 몇 개 있긴 했지만 모두 돌산에 가까웠다. 땅이 척박한데 산에 나무가 잘 자랄 리 없었다.

그나마 몬스터의 위협이 거의 없다는 점이 위안이었지만, 굶주림의 위협은 그보다 훨씬 무서웠다.

그 척박한 땅에서 레긴은 희망을 찾아냈다. 물론 레긴이 찾아낸 게 아니라, 다른 사람이 찾은 걸 가로챘을 뿐이었다. 발터스에는 광산이 존재했다.

발터스에 있는 쓸모없는 돌산 중 하나에서 철광석이 발견된 것이다. 매장량은 확인하지 못했지만, 꽤 양질의 철광석을 캐낼 수 있었다. 당연히 레긴은 그것을 비밀로 하고 왕국에 보고하지 않았다.

그곳에서 나는 철광석을 이용해 부를 축적하고, 영지의 세금을 해결했다. 그리고 주변 영지와의 마찰을 줄이기 위해 조심스럽게 돈으로 기름칠을 했다.

한데 영지에 광산이 있다는 사실이 외부에 알려진다면 발터스는 먹잇감으로 전락하고 말 것이다. 게다가 신고조차 하지 않았다. 왕국에서도 가만히 있지 않을 것이다. 이보다 더 탐스러운 먹이가 어디 있단 말인가.

레긴은 어금니를 꽉 물었다. 이대로는 끝장이다. 뭔가 대책을 세워야만 했다.

"일단 도둑놈을 잡아야 돼. 대체 어떤 놈이지? 몇 중으로 함정을 깔았는데, 그걸 몽땅 해제하다니, 보통 놈이 아니야."

어쨌든 도둑맞은 물건의 양이 상당히 많다. 벽 쪽의 금고에 있던 금화와 금괴만 해도 한 사람이 옮기기에는 쉽지 않을 정도로 무거웠고, 양도 많았다. 하물며 침대 아래에 있는 것들은 주로 부피가 큰 것들이었다.

"그 많은 걸 한꺼번에 가져갈 수 있을 리 없지."

그 뜻은 조력자가 있거나, 아니면 지속적으로 물건을 빼돌리고, 어젯밤에 레긴에게 흔적을 남겨서 알게 만들었다는 뜻이다. 레긴은 생각하면 생각할수록 분했다.

"으드득. 누군지 모르지만 감히 내게서 도망칠 수 있을 거라 생각했느냐? 절대 가만두지 않겠다."

레긴은 분이 풀리지 않아 끊임없이 이를 갈았다.

"소란스럽네요."

제니아가 눈을 빛내며 말했다. 방 안에 가만히 있어도 밖에 뭔가 일이 터졌다는 걸 알 수 있을 정도였다. 창밖으로 병사는 물론이고 수많은 사람들이 바삐 움직이는 모습이 보였다. 복도에서도 계속 부산스러운 소리가 들려왔다.

방음이 꽤 잘 된 방이었는데도 그런 소리가 들려올 정도니 사람들이 얼마나 다급히 움직이는지 알 수 있었다.

"우리도 모르는 새에 일을 마무리하셨나 봐요."

제니아가 묻자, 레이엘이 대수롭지 않다는 듯 고개를 끄덕이고는 품에서 서류 한 장을 꺼냈다.

"이게 뭐죠?"

제니아는 그 서류를 받아 읽고는 눈을 크게 떴다.

"광산이로군요?"

"예? 아가씨, 여기 광산이 있었어요?"

제니아가 기쁜 표정으로 사라를 바라보며 미소 지었다.

"응. 철광석이 나오는 광산이야. 레긴이 왕국에 신고를 안 했어. 어쩌면 여기 말고도 광산이 또 있을지도 모르겠네."

제니아가 기대 어린 표정으로 레이엘을 바라봤다. 레이엘도 긍정적인 의미로 고개를 끄덕여 주었다.

"광산을 여러 개 운영하면 들킬 확률이 높아지니까 아예 시도조차 안 했을 가능성이 크다. 어쩌면 다른 광산이 있을지도 모르지."

사실 레이엘은 당연히 다른 광산이 있을 거라고 생각했다. 마수의 숲은 여러 가지로 주변에 영향을 미친다. 이곳이 이렇게 황폐한 이유도 다 마수의 숲 때문이다. 마수의 숲 근처에 제대로 조건이 맞는 장소가 있다면 마나스톤이 나올 수도 있었다.

'아마 마수의 숲 안으로 조금 들어가긴 해야겠지만.'

발터스 쪽에 펼쳐진 마수의 숲은 포레인 쪽보다 훨씬 더 무섭다. 포레인 쪽은 그래도 어느 정도는 들어갈 수 있었다. 그래서 하급 마수들 몇 마리는 어찌어찌 사냥이 가능했다. 하지만 이쪽은 그 자체가 완전히 불가능했다.

"이제 레긴만 몰아내면 되겠군요. 한데 그게 가능할까요?"

"시간이 좀 걸린다. 병사들을 모두 구하려면. 다 죽이겠다면 지금 당장이라도 할 수 있지만."

레이엘은 그렇게 말하며 제니아를 바라봤다. 제니아는 당연히 고개를 끄덕였다.

"물론 모두 구해야죠. 병사들을 어떻게 죽음으로 몰아넣겠어요. 다만, 레이엘이 너무 고생을 하시는 것 같아서……."

"별로 고생이랄 것도 없다. 어차피 난 날 위해서 움직이는 거니까."

레이엘은 진심으로 그렇게 말했지만 제니아도, 또 사라도 그 말을 곧이곧대로 받아들이지 않았다. 레이엘은 지금까지 조건 없이 그녀들을 계속 도와줬다. 특별한 이유가 있는 것도 아니었다.

만일 그녀들을 이용해 이 영지를 집어삼키려는 속셈이 있다면 얘기가 조금 달라지겠지만, 사실 레이엘은 굳이 이렇게 복잡하게 일을 벌이지 않아도 이 정도 영지는 얼마든지 얻을 수 있을 만한 능력이 있었다.

"정말로 고마워요."

제니아는 촉촉한 눈으로 레이엘을 바라보며 말했다. 사라도 비슷한 표정으로 레이엘을 바라봤다. 레이엘은 무표정한 얼굴로 두 여인의 눈빛을 받아들였다.

"그보다 이제 슬슬 움직여야겠다."

레이엘이 자리에서 일어났다. 흑마법사가 눈치를 채면 일이 조금 더 복잡해질 수 있었다. 그 전에 서둘러 일을 시작해야

했다. 적어도 레이엘이 병사들에게 뭔가 손을 쓴 이후에 흑마법사가 알게 되는 것이 가장 이상적이었다.

레이엘은 문을 열고 밖으로 나갔다. 그리고 뒤돌아 두 여인에게 말했다.

"조심해라."

제니아와 사라는 정신없이 고개를 끄덕이고는 동시에 말했다.

"레이엘도 조심하세요."

레이엘이 한 번 고개를 끄덕인 후, 문을 닫았다.

제니아와 사라는 그 순간 문에 은은한 빛이 감도는 것을 확인했다. 두 여인의 마음이 거세게 흔들렸다. 레이엘이 또 뭔가 신경을 써준 것이다. 자신들의 안전을 위해서.

레이엘은 빠르게 걸었다. 주변에 많은 사람들이 있었지만 레이엘에게 신경을 쓰는 사람은 한 명도 없었다. 레이엘은 기척을 완전히 죽이고 걸었다.

그리고 감각의 사각으로만 움직였다. 도둑의 기술과 암살자의 기술, 그리고 마법을 적절히 섞어서 만들어낸 새로운 능력이었다.

목표는 100명의 병사들이었다. 오늘 하루에 모두 처리할 수는 없었다. 하지만 최소한 절반은 해결해야만 한다. 일단 흑마법사의 눈이 미치지 않는 곳부터 시작할 계획이었다.

레이엘이 흑마법사를 먼저 잡지 않는 이유는, 첫째로 흑마법사가 먼저 알아차리면 병사들을 그대로 폭주시킬 위험이 있기 때문이다. 아직 데스나이트로는 못 만들었지만 어둠의 기운은 충분히 심어 두었다.

그것을 폭발시키면 이런 작은 영지쯤은 그대로 박살이다. 레이엘이 마음먹고 암살을 하면 그쯤이야 쉽게 처리하겠지만 혹시 모르니 최대한 조심스럽게 접근해야만 한다.

두 번째로 범인이 과연 흑마법사 한 명인지 확신하지 못했기 때문이기도 했다. 만일 레이엘이 미처 파악하지 못한 흑마법사가 또 있다면 영지가 위험해진다.

레이엘은 일단 성을 벗어났다. 병사들은 지금 영지 곳곳에 퍼져 있었다. 스무 명쯤을 제외하면 모두 영지에 흩어져 도둑을 찾는 중이었다. 레이엘은 그들을 노렸다.

성에서 벗어난 지 얼마 되지 않아 병사 셋이 보였다. 병사들은 모두 둘이나 셋씩 모여서 다녔다. 결코 혼자 다니는 법이 없었다. 하지만 레이엘에게는 혼자나 셋이나 그게 그거였다.

레이엘이 병사들에게 다가갔다. 그런데도 병사들은 전혀 알아차리지 못했다. 병사들 옆에 도착한 레이엘의 손이 눈부신 속도로 움직였다.

레이엘의 손끝에서 새하얀 섬광이 일었다. 예전 흑마법사 다카르가 성휘라 부르던 그 빛이었다. 성휘는 그대로 병사들의 등을 파고들었다.

스팟!

옷으로 가려진 병사의 등에서 하얀 빛이 새 나왔다. 그 빛은 원 안에 기하학적인 선으로 이루어진 마법진의 모양으로 빛났다.

그렇게 세 병사의 등에 성휘로 이루어진 마법진을 새긴 레이엘은 빠르게 그곳에서 벗어났다. 병사들은 자신들의 몸에 무슨 일이 벌어졌는지 전혀 인지하지 못한 채, 할 일만 충실히 했다.

레이엘은 그런 식으로 성 밖에 돌아다니는 병사들을 하나하나 찾아다니며 성휘의 마법진을 등에 새겼다.

그렇게 열심히 돌아다닌 결과 처음 목적했던 것보다 훨씬 많은 수의 병사에게 마법진을 새길 수 있었다. 밖을 돌아다니던 병사 80명은 모두 등에 레이엘의 마법진이 새겨졌다.

그리고 병사들은 도둑을 잡지 못했다.

*　　　*　　　*

쾅!

"젠장! 이 미꾸라지 같은 놈!"

레긴은 미칠 지경이었다. 도둑은 물론이고 물건을 빼돌린 흔적조차 찾을 수가 없었다. 이 근방에서 그 정도 물건을 처리할 수 있는 곳은 흔치 않았다. 도둑질한 물건을 처리하려면 암

시장을 이용해야 하는데, 발터스에는 당연히 암시장 자체가
존재하지 않고, 근방의 영지에 있는 암시장은 규모가 너무 작
았다.

"일단 처분이 가능한 암시장부터 조사해 봐야겠군."

생각이 있는 도둑이라면 훔치자마자 암시장에 팔아치우는
바보 같은 짓은 안 할 것이다. 즉, 그 일은 인내를 가지고 조
사해야 한다는 뜻이다. 레긴은 본래 참을성이 강했지만, 이번
만큼은 그 참을성을 발휘할 수 없었다. 광산 때문이었다.

"크윽. 그 사실이 외부에 알려진다면 난 끝장이야."

만일 누군가 그 문서를 얻어 레긴을 협박한다면 꼼짝없이
당하고 만다. 거의 노예가 되는 것과 진배없는 상황이 될 것이
다. 그런 일은 결코 용납할 수 없었다.

"최소한 그 책과 서류만은 꼭 찾아야 돼. 무슨 수를 써서
든."

사실 레긴은 그냥 도망치고 싶었다. 하지만 그럴 수가 없었
다. 도망갈 때 가져가야 할 모든 것들을 도둑맞았기 때문이다.
레긴의 머릿속에 영주성의 창고가 떠올랐다.

아직 영주성의 창고에는 재물이 좀 있었다. 그것은 영지의
재산이다. 공식적인 재물이라 레긴도 손을 대지 않은 것들이
었다.

"만일 사흘 내에 그것을 못 찾는다면, 어쩔 수 없이 성의 창
고를 털어서 도망쳐야겠군."

레긴은 그렇게 결심하며 눈을 빛냈다.

*　　　*　　　*

시녀 복장을 한 여인 한 명이 조용히 걸음을 옮겼다. 그녀는
성의 지하로 걸어가고 있었다.

"이제 슬슬 날이 어두워지네? 서두르지 않으면 늦겠다."

여인이 발걸음을 서둘렀다. 성의 지하에는 감옥이 있었다.
감옥은 텅텅 비어 있었다. 간수조차 없었다. 발터스 성은 감옥
을 유지할 필요가 없었다.

지하감옥의 가장 끝부분에 도착한 여인은 바닥을 발로 이리
저리 훑었다. 그러자 흙이 사방으로 흩어지며 바닥에 붙은 작
은 문 하나가 드러났다.

끼이익!

여인은 문을 열고 안으로 들어갔다. 계단이 길게 드리워져
있었다. 여인은 계단을 따라 아래로 계속해서 내려갔다.

지하감옥의 지하에는 상당한 크기의 방이 만들어져 있었다.
여인이 공들여 만든 방이었다. 각종 실험 도구들과 재료들이
곳곳에 차곡차곡 쌓여 있었다.

여인은 발터스 영지를 이용해 자신의 야망을 채우려 하는
흑마법사, 메디안이었다.

"자아, 그럼 시작해 볼까?"

메디안은 방 한가운데 있는 커다란 상자를 열고 안에서 주먹만 한 새까만 돌을 꺼냈다. 마정석이었다.

보통 마정석은 마수나 몬스터의 몸에서 나온다. 마수든 몬스터든 몸에 마나가 흐르거나 모이는 곳이 있는데, 그곳에 비정상적인 마나가 오랜시간 모이면 마정석이 된다.

일반적으로 마정석은 손톱만 한 크기였다. 마정석이 만들어지는 것 자체가 어려운 데다가 그 크기가 커지려면 마정석을 품은 몬스터나 마수가 오랜 시간 살아야 하는데, 그러기가 쉽지 않기 때문이었다.

그런 면에서 메디안이 꺼낸 마정석은 극히 보기 드문 크기의 마정석이었다. 메디안은 사랑스럽다는 듯 마정석을 뺨에 대고 손으로 부드럽게 쓰다듬었다.

"너 때문에 내가 산다. 호호호."

메디안은 마정석을 바닥에 그려진 마법진 중앙에 살며시 올려놓았다. 그리고 그 앞에 서서 양손을 번쩍 들고 나직이 주문을 외웠다.

메디안의 몸에서 검은 연기가 뭉클뭉클 뿜어져 나왔다. 그 연기는 바닥의 마법진으로 스며들었고, 이내 마정석에서 새까만 기운이 마구 뿜어져 나오기 시작했다.

그리고 순식간에 방 안이 검은 연기로 가득 찼다. 그것은 어둠의 마력이었다. 방을 가득 채운 어둠의 마력은 계속해서 밖으로 흘러나갔다. 그리고 이내 성을 완전히 장악해 버렸다.

주문을 모두 외운 메디안은 지친 얼굴로 손을 내렸다.

"하아. 이제 내 일은 끝났네. 나머지는 그 사람이 알아서 하겠지."

이 지하석실은 메디안 혼자 만든 것이 아니었다. 크로우라는 자와 함께 만든 곳이었다. 크로우 역시 메디안과 마찬가지로 흑마법사였다. 다만 그는 메디안보다 경지가 한 단계 높았다. 6클래스였다.

크로우는 어둠의 마력으로 이루어진 안개 속을 헤치고 나아가 병사들의 숙소로 향했다. 크로우의 몸은 현재 완전히 검은 안개와 동화되어 있었다. 그래서 누가 보더라도 그저 검은 안개로만 보이지 사람의 모습으로는 보이지 않았다.

현재 영주성에서 크로우는 주방장으로 위장하고 있었다. 실제로 요리에 꽤 재능이 있기도 했고, 요리를 통해 성 내에 있는 사람들에게 수작을 부리기도 좋았기 때문이다.

매일 병사들의 요리에는 더 신경을 썼다. 기본적으로 다크나이트를 만들기 좋도록 요리에 흑마법의 비법으로 만든 약을 조금씩 섞었다.

병사들의 숙소에 도착한 크로우는 안개에 휩싸인 몸으로 마력을 뿜어냈다. 주문도 필요 없었다. 그저 알맞은 마력을 뿜어내 병사들의 몸에 미리 새겨놓은 마법진을 활성화시키기만 하면 된다.

병사들의 뒷목에 검은색 마법진이 떠올랐다. 그리고 사방을 장악한 어둠의 기운이 그곳으로 맹렬히 빨려 들어갔다.

크로우는 그 모습을 만족한 표정으로 바라보다가 흩어지듯 사라졌다. 마법은 어둠의 기운이 완전히 사라지면 저절로 멈출 것이다.

'데스나이트가 무려 100구라……. 내가 곧 세상을 지배하겠구나. 크하하하!'

크로우는 속으로 마음껏 웃으며 자신의 숙소로 스며들어갔다.

다음 날, 레이엘은 나머지 병사들의 몸에도 성휘의 마법진을 새겼다. 그것은 어둠의 기운을 몸 밖으로 조금씩 끊임없이 배출하는 기능을 가졌다. 물론 그냥 내보내지 않는다. 어느 정도 정화를 시켜서 내보내게 되어 있었다.

남은 수가 20명밖에 안 되기 때문에 금방 끝났다. 그렇게 모든 작업을 마친 레이엘은 다시 방으로 돌아왔다.

사라는 레이엘이 방으로 들어오자 반색을 하며 반겼다.

"일은 다 끝나셨나요?"

레이엘이 고개를 끄덕였다.

"대충. 이제 곧 반응이 오겠지. 하나는 확실한데, 나머지 하나가 긴가민가하군. 워낙 기척을 드러내지 않아서."

"그 말씀은 흑마법사가 한 명이 아닐 수도 있다는 뜻인가요?"

레이엘은 다시 고개를 끄덕였다. 거의 확실했다. 아무리 마정석을 가지고 있다 하더라도 혼자서 100명이나 되는 병사들을 한꺼번에 작업하는 건 거의 불가능에 가까웠다. 병사들의 몸에 새겨진 마법진의 흔적을 살펴보니 더 확신이 생겼다.

"레긴 쪽은 아직 반응이 없었나?"

제니아가 씨익 웃었다.

"오늘쯤 찾아올 것 같아요."

레긴은 지금 몸이 달아 있었다. 레긴의 입장에서는 도둑을 잡지 못하면 무조건 도망쳐야 한다. 하지만 그 전에 제니아를 꼬여내면 어떻게든 광산 일을 무마시킬 수 있는 방법이 있었다.

"아마 이것이 필요할 테니까요."

제니아는 손을 들어올려 손가락에 낀 반지를 보여줬다. 보랏빛 보석이 박힌 반지, 인장이었다.

"전 지금 남작의 신분이거든요. 그리고 이 인장은 발터스 영지의 직인이 되기도 하고요. 이렇게 말이죠."

제니아가 품에서 양피지 한 장을 꺼냈다. 그 양피지는 제니아의 영주 임명장이었다. 그곳에 선명하게 인장이 찍혀 있었는데, 바로 그 인장이 제니아의 인장이었다.

레긴이 지금 쓸 수 있는 방법은 제니아의 인장을 이용해 광산을 발견했다고 왕국에 보고하는 것이었다. 물론 사기다. 하지만 영주의 인장이 포함된 사기이기 때문에 기름칠을 하기가 훨씬 편하다.

그리고 레긴은 딱 거기까지면 그만이었다. 어차피 광산이 알려지면 더 이상 이곳 발터스는 희망이 없다. 그동안 모은 재물을 들고 다른 곳으로 떠나는 것이 상책이었다.

제니아는 레긴이 지금쯤 그 방법을 생각했을 거라 예상했다.

"즉, 저한테 모든 걸 떠넘기고 도망치겠다는 속셈인 거죠."

"꽤 괜찮은 방법이군. 하지만 그러려면 인수인계를 해야 할 텐데?"

"하겠죠. 광산에 대해 왕국에 보고하지 못한 건 어쩔 수 없는 일이었다고 하소연하면서 말이에요."

제니아의 말에 사라가 감탄을 하며 그녀를 바라봤다.

"아가씨, 대단해요. 어떻게 그런 걸 다 예상하실 수가 있으신 거죠?"

제니아가 어색한 미소를 지었다.

"그냥 계속 생각해 봤을 뿐이야. 나라면 어떻게 할까 하고."

"정말로 대단해요!"

사라가 연방 감탄했다. 그리고 타이밍 좋게 노크 소리가 들렸다.

똑똑!

"저 레긴입니다. 들어가도 되겠습니까?"

제니아는 피식 웃으며 문 쪽을 노려봤다. 그동안 레긴은 물론이고 성의 모든 사람들은 이 방에 들어오며 노크라는 것을 하지 않았다. 한데 상황이 이렇게 되니 예의를 차리는 게 너무나 우스웠다.

"들어와요."

허락이 떨어지기 무섭게 레긴이 다급히 문을 열고 안으로 들어왔다. 레긴은 다짜고짜 허리를 숙여 인사하고는 본론을 꺼냈다.

"인수인계의 준비가 모두 끝났습니다."

제니아가 그런 레긴을 약간 오만한 자세로 힐끗 쳐다봤다.

"그래요? 그런데 이걸 어쩌죠? 오늘은 내가 바빠서 안 되겠는데요?"

레긴은 제니아의 반응에 크게 당황했다.

"아, 그, 그게 얼마 걸리지 않습니다. 영주님의 시간을 오래 빼앗지 않을 겁니다."

"미안해요. 어차피 급하지 않으니 나중에 천천히 하도록 하죠."

제니아는 그렇게 말하고 사라와 레이엘에게 눈짓을 하고는 밖으로 나갔다. 레긴은 제니아가 밖으로 나가는 것을 말리지 못했다. 예상외의 상황에 너무나 당황했기 때문이다.

"아! 이런! 안 돼! 막아! 나가지 못하게 막으란 말이야!"

레긴이 그제야 문밖에 있는 병사들에게 명령을 내렸다. 병사들이 움직이려 했지만 어느새 제니아 일행은 보이지 않았다.

병사들이 주춤거리기만 하자, 레긴이 화가 머리끝까지 나서 밖으로 나왔다. 하지만 아무도 없는 걸 보고 병사들을 닦달했다.

"찾아! 어떻게든 찾아서 내 방으로 끌고 와!"

레긴의 뇌리에서 여유가 사라졌다.

'저 계집이 뭔가 눈치를 챈 거야. 이대로 있으면 난 죽는다. 무력을 써서라도 어떻게든 일을 해결해야 돼.'

레긴은 점점 초조해졌다. 어찌나 초조한지 등줄기에서 식은 땀이 줄줄 흘러내리는데 그조차 인지하지 못할 정도였다. 초조함이 극에 달한 레긴의 눈에서 섬뜩한 붉은빛이 잠시 번득였다.

제7화 메디안과 크로우

　제니아 일행은 성 밖으로 나갔다. 제니아와 사라는 레이엘을 따라 성 밖으로 나가면서 신기한 표정을 감출 수 없었다.

　"어떻게 이럴 수가 있죠? 사람들이 우리를 없는 사람으로 취급해요."

　그들의 방에서 복도를 지나고, 또 계단을 내려가 성 밖으로 나가는 동안 중간에 만난 시녀나 하인들만 해도 부지기수였다. 게다가 병사들도 있었다. 한데 아무도 일행을 인지하지 못했다. 마치 세상에서 그들만 동떨어진 것 같았다.

　심지어는 복도를 지날 때, 뒤에서 레긴이 외치는 소리까지 들었다. 어서 자신들을 잡으라는 소리를 들어서 깜짝 놀라 뒤를 돌아봤는데도 레긴과 병사들은 그들을 발견하지 못했다.

"설마 이거 투명 마법인가요?"

사람 몸을 보이지 않게 하는 투명 마법은 상당히 고난도의 마법이다. 마법 자체는 6클래스의 마법이지만, 공간마법과 마찬가지로 6클래스의 실력으로는 펼치기 어려웠다. 적어도 7클래스는 되어야 펼칠 수 있는 마법이었다.

"세 사람을 동시에 투명하게 만들 수 있다니, 놀라워요!"

사라의 눈이 커졌다. 투명 마법이야 쓸 수 있는 사람이 종종 있었지만, 이렇게 한꺼번에 여러 명을 동시에 투명하게 만드는 마법사에 대한 얘기는 아직 들어보지도 못했다.

사라의 반짝반짝 빛나는 눈을 본 레이엘이 무심하게 말했다.

"마법이 아니다."

"예? 마법이 아니라뇨?"

"마법이 조금 섞이긴 했지만, 이건 기술이다."

사라는 더 알쏭달쏭한 표정을 지었다. 레이엘의 말을 이해할 수가 없었다. 하지만 야속하게도 레이엘은 더 이상 설명해주지 않았다.

세 사람은 성을 벗어나 성에서 가장 가까운 마을로 향했다. 이곳은 앞으로 제니아가 다스려야 할 영지다. 영지에 대해 자세히 알면 알수록 다스리기가 편해진다. 오늘 제니아는 핑계김에 시찰을 나가기로 한 것이다.

"……정말로 열악하군요."

영지민들의 생활은 처참했다. 대부분의 사람들이 착취를 당하고 있었다. 제대로 먹지 못해 비쩍 마른 몸으로 힘겹게 일을 했으며, 그나마도 척박한 땅을 일구느라 고생이었다.

레이엘은 제니아와 사라의 안쓰러운 눈빛을 보고는 이동을 좀 더 빨리했다. 발터스 영지에는 도시는 하나도 없고 마을만 일곱 개가 있었다. 오늘 중으로 그 마을을 모두 돌아볼 생각이었다.

자세한 상황을 알아보는 것보다 대략적으로 둘러본 다음 다시 차근차근 세세한 부분까지 알아가는 게 더 낫다고 판단했다.

레이엘의 능력이 어찌나 뛰어났는지 오후가 절반도 지나기 전에 일곱 개의 마을을 모두 둘러볼 수 있었다. 그리고 발터스 영지가 얼마나 큰지도 알 수 있었다.

발터스 영지는 영주성이 있는 곳이 가장 서쪽 끝이었다. 그리고 거기서부터 마수의 숲이 있는 곳까지가 영지였는데, 마을들은 모두 성에서 가까웠다. 그 뒤로는 땅이 너무 척박해서 농사는 아예 불가능했고, 마수의 숲에 가까워진다는 이유 하나만으로 불안했기 때문이다.

일곱 개의 마을을 모두 돌아본 제니아와 사라는 침중한 표정을 감추지 못했다.

"정말 너무하는군요."

"광산까지 있으면서 이렇게 사람들을 혹사시키기만 하다니."

레긴은 일만 잔뜩 시키고 대가는 제대로 치르지 않는 전형적인 악덕 영주였다. 물론 엄밀히 따지면 영주는 아니었지만.

"이제 절대로 그렇게 두지는 않을 거예요."

제니아가 결연한 눈으로 주먹을 꼭 쥐며 그렇게 말했다. 하지만 레이엘은 영지에 대해서는 큰 관심이 없었다. 레이엘이 관심을 둔 부분은 영지에 사는 사람들이었다. 그들에게서는 희망이라는 걸 거의 찾아볼 수가 없었다. 그리고 빛을 내는 사람도 없었다.

'역시 지금까지 본 세 명이 전부인가? 더는 없는 건가?'

레이엘은 제프리상단의 클레인을 본 이후로, 사람들은 누구나 빛을 가지고 있을지도 모른다는 생각을 했다. 그래서 그 뒤로 유심히 사람들을 관찰해 왔다. 한데 클레인을 마지막으로 더 이상 빛을 가진 사람을 보지 못했다.

"저⋯⋯, 레이엘. 우리 광산에 가봐도 되나요?"

제니아가 조심스럽게 물었다. 아직 시간은 충분했다. 광산은 비록 마을들과 꽤 멀리 떨어진 곳에 있었지만 레이엘이 조금만 도와주면 충분히 다녀올 수 있었다. 레이엘은 가볍게 고개를 끄덕였다. 어려울 것 하나도 없었다. 그리고 광산에도 분명히 사람들이 있을 것이다.

세 사람은 광산으로 이동했다. 레이엘이 훔쳐온 서류에 광산에 대한 내용이 워낙 자세히 적혀 있었기에 광산을 찾는 건 어렵지 않았다.

광산의 위치는 발터스 성과 마수의 숲 중간쯤에 있었다. 그 정도만 해도 상당히 멀었다. 발터스 영지가 워낙 컸기 때문이다.

그 부분에 발터스 영지에 있는 세 개의 돌산 중 하나가 있었고, 바로 그 산이 철광석이 나오는 광산이었다.

레이엘은 광산에 다가가 우선 사람들부터 살폈다. 광부들은 마을에 있는 사람들보다 더 심각했다. 아예 광산 근처에 숙소까지 마련해서 부려먹었는데, 어찌나 혹사시켰는지 눈에 빛이 거의 없을 정도였다.

'여기도 빛은 없군.'

레이엘은 그렇게 생각하며 일단 광산을 살폈다. 갱도부터 시작해서 장비까지 모두 살피고는 고개를 저었다.

"왜 그러세요? 무슨 문제가 있나요?"

제니아가 걱정스런 눈으로 묻자, 레이엘은 간단히 대답해 주었다.

"이대로라면 한 달을 버티기 어려울 거다."

"예? 그게 무슨 말이죠?"

"누군지 모르지만 전문적인 광부가 아니라, 어설픈 지식으로 광산을 뚫었다. 지금까지는 어떻게든 버텼겠지만, 더 이상은 무리다. 갱도 끝부분의 지질이 바뀌고 있는데, 아무도 알아차리지 못하는군."

"그, 그러면 큰일이잖아요!"

"다 죽겠지."

너무나도 무시무시한 말을 지극히 담담하게 말하는 레이엘을 잠시 질린 눈으로 바라보던 제니아는 이내 굳은 얼굴로 고개를 저었다.

"이대로 둘 수는 없어요. 당장 중지시키겠어요."

"아직 시간은 있다."

레이엘의 말에 제니아가 발을 멈췄다. 그리고 차분하게 마음을 가라앉혔다. 그러고 보니 또 이상한 생각이 들었다.

"광산에 대해서도 잘 아시네요?"

"광부였으니까."

제니아는 더 이상 의문을 품지 않았다. 레이엘은 대장장이이기도 했고, 농부이기도 했으며 광부이기도 한 사람이었다. 게다가 암살자에 도둑에 마법사이기도 한 사람이다.

'최면은 어떻고. 검술은 또……'

광부들에 대해 생각해야 하는데, 자연스럽게 레이엘에 대한 생각으로 머릿속이 꽉 차버렸다. 그만큼 레이엘은 신비로운 사람이었다. 레이엘과 함께 있으면 천군만마를 얻은 기분이 들었다. 무슨 일이든 헤쳐 나갈 수 있을 것 같았다.

"레이엘……"

제니아가 레이엘을 불렀다. 레이엘이 고개를 돌려 제니아의 눈을 바라봤다. 제니아는 레이엘의 공허한 눈빛을 보자 왠지 말문이 막혀 버렸다. 레이엘에 대해서 조금 더 알고 싶은데, 그 말이 떨어지지 않았다. 다행히 제니아는 혼자가 아니었다.

"레이엘에 대해서 더 많이 알고 싶어요."

사라가 나서서 눈을 반짝이며 물었다. 그녀의 표정은 너무나 순수해서 다른 사심이 전혀 보이지 않았다. 사라에게서 뿜어져 나오는 빛에 레이엘의 공허한 눈에 살짝 생기가 돌아왔다.

"뭐가 궁금하지? 난 감춘 게 없는 것 같은데. 최소한 너희들에게는."

사라가 손가락 하나를 올리며 회심의 미소를 지었다.

"과거요."

"과거?"

"네. 레이엘의 모든 걸 알고 싶어요."

레이엘의 표정이 살짝 굳었다.

"짧지 않은 얘기다. 별로 기분 좋은 얘기도 아니고."

레이엘의 말에 사라가 실망한 표정으로 고개를 푹 숙였다. 그 처량한 모습에 레이엘은 자신도 모르게 눈을 살짝 찌푸렸다. 사라는 거의 죽어 버린 레이엘의 감정을 자꾸 자극하는 능력이 있었다.

"후우. 좋아. 어려울 거 없지. 하지만 지금은 아니다. 영지의 일이 모두 끝나 여유가 생기면 차근차근 얘기해 주지. 아마 들어봐야 즐겁지는 않을 거다."

레이엘의 말에 사라가 환하게 웃었다.

"아뇨. 분명히 즐거울 거예요. 원래 과거가 추억이 되면 어떤 괴로움도 다 즐거워지는 법이거든요."

"글쎄. 그랬으면 좋겠군."

레이엘은 그렇게 말하며 시선을 광산 쪽으로 돌렸다. 중노동에 지쳐 비틀거리는 광부들이 보였다.

제니아와 사라는 그제야 다시 광산 쪽에 시선을 주었다. 그녀들의 얼굴이 살짝 붉어졌다. 저렇게 고통 받는 사람들을 앞에 두고 고작 호기심에 정신이 팔려 있었다는 사실이 부끄러웠다.

"이제 어쩔 거지? 저들을 구할 건가?"

레이엘의 물음에 제니아가 잠시 생각에 잠겼다. 그리고 이내 고개를 끄덕였다.

"네. 구해야죠. 하지만 지금은 아니에요. 레긴이 도망치면 안 되니까요."

이곳에도 광부들을 감시하는 자들이 있었다. 병사는 아니었고, 관리쯤으로 보였다. 하지만 다른 영지민들과 달리 살이 피둥피둥 찐 게 어떤 생활을 하는지 충분히 알 만했다.

관찰한 바에 따르면 관리들은 주기적으로 성을 향해 신호를 보냈다. 이곳은 성에서 상당히 먼 곳이긴 하지만 신호를 보낼 방법이 아예 없는 건 아니었다. 그것은 직접 몸을 움직이는 거였다.

관리들은 순번을 정해 성까지 왕복했다. 관리의 수가 충분했기에 한 시간에 한 번씩 성으로 출발했고, 그것이 바로 광산이 멀쩡하다는 신호였다. 관리들은 성으로 출발할 때, 철광석을 제련해 만든 철괴를 나르는 역할도 맡았다.

"치밀하네요."

"레긴이라는 사람 보통이 아니야. 하긴 그러니까 몇 년 동안이나 광산이 있다는 사실을 숨기고 그렇게 많은 돈을 모을 수 있었겠지."

레긴이 모아둔 돈은 정말로 엄청났다. 눈속임으로 보관한 금화만 해도 1000골드에 달한다. 그리고 같은 양의 은화가 있다. 그러니 진짜 재산은 얼마나 많겠는가.

"레긴이 이제 어떻게 나올까요?"

"슬슬 도망치겠지."

"도망이요?"

"재물은 비밀금고에만 있는 게 아니니까."

"금고가 아니라면……, 아! 창고."

하지만 창고에 있는 재물은 금이나 은 같은 것이 아니기 때문에 훔치기가 너무 어려웠다. 곡식이나 무기 같은 것을 훔친다고 해봐야 얼마나 가지고 갈 수 있겠는가.

"마차를 이용하겠지. 방법이야 만들면 얼마든지 있다. 병사 100명을 가지고 있다는 사실을 잊어선 안 된다."

"하긴, 그렇군요. 병사 100명을 이용한다면 창고를 몽땅 털어서 도망갈 수도 있겠네요."

"하지만 도망가지 못한다."

확신에 찬 레이엘의 말에 제니아와 사라가 고개를 끄덕였다. 도망가지 못하는 게 당연했다. 병사 100명은 레긴에게 충성을 다하고 있지만 사실은 흑마법사의 재료다. 그들은 데스나이트가 되기 위해 키워진 병사들이었다. 흑마법사가 자신의 재료가 도망가도록 가만히 내버려둘 리가 없었다.

"참, 병사들은 이제 어떻게 되는 건가요?"

"이대로 내버려두면 한 달이면 완벽한 보통 사람이 된다. 하지만 흑마법사들이 그렇게 두지 않겠지."

사라와 제니아가 걱정스런 표정을 지었다.

"그들을 더 도울 수 있는 방법은 이제 없는 건가요?"

"이미 돕고 있다."

레이엘의 말에 사라와 제니아가 어리둥절한 표정을 지었다. 이미 돕고 있다는 말이 무슨 뜻인지 알 수 없었기 때문이다. 하지만 레이엘은 더 이상 대답해 주지 않았다.

세 사람은 다시 발걸음을 서둘러 성으로 돌아갔다.

*　　*　　*

레이엘 일행이 머무는 방 한가운데에서 은은한 빛이 흘러나오기 시작했다. 그 빛은 점차 밝아지더니 방바닥에 선을 쭉쭉 그어나갔다. 그 선은 문양이 되었고, 그 문양이 모여 마법진을 이루었다.

바닥을 가득 메운 마법진에서 눈부신 빛이 뿜어져 나오기 시작했다. 마법진의 중심에는 주먹만 한 새하얀 돌이 놓여 있었다. 마정석과는 조금 다르지만, 거의 비슷한 효능을 가진 돌, 마나스톤이었다.

마정석이 검은색인 것에 반해 마나스톤은 새하얀 색이었다. 마나스톤에서 흘러나오는 새하얀 빛이 마법진을 가득 메웠고, 이내 그 빛이 방을 가득 채웠다. 그리고 결국 발터스 성이 새하얀 빛무리에 휩싸였다.

놀랍게도 그 빛은 사람들의 눈에 보이지 않았다. 그 빛을 볼 수 있는 건 현재 성 안에 있는 자들 중에서는 두 명의 흑마법사인 메디안과 크로우뿐이었다.

"이게 뭐지?"

"불길해요."

크로우와 메디안은 성을 가득 메운 새하얀 빛에 눈이 멀어버릴 것 같았다. 그런데 더 황당한 건 다른 사람들의 반응이었다. 성의 다른 사람들은 아무도 그 빛을 보지 못했다.

"왜 우리 눈에만 보이는 거지?"

"느낌이 왠지 익숙하지 않아요?"

크로우는 메디안의 지적에 고개를 끄덕였다. 확실히 익숙한 느낌이었다. 그리고 이내 그 익숙함의 정체를 알아냈다.

"이건 마나로군."

마나의 빛이었다. 특정 성향의 마나가 내뿜는 빛이었다. 당연히 보통 사람의 눈에 보일 리 없다. 마나를 다루는 마법사이거나, 최소한 오라를 다룰 수 있는 기사여야만 이 빛을 볼 수 있을 것이다.

"병사들은 이걸 보고 있겠군."

"그렇겠죠. 우리가 심혈을 기울여 만든 병사들이니까요."

"마정석은 어때? 변하지 않았나?"

메디안이 눈웃음을 지었다.

"변했을 리가 있나요. 그게 어떤 마정석인데. 얼마나 탐욕스럽게 주변 마나를 잡아먹는데요. 아마 더 커지면 커졌지 절대 작아지지 않을 거예요. 그러니 걱정하지 마세요."

크로우가 음흉하게 웃었다.

"크흐흐. 좋아. 믿도록 하지. 이번 일이 끝나면 빌려주겠다는 약속 절대 잊으면 안 돼. 그 마정석을 네가 얻게 된 건 모두 내 덕분이라는 걸 명심하라고."

"호호호. 내가 어찌 그걸 잊겠어요? 걱정하지 마시라니까요. 이번 일을 잘 끝낼 생각이나 하세요."

"크흐흐. 그건 걱정 마. 내 실력 잘 알잖아? 그나저나 이 빛에 대해서 좀 알아봐야지?"

"그래야죠. 아마 이번에 새로운 영주와 함께 온 그 여자의 짓이겠죠?"

"마법사는 그 여자뿐이었으니까. 이 정도 마법을 쓸 수 있는 마법사로는 보이지 않았지만 말이야."

"혹시 아티팩트라도 가지고 있을지 모르죠."

크로우는 음흉하게 웃었다. 만일 그렇다면 그건 또 나름대로 괜찮은 일이다. 아트팩트는 돈이 있다고 구할 수 있는 물건이 아니었다. 그런 걸 얻을 수 있다면 꽤 짭짤한 부수입 아닌가.

"좋아. 일단 그 방을 먼저 확인해 보자고."

메디안과 크로우는 주방에서 나갔다. 두 사람은 만날 일이 있으면 항상 주방에서 만났다. 성에서 일하는 모든 사람들은 메디안과 크로우를 연인 사이로 알았다. 그렇기에 주방에 자주 들어가 주방 사람들을 밖으로 내모는 메디안에 대해서 아무도 이상하게 여기지 않았다.

그렇게 두 사람이 제니아의 방으로 향하고 있을 때, 그들이 데스나이트로 만들기 위해 심혈을 기울인 그 병사들은 새로운 국면으로 접어들고 있었다.

발터스 성의 병사들은 사실 어둠의 마력 때문에 이지가 절반쯤 잠식된 상태였다. 그들은 스스로의 이름조차 기억하지 못할 정도로 정신이 혼란스러웠다.

레긴은 병사를 번호로만 대했다. 처음 훈련을 시키면서 실력 순으로 번호를 매긴 후, 그것을 그들의 이름으로 삼았다. 레긴은 병사들에게 체계적인 병진을 훈련시켰다. 고작 100명에 불과하지만 병사들의 능력은 그 수십 배의 적이 나타나더라도 능히 물리칠 수 있을 정도였다.

그렇게 능력은 뛰어나지만 엉망인 정신 상태를 가진 병사들이 지금은 더 혼란스러운 상태에 빠졌다. 아니, 정확히 말하면 어둠의 기운에 잠식된 정신이 조금씩 빠져나오는 중이었다.

없던 인식이 생기면 더 혼란스러운 법이다. 병사들은 지금 그런 혼란을 겪고 있었다.

파아앗!

병사들의 등에서 밝은 빛이 뿜어져 나왔다. 그 빛은 성을 가득 메운 새하얀 빛과 반응해 더욱 크게 증폭되었다. 그리고 그렇게 증폭된 빛의 마법진으로부터 새까만 연기가 뭉클뭉클 흘러나오기 시작했다.

"흐으으."

병사 하나가 기이한 신음을 흘리며 털썩 쓰러졌다. 그리고는 그대로 정신을 잃어 버렸다. 이내 근처에 있던 다른 병사들도 하나둘 신음과 함께 털썩털썩 쓰러졌다.

그렇게 모든 병사가 쓰러졌고, 그들의 등에서 뿜어져 나오는 빛의 마법진은 더욱 밝아졌다. 그리고 그 마법진의 중심에서 흘러나오는 검은 연기도 점차 많아졌다.

뭉클뭉클 흘러나오는 검은 연기는 주위를 가득 메운 새하얀 빛무리에 휩싸이며 그대로 흩어졌다.

그렇게 두 시간 정도 지나자, 발터스 성을 감쌌던 빛이 천천히 사라져 갔다. 그리고 발터스 성은 언제 그런 일이 있었냐는 듯 평소와 다름없이 움직였다. 보통 때와 마찬가지로 활기는 없었고, 사람들은 바쁘게 움직였다.

적어도 지금은 그랬다.

"믿을 수가 없군."

"이게 정말로 마법인가요?"

메디안과 크로우는 크게 당황했다. 아무리 애써도 문을 열 수 없었기 때문이다. 분명히 뭔가 마법을 쓴 것 같은데 그것을 파악할 수가 없었다.

문을 부수고라도 들어가려 했지만 그조차 불가능했다. 각종 마법을 써봤지만 문에 닿으면 흔적도 없이 사라져 버렸다. 마법으로는 문을 부술 수 없었다. 그래서 힘을 써봤지만, 문에 무슨 짓을 해놨는지 도끼로 아무리 내리쳐도 끄떡도 하지 않았다.

"아무래도 병사들을 불러와야겠어."

"병사들을 부르려면 레긴을 움직여야 하는데 그래도 되겠어요?"

지금 병사들은 레긴에게 충성한다. 처음부터 그렇게 만들었기 때문이다. 메디안과 크로우는 일이 마무리 되면 레긴을 희생시킬 작정이었기 때문에 그를 적절히 이용했다.

"어차피 지금 도둑 때문에 맛이 갔어. 슬슬 병사를 회수하지 않으면 안 될 것 같아."

"하긴 요즘 좀 분위기가 안 좋긴 해요."

메디안은 그렇게 수긍하고는 몸을 돌렸다. 어차피 그들의 힘으로 문을 열 수 없다면 제니아 일행을 상대할 수 있다는 보장도 없었다. 그들을 안심하고 상대하기 위해서는 힘이 필요했다.

"쯧, 새 영주가 오기 전에 일이 마무리 되었으면 좋았을 텐데 말이야."

"어쩔 수 없죠. 그래도 이제 막바지니까 괜찮지 않나요? 당신의 목적도 아마 거의 끝나가죠?"

메디안의 말에 크로우가 흠칫 놀랐다.

"그걸 어떻게 알았지?"

메디안의 얼굴에 기묘한 미소가 그려졌다.

"훗, 내가 그 정도도 눈치 못 챌 것 같았어요? 고작 데스나이트 100구를 만드는 데 그렇게 엄청난 어둠의 마력이 필요할 리 없잖아요. 안 그런가요?"

크로우의 입가에 잔인한 미소가 걸렸다.

"이거 우리 메디안이 이렇게 잔머리가 잘 돌아가는 줄은 몰랐는데? 과연 어디까지 알고 있는 걸까?"

메디안은 크로우의 입가에 떠오른 잔혹한 미소를 보면서도 얼굴에 웃음기를 지우지 않았다.

"마정석을 빌릴 필요도 없었나 보군요. 그런 표정을 짓는 걸 보니까. 하지만 지금 당장은 아닐 텐데요?"

크로우는 고개를 끄덕이며 두 손을 들어올렸다.

"좋아. 인정하지. 네가 나보다 머리 쓰는 건 한 수 위라는 걸. 마지막까지 도와주면 널 건드리지 않으마."

메디안은 품에서 양피지 하나를 꺼냈다.

"말로만요?"

메디안의 얼굴에 떠오른 화려한 미소가 크로우의 일그러진 표정을 집어삼켰다. 크로우는 구겨질 대로 구겨진 얼굴로 손가락을 들어 마나를 집중시켰다. 새까만 마나가 그의 손가락 끝에 모여들었다.

촤자작!

크로우의 손가락이 움직이며 양피지의 가장 아랫부분에 기이한 문양을 그렸다. 그것이 크로우를 상징하는 마법 문양이라는 걸 아는 사람은 몇 없었다.

양피지에서 검은 기운이 뿜어져 나왔다. 그리고 크로우와 양피지, 메디안을 동시에 휘감았다가 사라졌다.

"탁월한 선택이에요."

메디안은 빙긋 웃으며 양피지를 다시 품에 넣었다. 이로써 크로우는 메디안에게 아무 짓도 할 수 없게 되었다. 방금 전 크로우가 한 것은 마나의 약속이었다. 그가 가진 모든 어둠의 마력을 걸고 한 계약이기 때문에 결코 어길 수가 없었다.

크로우의 얼굴이 사납게 일그러졌다가 이내 평온해졌다. 어차피 일이 이렇게 된 이상, 메디안에게 최대한 협조하고, 최대한 자신의 이득을 챙기는 게 가장 확실한 길이 되었다.

"일단 레긴부터 처리하고 좀 더 깊은 얘기를 나눠 보자고. 어쩌면 우린 아주 괜찮은 관계가 될지도 모르니까 말이야."

크로우의 눈빛이 끈적끈적해졌다. 사실 메디안은 그렇게 아름다운 얼굴은 아니었다. 하지만 그녀가 가진 실력과 마정석이 그것을 모두 덮고도 남았다.

메디안은 크로우의 눈빛을 바라보며 묘한 미소를 지었다. 크로우쯤 되는 남자라면 그녀도 마다할 이유가 없었다. 크로우는 잘생겼고, 능력도 있었다.

"흐응. 그렇게 하지요. 아마 서로 얻을 게 아주 많을 것 같네요. 그렇죠?"

크로우와 메디안의 얼굴에 동시에 떠오른 건 섬뜩하고 음흉한 미소였다.

＊　　　＊　　　＊

문을 바라보는 레이엘의 눈이 살짝 빛났다.

"왔었군."

"누가 말인가요?"

"흑마법사."

레이엘은 자신이 그려 놓은 마법진이 발동하면 분명히 흑마법사가 이쪽에 올 것이라 예상했다. 그리고 그 예상은 보기 좋게 맞아 떨어졌다.

반면 제니아와 사라는 흑마법사라는 말에 너무 놀라 눈을 동그랗게 떴다.

"흑마법사가 여기 왔었나요? 대체 왜……."

"설마 우리를 노리고 있는 건가요?"

"일단 들어가지."

레이엘은 그렇게 말하며 문에 손을 갖다 댔다.

우우웅.

문이 미약하게 진동하더니 은은한 빛이 문을 훑고 지나갔다. 레이엘은 손잡이를 잡고 돌렸다.

철컥.

문이 자연스럽게 열렸다. 레이엘이 안으로 들어가자, 사라와 제니아도 그 뒤를 따랐다.

방 안은 변한 것이 하나도 없었다. 레이엘은 한가운데로 걸어가 바닥에 놓인 마나스톤을 주워서 아공간에 담았다. 마나스톤은 효용가치가 무궁무진하다. 그리고 스스로 마나를 모으기 때문에 거의 영구적으로 쓸 수 있었다.

"이제 말씀해 주세요. 흑마법사가 여길 왜 온 거죠?"

"내가 아까 말하지 않았던가? 이미 돕고 있다고."

레이엘의 말에 제니아와 사라는 기억을 더듬었다. 분명히 레이엘이 그런 식으로 말했다. 병사를 더 도울 방법이 없느냐고 물었을 때 그렇게 대답했다.

"그럼……."

"이 방에 병사들을 도울 수 있는 마법진을 그려뒀다. 아마 그걸 알아차리고 왔겠지."

사라와 제니아의 얼굴이 살짝 창백해졌다. 그렇다면 앞으로 흑마법사가 이곳을 노린다는 뜻 아닌가. 레이엘이 있으니 별일이야 없겠지만 그래도 걱정이 되는 건 어쩔 수 없었다.

"어차피 그들은 여기 들어오지 못하니 걱정할 필요 없다."

레이엘의 말에 두 여인은 다소 안심을 했다. 하긴 생각해 보면 오늘도 흑마법사는 문을 열지 못하고 돌아가지 않았는가.

"그럼 이제 어쩌죠? 일이 너무 복잡해졌어요."

레긴의 일만 해도 만만치 않은데, 흑마법사까지 뒤섞이니 정신을 차릴 수 없을 정도로 복잡해져 버렸다. 하지만 두 사건이 교묘히 맞물려서 그렇게 상황이 나쁜 것은 아니었다.

"일단 흑마법사는 둘이다."

"둘이라고요?"

"이 앞에 왔던 것이 두 명이니 거의 확실하다."

레이엘은 손을 휘휘 저었다. 그러자, 문이 희미하게 빛나더니 그 앞에 투명한 사람 두 명이 불쑥 솟아났다. 놀랍게도 메디안과 크로우였다.

"저들이 여기 왔던 흑마법사다."

"옷을 보니 어디 있는지 확실히 알겠네요."

메디안은 시녀 복장이었고, 크로우는 요리사 복장이었다. 이제 남은 건 우선순위를 정하는 것뿐이었다. 레긴을 먼저 정리하면 흑마법사들이 경계를 할 위험이 있으니 흑마법사부터 처리를 하기로 일단 결정을 내렸다.

흑마법사가 어디 숨어 있는지 몰랐을 때야 조심할 수밖에 없었지만, 일단 위치가 제대로 파악된 이상, 망설일 이유가 없었다. 하지만 레이엘은 서두르지 않았다.

"일단 병사들의 몸에서 어둠의 마력을 완전히 뽑아내려면 하루가 더 필요하다. 그 이후에 일을 처리하는 게 병사들에게는 더 안전하다."

레이엘의 말에 제니아와 사라는 군소리 없이 고개를 끄덕였다. 이렇게 일을 복잡하게 하는 이유가 모두 병사들을 구하기 위함이었으니까.

"잠시 다녀올 테니 조심하고 있도록."

레이엘은 그렇게 말하고 다시 문을 나섰다. 사라와 제니아는 왠지 자신들은 가만히 있고 레이엘만 바쁘게 움직이는 것 같아 조금 민망해졌다.

사실 이 영지의 주인은 제니아였다. 그리고 사라는 제니아를 따라 왔으니 두 사람의 일이었다. 한데 지금까지 두 사람이 한 일이라고는 그저 레이엘을 따라다닌 것밖에 없었다.

"우리도 뭔가 할 일이 없을까?"

제니아의 말에 사라가 힘없이 고개를 저었다.

"지금은 이대로 있는 게 레이엘을 도와주는 거예요. 우리 더 열심히 해서 앞으로는 뭔가 도움이 되도록 해요."

사라의 말에 제니아가 굳은 표정으로 고개를 끄덕였다. 사라는 그런 제니아를 보고는 조용히 앉아 명상을 시작했다. 일단 그녀가 할 수 있는 가장 쉬운 건 마법 실력을 높이는 거였다.

사라가 마법 수련을 시작하자, 제니아는 조금 초조해졌다. 그녀도 뭔가를 하고 싶었다. 한데 할 수 있는 게 아무것도 없었다. 제니아는 스스로가 얼마나 무력한지 너무나 절실히 깨달았다.

'앞으로는 달라질 거야. 절대 이대로는 나 자신을 용납 못해.'

만일 레이엘이 이 자리에 있었다면 두 여인의 몸에서 뿜어져 나오는 눈부신 빛에 멍한 표정을 지었을 것이다.

레이엘은 일단 주방으로 향했다. 시녀인 메디안보다 요리사인 크로우를 찾는 게 더 쉬웠기 때문이다. 메디안을 예전에 한번 보긴 했지만 워낙 대충 봐서 정확한 실력을 파악하지 못했다. 그래서 다시 확인을 해봐야만 했다. 그리고 크로우의 실력도 제대로 확인해야 했다.

'흑마법사라……'

레이엘은 쓴웃음을 지었다. 흑마법사에 대한 기억은 우습게도 좋은 편이었다. 그것은 그에게 있어 몇 안 되는 평온한 경험 중 하나였다. 한데 지금은 이렇게 흑마법사들과 좋지 못한 관계만 만들어가고 있었다.

'그래도 그런 일을 하려는 걸 놔둘 수는 없으니까.'

사실은 별 상관없었다. 병사들이 데스나이트가 되어 세상을 피로 물들이건, 또 흑마법사들이 마족을 소환해 세상을 박살 내건, 예전 같았으면 전혀 신경 쓰지 않았을 것이다.

한데 지금은 그럴 수가 없었다. 아니, 정확히는 그럴 수 없게 만들었다. 사라와 제니아가. 그리고 클레인이. 빛을 가진 자들에 대한 궁금증과 욕망 때문에 흑마법사들이 활개 치며 세상을 어지럽히는 걸 그냥 두고 볼 수가 없었다.

주방에 도착한 레이엘은 안으로 쓱 들어갔다. 감각의 사각을 쓰고 있기에 아무도 그를 인지하지 못했다. 주방 안으로 들어간 레이엘은 크로우를 찾아보았다. 크로우는 열심히 요리를 만드는 중이었다.

'약?'

크로우는 요리를 하며 요리에 약을 타고 있었다. 물론 다른 요리사들이 알아차리지 못할 정도로 은밀하게 행동했다. 하지만 레이엘의 눈을 피할 수는 없었다. 감각의 사각은 크로우도 알아차리지 못했다.

레이엘은 눈을 빛냈다. 크로우의 능력을 대충 알 수 있을 것 같았다.

'6클래스 정도인가?'

흑마법사가 6클래스라면 일반적인 8클래스 마법사와 비슷한 실력을 가진다. 엄청난 강자라는 뜻이다. 레이엘은 잠시 고민했다. 이 자리에서 그냥 죽여 버리는 게 나을지도 모른다는 생각이 들었다.

하지만 레이엘은 결국 고개를 저었다. 지금 크로우를 죽이면 남은 한 명의 흑마법사가 무슨 짓을 할지 모른다. 일단 두 사람의 위치를 확실히 파악한 후에, 한꺼번에 해결을 하는 것이 가장 좋은 방법이었다.

'6클래스라면 무슨 짓을 벌일지 알 수 없으니까.'

6클래스의 흑마법사는 마족을 소환할 수도 있다. 물론 엄청난 준비가 필요하지만 크로우나 메디안이 그 준비를 했을 가능성도 있었다. 불완전한 준비 상태로 마족을 소환하면 상황이 더 악화된다.

'그건 곤란하지.'

마족이 날뛰면 그것은 재앙이었다. 발터스같이 작은 영지는 단숨에 잿더미로 변해 버릴 것이다.

레이엘은 크로우를 조금 더 관찰하다가 조용히 주방을 빠져나왔다. 그리고 메디안을 찾아 성 곳곳을 돌아다녔다.

그날 레이엘은 크로우와 메디안의 활동 경로를 완벽하게 파악했다. 어느 싸움이건 인내심이 강한 자가 이기기 마련이다. 레이엘은 인내하는 싸움에 익숙했다. 암살자의 경험은 그에게 무한한 인내력을 가지게 해주었다.

그렇게 이틀이 더 지나갔다.

제니아와 사라는 긴장한 얼굴로 레이엘을 바라봤다. 그녀들은 억지로 긴장을 풀기 위해 계속 심호흡을 했다. 그녀들이 이렇게 긴장하는 이유는 레이엘이 조금 전에 한 말 때문이었다.

"흑마법사는 내가 처리할 테니, 레긴은 너희들이 맡아라."

"꼭 해낼게요."

두 여인은 긴장하긴 했지만 표정만큼은 결연하기 그지없었다. 어떻게든 임무를 성공시켜 레이엘에게 인정받고 말겠다는 의지로 활활 타올랐다.

"병사들은 신경 쓸 것 없다. 어차피 오늘은 완전히 무력할 테니까. 그리고 내일이면 완벽하진 않지만 어느 정도 정신이 돌아온다."

제니아와 사라의 얼굴에 감탄이 어렸다. 정말로 철저히 준비를 한 것이다. 병사가 없는 레긴 따위 그녀들의 상대가 될 수 없다. 사라는 4클래스의 마법사였으니까.

"레긴의 실력을 정확히 모르니 조심해야 한다."

레긴이 오라를 쓸 수 있거나 혹은 마법을 쓸 수 있는 건 아니었다. 만일 그랬다면 레이엘이 단번에 알아차렸을 것이다.

하지만 아무런 실력도 없이 발터스를 집어삼켰을 리는 없다. 분명히 숨겨둔 한 수가 있을 것이다.

"저희를 믿고 마음 턱 놓으세요. 그보다 레이엘도 조심해요. 흑마법사를 둘이나 상대하는데……."

레이엘이 살짝 웃었다.

"걱정하지 마라."

레이엘의 웃음에 제니아와 사라가 잠시 멍한 표정을 지었다. 벌써 몇 번이나 봤지만 레이엘의 웃음에는 적응이 되지 않았다. 볼 때마다 넋을 놓게 된다.

"그럼 조심하세요."

제니아가 먼저 정신을 차리고 그렇게 말했다. 레이엘이 고개를 끄덕이자, 제니아는 사라의 손을 잡고 서둘러 밖으로 나갔다.

레이엘은 잠시 두 여인의 뒷모습을 바라봤다. 레이엘의 눈빛에 따스한 기운이 살짝 흘렀다. 이내 언제 그랬냐는 듯 다시 공허한 눈으로 바뀌었지만.

제8화 **결착**

레이엘은 머릿속으로 동선을 그렸다. 일단 메디안을 처리하는 것이 먼저였다. 그리고 크로우가 그것을 알아차리기 전에 마주치기만 하면 된다. 일대일의 싸움으로는 상대가 아무리 6클래스의 흑마법사라지만 절대 지지 않는다.

메디안이 지금 어디쯤 있을지는 이미 파악했다. 메디안의 동선은 생각보다 단순했다. 특별한 일이 없으면 지금쯤 빨랫감을 들고 빨래터로 향하고 있을 것이다.

그리고 크로우는 주방에 있을 것이다. 그는 다른 곳으로는 가지 않는다. 최소한 레이엘이 지켜봤던 낮에는 그랬다.

레이엘은 일단 빨래터로 향했다. 빨랫감을 들고 이동하는

시녀 다섯 명이 보였다. 그 한가운데에 메디안이 있었다. 그녀
들은 아무도 레이엘을 발견하지 못했다.

레이엘이 쓰고 있는 감각의 사각이 사실 만능은 아니었다.
감각이 극도로 예민한 사람이거나, 마법이나 검술의 경지가
높은 사람들은 이상함을 알아채고 방비하기 마련이다. 그리고
그렇게 방비를 하는 순간, 기술이 그대로 깨진다.

그것이 바로 감각의 사각이 가진 약점이었다. 기술이 깨져
도 그것을 쓰는 본인은 알아차리지 못한다. 즉, 기술이 제대로
들어갔다고 방심을 하고 있다가는 당할 수밖에 없었다.

레이엘은 마수의 숲에서 그런 상황을 몇 번 겪어봤기에 충
분히 그에 대한 대비를 했다. 마수 중에는 감각이 극도로 예민
한 놈들이 있었다. 그리고 카르나 자르의 경우에는 감각의 사
각 자체가 아예 통하지 않았다.

예전 카르에게 접근하다가 기습을 당해 죽을 뻔한 이후로,
레이엘의 조심성은 훨씬 늘어났다.

레이엘은 조심스럽게 뒤에서 접근했다. 다른 시녀들이 피해
를 보면 안 되기에 단숨에 끝내야만 했다. 레이엘이 메디안 바
로 뒤에 도착했다. 그리고 무심하게 손을 뻗었다.

푹!

레이엘의 손에 들린 꼬챙이가 메디안의 뒤통수를 그대로 꿰
뚫었다. 메디안은 너무나 허무하게 절명했다. 레이엘은 재빨
리 메디안의 목을 끌어안고 뒤로 빠졌다.

진득한 피 냄새가 사방으로 퍼져 나갔다. 그 냄새에 네 명의 시녀들이 화들짝 놀라며 인상을 찌푸렸다. 피비린내는 정말로 역했다.

"이게 무슨 냄새지?"

"응? 메디안이 어디 갔지?"

시녀들은 고개를 휘휘 돌려 메디안을 찾았다. 하지만 그녀들이 볼 수 있는 건 그저 바닥을 뒹구는 통과 그 주변에 흩어진 빨랫감뿐이었다. 빨래에는 점점이 피가 묻어 있었다. 그리고 그곳에서 그리 멀지 않은 곳에 피로 채워진 웅덩이가 있었다.

시녀들은 그것을 보고는 다리에 힘이 풀려 그대로 주저앉았다. 그리고 한동안 불안에 떨어야만 했다.

너무나 간단히 메디안을 처리한 레이엘은 일단 메디안의 시체를 아공간에 집어넣고, 다시 움직였다. 몸에 밴 피 냄새는 사실 치명적이었다. 하지만 레이엘은 걱정하지 않았다.

레이엘은 손을 한 번 휘저었다. 레이엘의 손끝을 따라 물줄기가 일어났다. 그 물줄기는 점점 굵어지며 회오리쳤다. 그리고 레이엘을 빙글빙글 감쌌다.

촤아악!

레이엘의 몸을 감싼 물줄기들이 마치 레이엘의 몸과 옷을 쥐어짜듯 빠르게 회전했다. 그렇게 몇 바퀴를 돈 물줄기가 이내 수증기가 되어 흩어졌다. 일순 레이엘 주위로 안개가 생겨났다. 물론 그 안개는 순식간에 사라졌다.

안개가 사라진 곳에 서 있는 레이엘은 처음 모습 그대로였다. 더 이상 피가 묻어 있지도, 냄새를 풍기지도 않았다.

레이엘은 손을 휘저어 이번에는 바람의 정령을 불러냈다. 몸 구석구석에 파고든 바람이 레이엘의 코로 통로를 만들었다. 혹시라도 냄새가 남아 있는지 확인하는 것이다.

모든 확인을 끝낸 레이엘은 다시 걸음을 옮겼다. 이제 주방에 있을 흑마법사, 크로우를 처리하는 일만 남았다.

사라와 제니아는 레긴을 찾아 나섰다. 레이엘에게 들어서 그의 위치를 대강 짐작은 했다. 하지만 설마 정말로 그럴 줄은 몰랐다.

"정말로 한심하구나."

제니아의 말에 사라도 고개를 끄덕여 동의했다. 레긴이 지금 있는 곳은 성의 창고였다.

창고 앞에는 다섯 대의 수레가 놓여 있었다. 수레에는 튼튼한 말이 매달려 있었고, 수레를 몰 인부가 열 명이나 서 있었다. 레긴은 창고 앞에서 인부들을 재촉하며 가장 값비싼 물건들만 골라내는 중이었다.

"그건 치워! 그리고 그 검들 모조리 가져와! 곡식은 필요 없다고 몇 번이나 말해야 알겠느냐! 곡식을 가져오라는 게 아니라 곡식을 치우면 나오는 상자들을 가져오라고 했잖아!"

인부들은 정신없이 움직였다. 레긴이 인부들에게 제시한 조건이 너무 매력적이라 어떤 폭언을 듣더라도 전혀 기분이 상하지 않았다. 다만 더욱 빨리, 그리고 열심히 움직일 뿐이었다.

"좋아! 그렇게 하라고! 거기 있는 접시들! 모조리 옮겨라!"

레긴은 다급한 마음을 감추지 못했다. 너무나 초조했다. 병사들이 갑자기 무력화됐다. 오늘 병사들은 한 명도 자리에서 일어나지 못했다. 정신을 차리지도 못했다.

그제야 뭔가가 잘못되었다는 걸 깨닫고 부랴부랴 도망갈 준비를 시작한 것이다. 늦으면 끝장이라는 걸 알기에 레긴은 계속 인부들을 독촉했다. 병사가 없다면 그는 아무것도 아니었다.

창고 안에는 별의별 물건이 다 들어 있었다. 식량과 무구 정도가 전부일 거라고 생각했던 사라와 제니아는 창고에서 나오는 물건들을 보며 눈을 동그랗게 떴다.

"저건 은접시?"

창고에는 은접시까지 있었다. 그리고 레긴이 지목하는 물건들은 하나같이 값어치가 뛰어난 것들이었다.

"그동안 재물을 정말 제대로 모았나 봐요."

"광산을 몇 년이나 유지했는데 당연하지."

제니아는 그렇게 말하며 사라를 바라보고는 의미심장한 눈으로 고개를 한 번 끄덕였다. 사라도 제니아와 눈을 마주보며 고개를 끄덕였다. 그리고 레긴을 향해 시선을 돌리고 나직이 주문을 읊조렸다.

"마나볼."

사라의 주문이 완성되자, 세 개의 마나볼이 레긴을 향해 빠르게 쏘아져 나갔다. 마나볼은 각각 다른 방향으로 나아가, 레긴이 쉽게 피하거나 방어할 수 없도록 했다.

레긴은 갑자기 느껴지는 위기감에 고개를 돌렸다. 사라와 제니아의 모습이 보였다. 레긴은 반사적으로 바닥을 굴렀다. 마나볼 세 개가 레긴이 있던 공간으로 허무하게 지나가 버렸다.

사라는 발을 동동 구르며 다시 주문을 외웠다. 이번에는 짧은 시간 동안 빠르게 완성할 수 있는 주문이라야 했다.

레긴은 더 생각할 것도 없이 사라와 제니아를 향해 몸을 날렸다. 일단 마법사인 사라부터 제압을 해야 뭔가 방법이 생길 것 같았다. 레이엘이 이곳에 없다는 게 얼마나 다행스럽게 생각되었는지 모른다.

레긴이 막 사라를 덮치려는 순간, 사라의 주문이 완성되었다.

"에어프레스."

사라의 앞에 공기로 된 막이 생겨났다. 레긴은 그 막에 그대로 부딪쳤다. 그리고 빠르게 뒤로 튕겨나 버렸다.

"크악!"

레긴은 바닥을 데굴데굴 굴렀다. 돌진하는 속도가 빨랐기에 튕겨나는 힘도 강했다. 레긴은 정신없이 바닥을 굴렀다. 머리가 빙글빙글 도는 것 같았다.

사라는 그 모습을 보며 차분하게 주문을 또 외웠다.

만일 예전의 사라였다면 레긴이 달려들었을 때, 벌써 당황해서 제대로 주문을 완성하지 못했을 것이다. 하지만 사라도 그동안 여러 일을 겪으면서 마법사에게 가장 중요한 평정심을 얻을 수 있었다.

"마나애로우."

'마나애로우'는 '마나볼'보다 조금 더 까다롭지만, 파괴력과 속도가 더 강력한 마법이었다. 빛으로 이루어진 길쭉한 막대기 하나가 빠르게 레긴을 향해 쏘아져 나갔다.

레긴은 그제야 간신히 정신을 차렸는데, 눈앞에 빛의 화살이 다가오자 크게 당황해 몸을 비틀었다.

콰득!

"크아악!"

레긴은 어깨에 '마나애로우'를 맞고 비명을 질렀다. 하지만 그가 무력화된 것은 아니었다. 레긴은 어깨를 부여잡으며 명청하게 서서 싸움을 구경하는 인부들에게 소리쳤다.

"뭣들 하는 거야! 돈 받기 싫어? 저것들을 공격해! 고작 여자 두 명이라고!"

레긴의 말에 인부들이 그제야 정신을 차리고 사라와 제니아를 쳐다봤다. 두 여인은 당황했다. 하지만 사라는 침착하게 다시 주문을 외우며 제니아를 바라봤다. 제니아는 사라의 눈길을 확인하고는 크게 고개를 끄덕였다.

"멈춰라! 내가 누구인지 모르는 것이냐!"

제니아의 일갈이 인부들의 발걸음을 멈추게 했다. 레긴은 그 모습을 보며 크게 당황해 소리쳤다.

"멍청한 놈들! 이대로 있으면 너희들도 다 죽어!"

인부들의 표정이 급변했다. 하지만 제니아는 침착함을 잃지 않았다.

"죽긴 누가 죽는단 말이냐! 내가 이곳 발터스의 영주다! 감히 영주인 내가 허락하지 않았는데, 누가 누굴 죽인단 말이냐!"

제니아의 몸에서 뿜어져 나오는 카리스마에 인부들은 그대로 얼어붙었다. 공작가의 기사들도 움찔하게 만들 정도의 기백이었다. 고작 인부들이 그것을 받아낼 수 있을 리 없었다. 열 명이나 되는 인부들이 그대로 바닥에 넙죽 엎드렸다.

"저희들은 아무 죄가 없습니다!"

"맞습니다! 그저 저자가 시킨 일을 했을 뿐입니다!"

"돈을 주겠다고 했습니다!"

인부들의 말에 제니아가 부드럽게 웃었다.

"그만 일어나도록 해라. 너희들을 벌할 생각은 없다. 이제 영지의 재산을 원래의 자리에 가져다 놓도록 해라."

인부들이 그 말을 듣고 엎드린 채 서로의 눈치를 살폈다. 그리고 조심스럽게 일어났다.

레긴은 그 광경을 보며 답답하다는 듯 소리쳤다.

"이 멍청한 놈들아! 지금까지 겪어보고도 귀족이 어떤 존재인지 모른단 말이냐! 저년은 지금 위기를 넘기기 위해 거짓말을 하고 있는 거다! 네놈들은 공범이나 다름없는데 왜 놔준단 말이냐!"

레긴의 말에 인부들의 안색이 변했다. 그리고 그 순간 사라가 오랫동안 시간을 끌며 준비한 주문이 완성되었다.

"*바인딩.*"

레긴의 발밑에서 덩굴이 자라 올랐다. 순식간에 커진 덩굴이 레긴의 몸을 칭칭 감아 버렸다. 덩굴은 레긴의 입까지 막아 버렸기에 레긴은 더 이상 말을 할 수 없었다.

"읍! 읍!"

제니아는 그 모습을 차가운 눈으로 노려보다가 이내 부드럽게 웃으며 인부들을 향해 고개를 돌렸다.

"그런 표정 지을 것 없다. 난 저자와는 달리 약속을 어기지 않으니까. 너희들에게 죄를 물을 생각은 없다. 어서 일을 해라. 창고를 제대로 정리해 놓는다면 삯도 줄 테니까."

제니아의 말에 인부들이 후다닥 수레로 달려들었다. 수레에 있던 짐들이 빠르게 다시 창고로 들어가기 시작했다. 그리고 이리저리 헤집어 난장판이 된 창고가 다시 착착 정리되어 갔다.

제니아와 사라는 그 광경을 말없이 지켜보며 레이엘을 걱정했다.

'과연 잘 하고 계실까?'

레이엘은 성의 정원을 통해 주방으로 다가갔다. 주방은 당연히 성의 1층에 있었고, 식재료와 물의 반입이 용이하도록 설계되었다.

그렇게 주방에 다가가던 레이엘은 문득 이상한 느낌이 들어 걸음을 멈췄다. 그리고 한 발 뒤로 물러났다. 마나의 흐름이 변했다. 한 발을 물러나니 그제야 마나의 흐름이 원래대로 돌아왔다. 그것은 즉, 바로 앞에 뭔가가 펼쳐져 있다는 뜻이다.

"알아챘군."

어떻게 알았는지는 모르지만 크로우가 준비한 것이 분명했다. 이것은 마법의 흔적이었다.

"과연, 호락호락하지 않다는 건가."

주방 입구에서 크로우가 천천히 걸어 나오며 그렇게 말했다. 크로우의 손에서는 시뻘건 핏물이 뚝뚝 떨어졌다.

"너 때문에 주방에서 일하는 사람을 몽땅 죽였잖아. 다 네 책임이다. 무려 열 명이 죽었어."

레이엘은 크로우의 말에도 무심한 표정을 유지했다. 열 명이나 죽었다는 말을 듣고도 일말의 동요도 일지 않았다. 그들의 죽음은 레이엘에게 아무런 느낌도 주지 못했다. 그게 뭐 어쨌단 말인가.

크로우는 그런 레이엘을 보며 묘한 표정을 지었다.

"이놈 봐라? 보통은 이런 얘기를 들으면 화를 내기 마련인데, 아무렇지도 않아? 내가 열 명을 죽였다고, 아주 잔인하게."

크로우는 그렇게 말하며 바닥에 드리워진 줄을 잡더니 쭉 끌어당겼다. 주방으로 연결된 줄이었는데, 그 줄에 매달린 사람의 일부분들이 줄줄이 딸려 나왔다.

끔찍한 광경이었지만, 그 일을 자행하는 크로우도, 또 그것을 보고 있는 레이엘도 아무런 감흥이 없는 표정이었다. 제3자가 이런 광경을 본다면 실로 구역질이 날 만한 광경이었고, 그로테스크해서 진저리를 칠 법한 모습이었다.

"메디안이 죽었을 때부터 보통 놈은 아닐 거라고 생각했다만, 정말로 물건이네. 그런데 그렇게 가만히 있어도 돼? 내가 무슨 짓을 하는 건지 모르겠어?"

크로우는 그렇게 말하며 토막 난 인체의 일부분들을 주변에 죽 늘어놓았다. 밧줄을 몇 번 당기기만 했는데도 뭔가 모양을 이루며 놓인 걸로 보아 미리 마법을 펼쳐둔 모양이었다.

레이엘은 크로우가 하는 양을 가만히 보고 있었다. 하지만 실제로는 바쁘게 근처 마나의 흐름을 파악하는 중이었다. 이곳에 펼쳐진 크로우의 마법은 심상치 않았다. 섣불리 덤벼들

다가는 낭패를 겪을 수도 있을 것 같았다.

'6클래스에 불과한데 이런 마법을 쓴다고? 아, 마정석!'

지금 근처에 펼쳐진 마법도 그렇고, 지금 크로우가 준비하는 마법도 그렇고 고작 6클래스의 흑마법사가 할 수 있는 것이 아니었다. 하지만 마정석이 있다면 얘기가 좀 달라진다.

"네가 병사들을 이용해 데스나이트를 만들려고 했던 흑마법사인가?"

크로우가 씨익 웃었다.

"이제야 그 무거운 입을 여는군. 질문에 대한 답은 아니올시다야. 데스나이트가 필요했던 건 메디안이지. 네가 죽인 여자 말이야. 알지? 네가 직접 죽였을 테니까. 어떻게 죽였지? 칼로 찔러 죽였나? 아니면 사지를 갈기갈기 찢어 죽였어? 그 느낌이 어땠지? 황홀했나? 아니면 죄책감이라도 느끼나?"

크로우가 말을 마구 쏟아냈다. 그것은 레이엘의 정신을 어떻게든 흔들어 보려는 수작이었다. 하지만 그런 얄팍한 수작에 레이엘이 넘어갈 리 없었다. 레이엘은 여전히 무표정한 얼굴로 다시 물었다.

"이해할 수 없군. 대체 어떻게 알았지? 난 그 여자를 죽이고 곧바로 여기 왔는데. 죽이는 순간 알았다 하더라도 이렇게 철저히 준비를 할 수는 없었을 텐데."

크로우가 이죽거리며 대답했다.

"큭큭. 뭐, 내가 준비성이 좀 뛰어나서 말이야. 시간은 메디안이 죽은 순간부터 지금까지면 충분했다고."

"죽는 순간 알았단 뜻이로군. 계약인가?"

크로우의 눈이 살짝 커졌다.

"호오? 너 흑마법사야? 어떻게 그런 것까지 알지? 맞아. 계약이야. 그녀와 난 계약관계였지. 그게 깨지는 순간 바로 알아차렸어. 죽지 않으면 절대 깨지지 않는 계약이었거든."

레이엘이 고개를 끄덕였다. 의문은 대충 풀렸다. 그리고 나름의 시간도 벌었다. 레이엘이 손을 휘휘 저었다.

크로우가 그것을 보고는 경고하듯 외쳤다.

"허튼 짓 하지 마! 조금이라도 움직이면 저 안에 있는 시체들 다 터트려 버리겠어!"

밧줄에 엮여 끌려 나온 사람의 일부는 그리 많지 않다. 남은 것이 훨씬 많을 것이다. 그리고 죽은 사람의 시체에는 독이 있는 법이다. 아니, 흑마법을 이용해 빠르게 부패시키면 더 많은 치명적인 독이 생겨난다. 그것이 터지면 이런 성쯤은 우습게 무너진다. 독으로 인해서.

크로우는 레이엘이 손을 멈추자 기분 좋게 웃었다.

"큭큭큭. 그래. 그렇게 얌전해야지. 내 기분이 계속 좋게 만들어 주라고. 혹시 알아? 넌 가만히 내버려 둘지?"

레이엘의 무심한 눈이 크로우를 응시했다. 크로우는 갑자기 기분이 나빠졌다.

"그 눈 좀 치우지? 기분이 슬슬 나빠지네?"

"터트려 봐라."

"뭐?"

"시체. 다 터트려라. 나랑은 관계없으니까. 난 이 성에서 딱 두 명만 살리면 그만이다. 그리고 그 둘은 언제든 구할 수 있다. 그러니 터트려."

"뭐, 뭐야! 이 미친놈은!"

"내가 왜 손을 멈췄다고 생각하는 거지?"

크로우는 대답하지 않았다. 레이엘은 그런 크로우를 보며 한 발 앞으로 다가갔다.

"네 하잘것없는 마법이 끝났기 때문이다."

레이엘은 거침없이 걸어갔다. 크로우가 펼친 마법의 흐름을 모두 파악해 그것을 자신의 마나로 전부 중화시켰다. 이제 더 이상 이곳에 마법은 없다.

"마정석을 이용해 마법만 펼치고 말았나 보군. 안 그랬으면 좀 시간이 걸렸을지도 모르는데. 혹시 지금 하려는 그 짓을 위해 마정석을 쓰려는 건가?"

크로우가 주춤 뒤로 물러났다. 레이엘은 일정한 속도로 크로우에게 다가갔다. 크로우의 얼굴에 공포가 어렸다.

"저, 저리 가!"

크로우는 그렇게 소리치고는 주위를 둘러봤다. 사람의 장기를 이용한 마법진은 모두 완성되었다. 이제 마정석만 중앙에 놓으면 끝난다. 임시방편이라 약하긴 하겠지만 그래도 굉장한 걸 소환할 수 있게 된다.

크로우는 다급히 품에서 마정석을 꺼냈다. 그리고 그것을 마법진의 중앙으로 가져가려 했다.

서걱!

"이, 이런 미친……!"

크로우는 믿을 수 없었다. 이렇게 허무하게 자신의 손목이 날아갈 줄은 몰랐다. 차라리 흑마법을 난사해서 싸웠다면 이렇게 허무하게 당하지는 않았을 것이다.

크로우의 손목에서 피가 분수처럼 쏟아져 나왔다. 크로우는 멍한 눈으로 레이엘을 바라봤다. 레이엘은 아직 꽤 멀리 떨어져 있었다.

하지만 손에 검을 들고 있었다. 손목에서 뒤늦게 통증이 올라왔다. 하지만 크로우는 이를 악물고 그것을 참아냈다. 식은 땀이 흐르고 온몸이 부들부들 떨렸다.

레이엘이 손을 휘젓자, 바닥에 떨어진 마정석이 휙 날아 레이엘의 손으로 빨려 들어갔다.

"크으윽! 내가 이렇게 허무하게 끝날 것 같아! 그렇겐 못하지!"

크로우는 잘린 손목을 마법진의 중앙으로 조준했다. 피가 갑자기 콸콸 쏟아져 마법진을 피로 물들였다.

"홍염의 마왕이시여! 제 모든 것을 드리나이다! 제 육신과 영혼을 받으시고 저 사악한 종자의 최후를 선물해 주시옵소

서!"

쏟아지는 핏물의 양이 훨씬 많이 증가했다. 그리고 크로우의 몸이 마치 모래처럼 부스스 부서지기 시작했다. 그것은 그대로 마법진으로 스며들었다.

마법진에서 검은 기운이 뿜어져 나왔다. 레이엘은 그것을 보고는 눈살을 찌푸렸다.

흑마법사는 오랜 시간 어둠의 마력을 모아온 존재다. 당연히 그의 피도 마정석과 비슷한 역할을 한다. 더구나 몸 자체를 제물로 바치면 그 효과는 지대하다. 지금 크로우가 한 짓이 바로 그것이었다.

"곤란하게 됐군. 설마 홍염의 마왕을 소환하는 마법진이었나?"

마법진에서 뿜어져 나오는 검은 기운이 극에 달했을 때, 그 자리에 검은 불길이 확 솟아올랐다. 이내 불길이 흩어진 자리에는 온몸이 검은 한 사내를 제외하곤 아무것도 남아 있지 않았다. 마법진도, 또 그 마법진을 이루던 인간의 장기들도.

"캬하하하! 이거 정말 오랜만이로군. 한…… 100년 만인가?"

검은 사내는 고개를 돌려 레이엘을 쳐다봤다.

"목표도 근처에 있고, 아주 훌륭한 상황이야. 마력이 모자라서 힘이 완전치 않지만 뭐 그럭저럭 움직일 만하군."

검은 사내의 손이 레이엘을 향해 슬쩍 올라갔다.

징!

손가락 끝에서 검은 선이 쭉 그어졌다. 레이엘은 고개를 슬쩍 움직이는 것만으로 그것을 피했다. 검은 사내의 눈이 살짝 커졌다.

"호오? 이거 놀라운 놈이로군. 내 *다크라인*을 피해?"

검은 사내의 눈에 흥미가 일었다.

"내 이름을 알 자격이 충분해. 난 코카스다."

"코카스? 그럼 홍염의 마왕은 아니군."

코카스의 눈살이 찌푸려졌다.

"크로우 따위의 저급한 흑마법사가 감히 왕을 소환할 수 있을 것 같으냐?"

레이엘은 코카스를 보며 중얼거렸다.

"그럼 마족인가?"

"캬하하하! 그래. 잘 아는구나. 마족이다. 널 죽일 존재이기도 하지."

코카스의 몸이 순식간에 레이엘 앞에 나타났다. 마치 순간이동이라도 하듯 빠른 움직임이었다. 하지만 레이엘은 전혀 놀라지 않았다.

사악!

레이엘의 검이 바람을 가르며 움직였다. 코카스의 몸이 흐릿해졌다가 다시 진해졌다. 레이엘의 검이 코카스의 몸을 아래에서 위로 가르고 지나갔지만, 코카스는 멀쩡했다.

"빠르군."

"너도 제법인데?"

코카스가 레이엘을 후려쳤다.

쾅!

레이엘은 코카스의 손을 검으로 막으며 옆으로 미끄러지듯 움직였다. 코카스의 손에 어느새 새까만 기운이 어리더니 검이 생겨났다. 코카스의 검에서 불길이 넘실넘실 일어나기 시작했다.

"화염의 검에 죽는 걸 영광으로 생각해라. 캬하하하!"

코카스가 검을 휘두르자 거센 불길이 일어났다. 레이엘은 당황하지 않고 손을 휘저었다.

촤아악!

물줄기가 화염을 집어삼켰다. 주변이 순식간에 수증기로 뒤덮였다.

"정령?"

코카스의 눈에 놀람이 어렸다. 하지만 그렇게 놀라고 있을 시간이 없었다. 언제 왔는지 레이엘이 옆에서 검을 휘둘렀기 때문이다.

쩡!

코카스는 레이엘의 검을 막으며 눈살을 찌푸렸다. 생각보다 강력한 힘이었다. 손이 흔들릴 정도였다.

"젠장. 멍청한 크로우 같으니. 제대로 된 소환 의식을 통해 불러내야 힘이 완전할 거 아냐!"

사실 크로우는 성의 모든 생명과 마정석을 이용해 마왕을 불러낼 생각이었다. 그 정도라면 홍염의 마왕인 인케르를 불러낼 수도 있었다.

하지만 레이엘 때문에 그렇게 할 수 없어 약식으로 마족을 불러냈다. 그나마 그동안 꾸준히 작업을 해왔기에 가능했지 아니면 절대 불가능했을 것이다.

코카스는 정신없이 검을 휘둘렀다. 레이엘의 공격이 너무나 빠르고 거셌다. 이렇게 강한 인간이 있다는 게 경이로울 지경이었다.

"아무리 내가 완전치 않은 상황이라지만 이렇게까지 몰리다니, 정말로 대단하구나!"

코카스는 이를 갈았다. 아무리 소환되었다고 하지만 여기서 죽으면 역시 소멸된다. 본체를 마계에 두고 오거나 하는 건 이야기 꾸미기를 좋아하는 인간들이 지어낸 얘기였다. 그게 가능하다면 마족은 오래전에 중간계를 정복했어야 한다.

"제엔장! 이따위 소환에 응하는 게 아니었는데!"

코카스는 자신의 모든 힘을 검에 쏟아 부었다. 검에서 용암이 쏟아져 나왔다. 코카스를 중심으로 땅이 녹아내렸다.

레이엘은 훌쩍 뒤로 물러났다. 지나치게 온도가 높아 아무리 레이엘이라도 쉽게 대처하다가는 화상을 피할 수 없었다.

"이놈! 가만두지 않겠다!"

코카스는 자신의 마력을 있는 대로 끌어냈다. 레이엘은 그 것을 보며 눈살을 찌푸렸다. 그리고 손을 이리저리 휘젓기 시 작했다. 레이엘이 손을 움직일 때마다 빛으로 된 선이 나타났 다.

순식간에 빛으로 이루어진 마법진이 허공에 생겨났다. 그것 을 본 코카스가 눈을 부릅떴다.

"성휘의 마법진! 대체 네놈 정체가 뭐냐!"

레이엘은 대답하지 않았다. 대답할 마음도 없었고, 자신의 정체가 뭔지 스스로도 몰랐다. 대답 대신 레이엘은 마법진 중 앙에 검을 찔러 넣었다.

번쩍!

마법진이 코카스를 향해 날아갔다. 빛살처럼 빠른 속도였 다. 코카스는 그것을 피하지 못하고 고스란히 뒤집어썼다.

"크아악!"

무리하게 끌어올리던 마력이 그대로 폭주했다. 성휘의 빛에 휩싸여 마력의 제어권을 놓쳐 버렸다. 이대로라면 마력이 폭 발해 온몸이 터져 버릴 것이다.

레이엘이 다급히 몸을 날렸다. 이대로 코카스가 터져 버리 면 그냥 성 하나 날아가는 정도로는 끝나지 않는다. 그렇게 되 면 지금쯤 창고에 있을 제니아와 사라도 무사하지 못할 것이 다.

푸욱!

레이엘의 검이 코카스의 이마를 관통했다. 하지만 코카스는 여전히 발악했다. 레이엘은 코카스의 눈빛을 봤다. 그는 레이엘을 비웃고 있었다. 순간 코카스의 마력이 급격히 팽창하기 시작했다.

　레이엘의 남은 한 손에 어느새 작은 단검이 들려 있었다. 아공간을 열어 꺼낸 것이다. 단검의 날카로운 날이 코카스의 목을 관통했다.

　쩡!

　뭔가가 부서지는 소리와 함께 팽창하던 코카스의 마력이 순식간에 흐트러졌다. 코카스는 불신에 찬 눈으로 레이엘을 노려봤다.

　"네, 네놈이 대체 어떻게……."

　코카스는 그제야 처음 레이엘이 머리를 찌른 게 우연이 아니었음을 깨달았다. 방금 레이엘이 한 것은 마족의 두 번째 심장, 즉 마력의 핵을 부수는 방법이었다.

　"이제 진짜 심장을 찌르면 끝나는 건가?"

　코카스의 눈이 경악으로 찢어질 듯 커졌다.

　푹!

　어느새 머리에서 뽑은 검으로 심장을 찌른 레이엘이 무표정한 눈으로 코카스를 내려다봤다. 코카스의 몸이 새까만 연기가 되어 허공으로 흩어져 갔다.

　"마족에 대해서는 너무나 잘 알고 있지. 특히 너 같은 하급 마족에 대해서는."

레이엘은 그 말을 남기고 돌아섰다. 주방 앞 공터는 난장판
이 되어 있었다. 아마 주방 안에는 시체가 가득할 것이다. 레
이엘은 그것을 자신이 정리할 생각은 전혀 없었다. 레이엘의
눈빛이 공허해졌다.

*　　　*　　　*

오랜 시간 영주 없이 살아가던 발터스에 주인이 생겼다. 그
리고 그 주인이 여자라는 소문이 인근 영지를 강타했다. 그와
동시에 발터스에서 질 좋은 철광석이 생산되는 광산이 발견되
었다는 소식이 알려졌다.

주변 영지는 난리가 났다. 광산은 막대한 부를 창출할 수 있
다. 더구나 철광산은 굉장히 유용하다. 힘을 갖추기 위해선 무
기가 있어야 하고, 그 무기를 만들기 위해선 철이 필요하다.
철광산은 그런 철을 계속해서 뽑아낼 수 있는 곳이다.

발터스의 땅은 척박하다. 당연히 그 주변 영지의 땅도 그렇
게 기름지지 않았다. 물론 발터스보다는 훨씬 나았지만 그래
도 왕국 서부의 땅이나 남부의 땅에 비하면 황무지나 다름없
었다. 당연히 발터스 주변 영지들은 부유하지 않았다.

그러니 그들이 발터스에 눈독을 들이는 게 당연했다. 발터
스는 광산이라는 보물을 가지고 있지만, 그것을 지킬 힘은 없

었다. 게다가 영주가 여자였다. 여자 영주의 영지를 삼키는 아주 합법적인 방법이 있으니, 욕심이 생기는 건 당연한 흐름이었다.

"이거 아주 군침이 돌다 못해 물이 흐를 지경이로군. 페일경이 보기엔 어떤가? 가능성이 있나?"

발터스 서쪽에 붙어 있는 영지인 바린의 영주 말튼은 기사단장인 체이스를 은근한 눈으로 바라보며 물었다. 하지만 체이스의 반응은 그의 기대와는 조금 달랐다.

"아직 발터스에 대해서는 제대로 조사한 것이 없습니다. 먼저 정확한 정보를 알아내는 것이 우선입니다."

"정확한 정보? 발터스에 그런 게 과연 필요할까?"

"발터스에 영주가 부임한 지 이제 열흘도 되지 않았습니다. 과연 광산이 그 열흘 사이에 발견되었을 거라 생각하십니까?"

"당연히 그럴 리가 없지. 최소한 몇 년은 되었어. 그러니 내가 이러는 거 아닌가. 그동안 발터스에 쌓였을 돈이면 우리 영지의 병력을 몇 배로 증강시킬 수도 있을 걸세."

"그 병력, 발터스는 그대로 뒀겠습니까?"

말튼은 그제야 앞으로 한껏 숙였던 몸을 다시 의자에 기댔다.

"끄응. 그야 그렇지만, 아무리 그래봐야 발터스야. 그쪽으로 사람이 이동했다는 말도 못 들었고, 원래 인구가 적은 곳이니 병력이라고 해봐야 별 것 없지 않을까?"

"그러니 확실히 조사를 해봐야 합니다."

말튼의 얼굴에 조바심이 생겨났다.

"그러다 다른 영지에서 꿀꺽 삼키면 어쩌라고."

"아무리 발터스라도 그냥 당하지만은 않을 겁니다. 그렇게 피해를 입은 상황에서 다른 영지가 달려들면 꼼짝없이 당할 수밖에 없습니다."

"끄응. 그러니까 일단 정보를 모으고 쉽게 안 될 것 같으면 다른 영지와 손을 잡으라. 뭐 그런 얘기인가?"

체이스가 빙긋 웃으며 살짝 허리를 숙였다.

"역시 현명하십니다."

말튼은 손을 내저으며 겸연쩍은 표정을 지었다.

"됐네. 괜히 얼굴에 금칠하지 말게. 아무튼 그럼 일단 정보를 모으기로 하지. 그리고 다른 영지의 상황도 좀 알아오고."

"알겠습니다."

체이스가 인사하고 물러가자, 말튼은 다시 입맛을 다셨다.

"철광산이라……. 이거 정말로 군침이 흘러서 홍수가 나겠군. 쩝."

세이드 카라미스 공작은 눈을 빛내며 방금 들어온 따끈따끈한 서류를 읽었다.

"광산이라고?"

세이드가 읽은 서류는 발터스에서 발견된 광산에 관한 보고서였다. 세이드는 그것을 아주 관심 있게 읽었다. 사실 광산은 상당한 돈이 된다.

"이러면 우리 제니아가 너무 기가 살잖아? 이래선 안 되지."

세이드는 책상 옆에 늘어진 끈을 잡아당겨 시종을 불렀다. 잠시 후, 문이 열리고 시종 하나가 조심스럽게 들어왔다.

"미트런을 불러라."

시종이 공손히 대답하고 물러갔다. 그리고 얼마 지나지 않아 미끈한 중년 사내 한 명이 들어와 허리를 숙였다.

"부르셨습니까."

"몇 가지 처리해야 할 일이 있다."

"맡겨만 주십시오."

"발터스에 좀 가봐야겠다."

"발터스 말입니까?"

"광산이 발견되었다더군."

미트런이 심각한 표정을 지었다.

"제가 알기로 발터스 영지는 제니아 아가씨의……."

"그래. 내가 그 영지를 제니아에게 줬지."

세이드의 눈이 날카롭게 빛났다.

"내가 원하는 건 제니아다. 광산 따위는 필요 없어."

미트런은 세이드의 눈빛에서 묘한 집착을 읽어냈다. 그는 화들짝 놀라 급히 고개를 숙였다.

"제가 어떻게 하면 되겠습니까?"

"발터스 근방의 영지들을 흔들어라. 일단 은밀히 정보를 흘리는 것부터 시작해. 제니아가 비록 카라미스 가의 사람이지만, 건드려도 아무런 문제가 없을 것처럼."

"하지만 광산은……."

"광산은 미끼다. 광산에 욕심을 내도록 만들어 봐. 그 정도쯤 어렵지 않겠지?"

"물론입니다."

미트런은 잠시 뜸을 들이다 조심스럽게 물었다.

"하면 그 광산은 포기하시는 것입니까?"

"포기가 아니라 투자다. 철광산 하나로 그쪽 영지 다섯 개 정도를 내 휘하로 끌어들일 수 있지 않겠느냐. 내가 눈감아주는 대가로 광산을 먹었으면 알아서들 기겠지."

미트런은 살짝 두려움에 떨며 허리를 조아렸다.

"그렇게 처리하겠습니다."

"혹시 자브리안 백작가에서도 움직일지 모른다. 페릴 그놈이 제니아에게 단단히 빠져 있으니까. 잘 협의해서 처리해라. 단, 제니아를 결국 페릴에게 주더라도 일단은 내가 먼저다. 그것만큼은 명심하도록. 알겠느냐?"

"명심하겠습니다."

미트런은 고개를 조아린 후, 서둘러 물러갔다. 세이드는 뱀처럼 차가운 눈으로 밖으로 나가는 미트런을 조용히 노려봤다. 그의 눈에서 살짝 광기가 흘러나왔다. 하지만 그것은 나타나자마자 사라졌다. 마치 언제 그랬느냐는 듯.

발터스에 직접적으로 경계를 마주한 영지는 모두 세 곳이었다. 그 세 영지가 모두 발터스에 눈독을 들이기 시작했다. 바린이 가장 먼저 움직였고, 남은 두 영지도 바린에 뒤질세라 서둘러 움직였다.

우선 발터스에서 정보를 끌어내기 위해 사람을 심고, 꾸준히 정보를 모았다. 그리고 발터스의 영주인 제니아 카라미스에 대한 정보를 얻기 위해 정보 길드까지 이용했다.

그렇게 발터스가 폭풍의 핵으로 떠오르고 있을 무렵, 제니아는 영지를 정리하기 위해 갖은 애를 쓰고 있었다.

"정말 해도 해도 끝이 안 나네."

"아가씨 조금만 더 힘내세요. 이제 다 끝나가잖아요."

"고마워. 정말 사라가 없었으면 이걸 다 어떻게 했을지 생각만 해도 암담하다니까."

사라가 배시시 웃으며 고개를 저었다.

"제가 뭘요. 그보다 레이엘은 지금 뭘 하고 계실까요?"

"글쎄. 병사들을 돌보겠다고 하시는데, 확실한 건 잘 모르겠어. 그보다 인재가 너무 부족해."

"이럴 때 스승님이라도 오시면 큰 도움이 될 텐데……."

두 여인이 그렇게 잠시 쉬며 대화를 나누고 있을 때, 집무실의 문을 두드리는 소리가 들려왔다.

"들어와!"

제니아의 허락이 떨어지자, 문이 열리고 병사 한 명이 들어와 정중히 예를 취한 후, 말을 꺼냈다.

"영주님, 손님이 한 분 찾아오셨습니다."

"손님?"

"바이런이라고 하면 아실 거라고 했습니다."

바이런이라는 말에 제니아와 사라가 눈을 동그랗게 뜨고 서로를 바라봤다.

"확실히 귀족이 되실 팔자는 아니셔. 그렇지?"

"그러네요. 이렇게 공교롭게 찾아오시다니."

제니아는 표정을 수습한 후, 자리에서 일어났다.

"안내해라. 응접실에 모셨겠지?"

"그렇습니다."

제니아와 사라는 병사를 따라 응접실로 향했다. 그녀들의 표정에 반가움과 즐거움이 떠올랐다.

제9화 영지 정비

사라는 응접실 문을 열자마자 그녀의 스승인 바이런을 보고
는 부리나케 달려갔다.

"스승님!"

"오오! 사라!"

바이런은 벌떡 일어나 자신에게 달려드는 사라를 안아 주었
다. 그리고 가볍게 어깨를 토닥였다.

"고생 많았구나. 무사해서 다행이다."

잠시 재회의 기쁨을 나눈 바이런은 그제야 웃으며 다가오는
제니아를 발견했다.

"이런, 제니아 아가씨도 계셨군요. 늙은이가 추태를 보였습

니다. 별고 없으셨습니까?"

제니아가 빙긋 웃으며 고개를 끄덕였다.

"저야 젊으니까요. 그보다 오시느라 고생 많으셨어요. 몸도 좋지 않으실 텐데."

"허허. 저야 쉬엄쉬엄 와서 괜찮습니다."

바이런은 흐뭇한 표정으로 자신의 옆에 다소곳이 서 있는 사라를 바라보았다.

"그동안 마법에는 어떻게 진전이 좀 있었느냐?"

"아직 그대로예요. 그래도 얼마 전에는 실전에서 마법을 써 봤어요."

"호오. 그거 대단하구나. 실전에서 실수는 하지 않았고?"

바이런의 물음에 대한 답은 제니아가 했다.

"실수는커녕 너무 침착하게 마법을 써서 훌륭하게 임무를 완수했답니다. 정말로 대단해요, 사라는."

제니아는 그렇게 말하며 환한 표정으로 사라를 바라봤다. 사라는 자신을 칭찬하는 말에 부끄러워 살짝 고개를 숙이며 얼굴을 붉혔다.

"아, 그보다 절 계속 이렇게 세워 두실 건가요?"

"허허허. 이곳의 주인은 아가씨 아닙니까. 주인이 서 계시는데 객인 제가 어떻게 감히 앉겠습니까?"

"그게 그렇게 되나요?"

제니아는 빙긋 웃으며 바이런에게 의자를 권했다. 그리고 근처에 있는 푹신한 소파에 편안하게 앉았다. 제니아가 앉자, 바이런이 앉았고, 뒤이어 사라도 바이런 옆에 앉았다.

"그보다 오면서 들었는데 영지에서 큰일이 있었다지요?"

제니아가 고개를 끄덕였다. 확실히 작은 일은 아니었다. 자그마치 흑마법사가 둘이나 나왔으니 말이다. 사람도 여럿 죽었다. 그 참혹한 광경을 본 사람들은 레이엘을 제외하고는 모두 악몽에 시달릴 정도였다.

"다행이 어찌어찌 해결할 수 있었어요. 문제는 지금부터죠."

"광산이 발견되었다고요?"

"사실은 꽤 오래 전에 발견된 모양이에요. 전 그걸 왕국에 신고한 것뿐이고요."

"주변 영지들이 눈독을 들이고 있을 겁니다."

"그렇겠죠. 그리고 카라미스 가에서도 노릴지 몰라요."

바이런이 고개를 저었다.

"카라미스 가는 노리더라도 쉽게 드러내지 못할 겁니다. 그들이 할 수 있는 일은 영지를 회수하거나 아니면 주변 영지들을 부추기는 것밖에 없을 겁니다. 체면을 생각한다면 말이지요. 발터스를 아가씨께 맡긴 지 아직 몇 달도 지나지 않았습니다."

제니아가 고개를 끄덕였다.

"그럴 수도 있겠네요. 어쨌든 카라미스 가에서 노린다 하더라도 손 쓸 여력이 없어요. 지금은 주변의 승냥이들을 막아내는 것만도 벅차거든요. 그래서 그런데, 바이런의 도움이 필요해요."

"마나를 모두 잃어 아무 짝에도 쓸모없는 이 늙은이가 할 일이 있겠습니까?"

"누가 감히 바이런에게 쓸모없다고 할 수 있겠어요? 바이런이 얼마나 대단한지는 제가 가장 잘 알아요."

제니아의 말에 바이런은 기분 좋은 미소를 지었다. 자신을 알아주는데 싫어할 이유는 없었다.

"그래, 이 늙은이가 뭘 도와드리면 되겠습니까?"

"일단 영지를 안정시켜야겠어요."

"행정적인 일의 도움을 원하시는군요?"

"행정관을 맡아주세요."

바이런은 흔쾌히 고개를 끄덕였다.

"좋습니다. 일단 영지에 인재가 아직 발굴되지 않은 것 같으니 제가 당분간 노력해 보겠습니다."

"고마워요."

제니아가 눈물까지 글썽이며 감사를 표하자, 바이런이 당황해 손사래를 쳤다.

"이, 이런. 어서 눈물을 거두십시오. 군주께서 이렇게 약한 모습을 보이시면 안 됩니다. 저도 제자가 있는 이곳이 참으로 마음에 듭니다. 그러니 부담을 느끼실 필요도, 또 고마워하실 필요도 없습니다."

바이런은 이곳에 더 있으면 제니아의 감정을 감당하기 어려울 것 같아 자리에서 벌떡 일어났다.

"그럼 시간도 모자라실 텐데, 일거리부터 주시겠습니까? 이래봬도 제가 한때 공작가의 마법사들을 모두 관리하던 사람이었습니다. 어떤 문제든 단숨에 해결해 드리지요. 허허허허."

제니아는 바이런의 마음씀씀이가 고마워서 다시 눈물을 글썽였다. 하지만 바이런의 말대로 함부로 눈물을 보일 수는 없었다. 제니아는 억지로 눈물을 참고 자리에서 일어났다.

"좋아요. 그럼 산더미 같은 일거리를 넘겨 드리러 가볼까요?"

"어이쿠, 이거 벌써부터 걱정이 되는군요. 허허허허."

그렇게 화기애애한 가운데 바이런이 발터스 영지에 합류했다. 제니아와 사라의 입장에서는 천군만마를 얻은 기분이었다.

＊　　　　＊　　　　＊

레이엘은 며칠에 걸쳐 병사들의 상태를 확인했다. 흑마법에 한 번 잠식당한 경험이 있기 때문에 그 뒤로 또 어둠의 마력을 접하면 훨씬 더 쉽게 먹힐 가능성이 있었다.

병사들은 이제 움직이는 것은 무리가 없었지만, 과도한 마력이 몸을 장악했다가 빠져나가는 바람에 지독한 무기력증에 시달리고 있었다.

그래도 병사들은 자신들의 임무에 충실하려 노력했다. 레긴을 향하던 충성심은 흑마법이 풀렸지만 완전히 사라지지 않았다. 그리고 그 충성심의 방향을 비틀어주는 것은 레이엘에게는 너무나 간단한 일이었다. 병사들은 영지에 충성했다.

그렇기 때문에 병사들이 모두 한자리에 모인 경우는 거의 없었다. 일부는 항상 맡은 임무를 위해 자리를 비워야 했다. 그래서 병사들의 상태를 호전시키는 일이 조금씩 더뎌졌다.

레이엘은 앞에 누운 병사를 유심히 살폈다. 레이엘이 흑마법에도 익숙하다지만 사실 경험으로 따지면 그 경지가 그리 높은 건 아니었다. 하지만 흑마법 외의 다른 경험들 덕분에 보통의 흑마법사와 비슷한 방식으로 경지를 따지는 건 무의미했다.

'6클래스의 흑마법사라서 그런지 확실히 대단하군.'

병사들의 몸에 새겨진 마법은 위력이 뛰어났다. 그 마법을 해제하는 건 무리가 아니었지만, 아무리 레이엘이라도 그걸 분석해 병사들을 원래의 상태로 되돌리는 건 쉽지 않았다.

일단 병사들의 정확한 상태를 알아야 했다. 그리고 각자의 상태에 따른 처방을 준비해야만 제대로 치료를 할 수 있었다. 처음부터 손을 안 댔다면 모를까, 일단 손댄 이상 레이엘은 모든 역량을 이용해 병사들을 치료할 생각이었다.

레이엘은 마지막 병사의 상태를 파악하고는 자리에서 일어났다. 그리고 병사들의 막사를 나와 공터로 향했다. 공터에 도착한 레이엘은 커다란 솥 세 개를 준비했다.

병사들의 상태는 모두 제각각이었지만 결과는 하나로 귀결되었다. 몸의 균형이 깨진 것이다. 당연했다. 흑마법은 어둠의 기운을 극도로 받아들이게 했다.

다른 기운들이 힘을 못 쓰고 소멸되거나 약화될 수밖에 없었다. 그런데 이제는 어둠의 기운까지 모조리 사라졌으니 몸 내부의 기운 자체가 약화되고 균형이 깨질 수밖에 없었다.

레이엘은 아공간에 예전에 모아뒀던 식재료와 약초들을 꺼내 각각의 솥에 나누어 담았다.

'일단 큰 흐름만 잡아주고, 나머지는 풍부한 식사와 운동을 빙자한 훈련을 통해 해결하는 게 가장 빠르겠군.'

불이 피어나 솥을 달궜다. 그리고 솥 안에 든 재료들이 끓기 시작했다. 레이엘은 무려 다섯 시간을 정성들여 끓인 걸쭉한 약초죽을 만들었다.

"모두 모여라."

레이엘의 말은 크지 않았지만, 말이 떨어지기가 무섭게 막사 안에 있던 모든 병사들이 우르르 밖으로 몰려 나왔다. 모두 80명이었다. 나머지 20명은 성 곳곳에서 임무를 수행 중이었다.

"이걸 한 그릇씩 먹고, 먼저 먹은 20명은 동료들과 교대해 주도록."

레이엘은 그렇게 말하며 그릇에 죽을 담았다. 병사들은 일말의 의심과 머뭇거림도 없이 그 죽을 받아 후루룩 마시듯 먹어치웠다. 뜨거웠지만 그들은 아직 그것을 고통으로 받아들일 정도로 몸이 호전되지 않았다.

먼저 죽을 먹은 20명의 병사들이 우르르 달려갔다. 왠지 그들의 움직임에 활기가 살아나는 듯했다. 나머지 병사들도 레이엘이 주는 죽을 받아먹었다.

잠시 후, 교대를 한 20명의 병사들이 달려왔다. 그리고 그들도 레이엘의 죽을 먹었다.

레이엘은 모든 병사가 죽을 먹은 것을 보고는 다시 막사로 들어갔다. 이제부터가 진짜였다. 레이엘은 아공간에서 어른 손바닥 두 배만 한 금속 상자를 꺼냈다. 그 뚜껑을 여니 푹신한 재질의 천 위에 반짝이는 바늘이 나란히 놓여 있었다. 그것은 침이었다.

"모두 자리에 누워라."

레이엘의 명에 병사들이 각자의 침상에 누웠다. 레이엘은 병사들 사이를 누비면서 침을 꽂기 시작했다. 레이엘의 손놀림은 눈부실 정도로 빨랐다.

침을 꽂자마자 바로 뽑는 식이었는데, 어찌나 거침없이 행하는지 80명의 병사 모두에게 침을 놓는 데 한 시간도 채 걸리지 않았다.

"일단 누워서 한잠 자도록."

레이엘의 말에 병사들은 동시에 눈을 감았다. 이 역시 흑마법의 잔재였다. 충성심은 영지를 향하지만 주인은 레이엘이라는 의식이 병사들의 심층에 자리해 있었다. 이는 레이엘이 크로우의 영혼을 삼킨 마족 코카스를 죽였기 때문에 발생한 현상이었다.

레이엘은 굳이 이것을 고치려 하지 않았다. 병사들의 상태를 호전시키는 데 아주 유용했기 때문이다. 덕분에 처음 예상했던 것보다 더 빨리 병사들을 치료할 수 있었다.

'나머지 20명은 나중에 처리하면 되겠군. 그나저나……'

레이엘은 자신의 손에 있는 침통을 바라보며 씁쓸한 표정을 지었다. 이것을 만들 때만 해도 쓸 수 있을 거라는 생각은 하지 않았다. 그저 이것 역시 자신의 일부이기에 버리지 않고 보듬으려 만든 것일 뿐이었다.

'이렇게 유용하게 쓸 줄은 몰랐군.'

병사들의 상태를 점검한 것이나, 또 각자의 체질과 상황에 맞게 몸을 조정한 것 모두 침이 아니었으면 불가능했을 것이다. 아니, 침을 쓰던 기억과 경험 덕분이었다.

레이엘은 문득 고개를 돌려 발터스 성을 바라봤다. 그 성에 있을 두 사람이 머릿속에 떠올랐다. 제니아와 사라가 환하게 웃는 모습과, 그녀들의 몸에서 눈부신 빛이 뿜어져 나오는 광경이 자연스럽게 연상되었다.

'이제 슬슬 얘기해도 되는 건가? 과연 제니아와 사라를 믿어도 되는 건가? 아니, 그만큼이나 믿고 있는 건가?'

레이엘의 표정에 살짝 생기가 감돌았다가 사라졌다. 레이엘은 무표정하고 공허하게 돌아온 표정과 눈빛으로 묵묵히 걸음을 옮겼다. 아직은 때가 아니다.

'일단 지금은 병사들만 생각하자. 그 뒤의 일은 그 다음에.'

*   *   *

제니아는 바이런 덕분에 비로소 숨통이 트였다. 그나마 편안히 쉴 수 있는 시간을 얻을 수 있었고, 다소 여유도 챙길 수 있었다. 그리고 그것은 사라도 마찬가지였다.

"이제 좀 살 것 같네. 그렇지?"

사라가 어색한 표정을 지었다.

"하지만 스승님께서 너무 바쁘세요."

제니아가 빙긋 웃었다.

"내가 보기엔 활력이 넘쳐 보이시는데? 마치 이런 일을 기다리신 것 같아. 사라가 보기엔 그렇지 않아?"

사라는 수긍하며 고개를 끄덕였다.

"그건 그래요. 스승님의 그런 표정은 마나를 잃으신 후로는 한 번도 본 적이 없으니까요."

제니아가 짓궂은 표정을 지었다.

"난 한 번 본 것 같은데?"

"예?"

"사라가 4클래스에 올랐다는 얘기를 듣고는 지금보다 더 환하고 활기찬 얼굴이 되셨던 것 같은데. 아닌가?"

"아, 아가씨!"

사라는 얼굴을 붉히며 고개를 살짝 돌렸다. 하지만 표정에 드러나는 따스함은 감출 수 없었다. 제니아는 그런 사라를 보며 부드럽게 미소 지었다. 정말로 보기 좋았다. 그리고 자신에게도 바이런과 같은 사람이 있다면 얼마나 좋을까 하는 생각을 했다.

'아버지⋯⋯.'

제니아에게도 예전에는 분명히 그런 존재가 있었다. 바로 아버지인 전대 카라미스 공작이었다. 제니아의 아버지는 다른 자식들보다 유독 제니아를 아꼈다. 제니아가 다른 자식들에게 따돌림을 당하는 걸 알았기 때문인지도 몰랐다.

아버지를 생각할 때마다 따스함과 아련함, 그리고 그리움이 동시에 찾아왔다. 굳이 인장을 찾으러 마수의 숲으로 원정을 떠난 이유 중 하나도 바로 아버지 때문이었다. 물론 세이드는 그런 제니아의 마음을 이용해 음모를 꾸몄고 말이다.

사라는 제니아의 얼굴을 보고는 금세 표정을 정리했다. 사라는 바이런을 스승을 넘어서 아버지나 할아버지로 여겼다. 그 감정이 고스란히 드러났기에 제니아가 저런 표정을 짓는다는 걸 너무나 잘 알고 있었다. 사라가 제니아와 함께한 생활이 벌써 10년이 다 되어간다.

"아, 참. 아가씨. 초대장이 이렇게 와 있는데 어떻게 할까요?"

"초대장?"

제니아는 감정과 표정을 수습하고 사라를 바라봤다. 사라의 손에는 화려하게 치장된 봉투가 다섯 장이나 들려 있었다.

"꽤 많네? 초대라고 해봐야 이 근방 영지가 전부일 줄 알았는데."

발터스와 경계를 마주한 영지는 세 곳뿐이다. 한데 초대장은 다섯이 왔으니 아마도 그 영지들과 또 이해득실이 얽히는 주변 다른 영지에서 온 초대장일 듯했다.

"일단 읽어는 봐야겠지?"

제니아는 사라에게 초대장을 받아 그것을 차분히 읽었다. 각종 미사여구로 치장된 초대장의 내용은 결과적으로 파티에 초대한다는 말이었다.

"파티라……."

"가실 건가요?"

제니아가 눈을 빛내며 사라를 바라봤다.

"사라는 내가 어쨌으면 좋겠어?"

"예? 그, 글쎄요?"

사라가 당황하는 모습을 마치 즐기듯 제니아가 그녀를 지그시 바라봤다. 사라의 머리가 복잡해졌다.

"그러니까……, 지금 광산을 보고해서 이렇게 갑자기 초대장이 오는 거 아닐까요?"

제니아가 만족스런 표정으로 고개를 끄덕였다.

"맞아. 그래서?"

"가시면 위험하지 않을까요?"

"왜?"

"그야 이들이……."

사라는 말문이 막혔다. 이들이 제니아를 어떻게 할지 감이 잡히지 않았다. 제니아는 빙긋 웃으며 고개를 끄덕였다.

"좋아. 일단은 거기까지만 하자. 하지만 앞으로는 사라도 이런 문제에 관심을 가져야 돼. 혹시라도 내가 없는 상황이면 사라가 영지를 꾸려나가야 할 테니까."

"예에?"

사라가 놀라 눈을 크게 떴다. 너무나도 난데없는 말을 들어 어떤 반응을 보여야 할지조차 갈피를 잡지 못했다.

"만약에 말이야. 만약에. 난 언제나 사라와 함께할 거야. 혹시 멀리 가는 일이 있더라도 꼭 사라를 데려갈 거라고. 이건 정말로 만약을 위한 거야."

사라가 단호히 고개를 저었다.

"아가씨 말씀대로 다 할게요. 하지만 혼자 어디 가신다는 말씀은 하지 마세요. 전 항상 아가씨 곁에 있을 거예요. 그리고 그쪽으로 더 도움이 되도록 노력할 거예요."

사라는 그렇게 말하며 앞으로 더 열심히 마법을 수련해야겠다고 결심했다. 혹시 모를 사태에 제니아를 보호해 줄 수 있는 건 어디까지나 경험과 실력이다. 경험이야 어쩌지 못한다고 해도 실력만큼은 얼마든지 키울 수 있다.

제니아는 사라의 마음이 너무나 고마웠다. 그래서 더 이상 말을 할 수가 없었다. 처음 계획은 사라에게 행정이나 정치에 대해 공부를 하라고 할 작정이었다. 하지만 그 말조차 할 수가 없었다. 갑자기 목이 콱 메어왔기 때문이다. 제니아는 그저 묵묵히 고개를 끄덕일 수밖에 없었다.

분위기가 조금 가라앉자, 사라가 본능적으로 환하게 웃었다. 이것이야말로 사라의 장점이었다. 사라의 웃음으로 대번에 활기가 돌았다.

"그보다 아가씨. 이제 초대를 어찌할 건지 말씀해 주셔야죠."

"글쎄. 나도 아직 고민 중이야. 이들의 목표는 아마 나를 얻기 위함일 거야."

사라가 그게 무슨 말이냐는 듯 바라보자, 제니아가 설명을 덧붙였다.

"나와 결혼하면 내 영지도 얻을 수 있을 테니까."

사라가 입술을 살짝 내밀었다.

"그건 너무 불공평해요. 남자에게 모든 걸 빼앗겨야 한다니."

제니아가 쓴웃음을 지었다.

"그게 왕국의 법이니 어쩔 수 없지. 최대한 괜찮은 남자를 만나는 수밖에."

제니아는 거기까지만 말하고 뒷말은 삼켰다. 차마 말을 끝까지 이을 수가 없었다. 그 말을 하며 생각난 남자 때문이었다. 그 남자 이름을 말하면 사라가 난처해질 테니까.

"그보다 만일 초대에 응하신다면 함께 갈 병사가 필요하지 않나요?"

"적어도 30명은 데려가야 할 거야. 얕보이지 않으려면."

제니아는 그렇게 말하며 걱정스런 표정을 지었다. 아직 병사들의 상태가 어떤지 알 수 없었다. 최근 돌아다니는 모습을 보면 이제 제법 괜찮아진 것 같긴 하지만, 다른 영지에 다녀올 정도로 회복했는지 확신할 수가 없었다.

"괜찮을까요?"

"물어봐야지."

제니아의 말에 사라가 눈을 빛냈다.

"제가 가서 물어보고 올까요?"

제니아는 사라의 초롱초롱 빛나는 눈을 보며 쓴웃음을 지었다. 그리고 자리에서 일어났다.

"같이 가자. 마침 시간이 좀 났으니까."

사라가 환하게 웃었다.

"그래요. 아가씨. 헤헤."

사라의 천진난만한 웃음에 제니아의 표정이 더욱 씁쓸해졌
다.

"어딜 그렇게 바삐 가느냐? 사탕이라도 얻으러 가는 아이
같은 얼굴로?"

"스승님!"

사라가 얼굴을 붉히자, 바이런은 허허 웃으며 제니아를 바
라봤다.

"허허. 그러고 보니 영주님도 우리 사라와 비슷한 표정이시
군요."

제니아가 당황하며 얼굴을 붉혔다. 그리고 급히 변명을 하
려 했지만 바이런의 말이 조금 더 빨랐다.

"어디, 우리 귀여운 제자와 아름다운 영주님의 얼굴을 그렇
게 만든 사람이 누군지 보고 싶군요. 저도 함께 가도 되겠습니
까?"

제니아는 변명을 다시 삼키고는 억지로 고개를 끄덕였다.

"조, 좋으실 대로……."

"허허허. 감사합니다. 만나려는 분이 바로 그 레이엘이라는
길잡이인가요? 이거 기대가 큽니다. 성에 온 지 며칠이나 됐
는데 아직 한 번도 못 봤거든요. 허허허허."

레이엘에 대해서는 사라에게 여러 가지 얘기를 들었다. 그

래서 계속 꼭 만나고 싶었다. 사라의 얘기를 들어보면 레이엘은 지금까지의 마법사들과는 전혀 궤를 달리하는 마법을 쓴다. 지금은 아니지만 전직 마법사였던 바이런의 호기심을 한껏 자극할 만했다.

이번에는 바이런이 앞장섰다. 레이엘이 어디 있는지 이미 파악해 두었다. 영지의 행정에 관계된 거라면 바이런의 손을 거쳐 가니, 그쯤 파악하는 건 일도 아니었다. 레이엘은 지금 영주성에 마련된 대장간에 있었다.

"자, 그럼 가실까요?"

바이런이 안내를 하자, 제니아와 사라는 잠시 멍한 표정으로 바이런의 뒷모습을 바라봤다. 하지만 이내 피식 웃으며 고개를 절레절레 젓고는 그 뒤를 따랐다.

땅! 땅! 땅!

규칙적인 망치질 소리가 대장간을 울렸다. 대장간에는 레이엘 말고도 대장장이가 두 명 더 있었다. 대장장이들은 레이엘이 망치질 하는 모습을 경이로운 눈으로 바라보고 있었다.

레이엘이 만드는 것은 한 자루의 검이었다. 새빨갛게 달궈진 쇳덩이에 망치가 쩍쩍 달라붙을 때마다 조금씩 그 형태가 변해갔다.

"카, 카라디움을······!"

레이엘이 만드는 검은 카라디움이 섞인 검이었다. 사실 레이엘은 그동안 순수한 카라디움만으로 무구를 만들어왔다. 하지만 제니아나 사라로부터 카라디움은 조금만 섞어도 높은 값어치를 한다는 말을 듣고 시험 삼아 만들어 보는 중이었다.

또한 검을 만드는 것은 레이엘의 마음을 다스리는 하나의 방편이기도 했다.

레이엘은 우선 카라디움과 철을 같은 비율로 섞어서 검을 만들었다. 카라디움이야 아공간에 썩어날 정도로 많았고, 철은 얼마든지 구할 수 있었다. 창고에는 아직 처분하지 않은 철괴가 잔뜩 쌓여 있었다.

카라디움을 조금만 섞어도 단조를 하기가 엄청나게 어려워진다. 아니, 불에 달구는 자체가 쉽지 않았다. 일반적으로는 5% 정도를 섞고, 아주 뛰어난 대장장이라면 50%도 가능했다. 하지만 그럴 수 있는 대장장이는 대륙을 통틀어도 손에 꼽을 정도로 귀했다.

한데 레이엘이 무려 50%나 카라디움을 섞은 뒤, 이렇게 불에 달궈 망치질을 하고 있으니 대장장이들이 경이의 시선을 보내는 것도 당연했다. 대장장이의 입장에서 본다면 레이엘은 대륙에서 손꼽히는 대장장이였다.

만일 레이엘이 순수한 카라디움만으로도 무구를 만들 수 있다는 걸 안다면 그들은 아마 기절할 정도로 놀랄 것이다. 그것은 경이를 뛰어넘는 일이었으니까.

치이익!

레이엘이 담금질을 시작했다. 대장장이들은 더 열심히 집중했다. 레이엘이 하는 행동 하나하나가 그들에게는 귀중한 재산이 된다. 당장은 무리겠지만 이렇게 꾸준히 지켜보다 보면 언젠가는 그들도 카라디움을 다룰 수 있게 될 테니까.

담금질을 마친 레이엘은 검을 들어올려 그것의 상태를 면밀히 살폈다. 시험 삼아 제작한 것치고는 그럭저럭 만족할 만했다. 레이엘은 고개를 한 번 끄덕이고는 검을 들고 연마를 시작했다.

검에 날을 세우고 손잡이를 만드는 과정을 거쳐 검 하나가 탄생했다. 검을 만들기 시작한 지 얼마 지나지도 않아 명검이 탄생한 것이다. 대장장이들은 벌어진 입을 다물지 못하고 그 광경을 하염없이 바라봤다.

쉬익!

레이엘은 검을 한 번 휘둘러 봤다. 무게중심도 잘 잡혀 있었고, 손잡이에서 느껴지는 감촉도 쩍쩍 붙었다. 꽤 그럴 듯한 검이 만들어져 기분이 조금 나아졌다.

그렇게 검을 완성한 레이엘이 고개를 돌려 대장간 입구를 쳐다봤다. 그리고 얼마 지나지 않아 제니아와 사라, 그리고 바이런이 대장간 안으로 들어섰다.

"우리가 방해한 건 아니죠? 레이엘."

제니아가 먼저 조심스럽게 말을 걸었다. 레이엘은 고개를 한 번 끄덕여준 후, 사라를 바라봤다. 사라가 고개를 꾸벅 숙여 인사를 하자, 이번에는 바이런을 쳐다봤다. 레이엘의 눈빛이 순식간에 공허해졌다. 사라와 제니아를 바라볼 때와는 천양지차였다. 모르는 사람이었으니 레이엘로서는 당연한 반응이었다.

바이런은 레이엘의 시선에 당황했다. 왠지 환영받지 못하는 느낌이 들었다. 바이런은 비록 마법사로 지내서 마법을 익힌 것 외에는 큰 경험이 없지만, 그래도 나이를 허투루 먹은 것은 아니었다.

제니아나 사라보다는 훨씬 더 많은 사람을 상대해본 경험이 있었다. 쉽게 마음의 동요를 드러내지 않았다. 때로는 동요를 드러내는 것만으로도 상대에게 실례가 될 수도 있다는 걸 잘 알고 있었다. 더구나 레이엘 같은 사람에게는 더더욱.

"허허허. 이거 사라에게 얘기만 들었을 때는 쉽게 믿지 못했는데, 만나고 보니 그 말을 믿지 않을 수가 없겠군. 그 검, 카라디움으로 만든 것 맞나?"

레이엘이 고개를 끄덕였다.

"혹시 실례가 되지 않는다면 내가 좀 봐도 되겠나?"

바이런은 친근한 어조로 말했다. 레이엘은 여전히 무표정한 얼굴로 검을 내밀었다. 바이런은 빙긋 웃으며 그것을 받아 조심스럽게 살폈다.

아무리 마나가 없어졌다지만 마법사였던 사람이다. 마나의 흐름이나 반응을 느끼는 정도는 아직도 가능했다. 아니, 오히려 몸에 마나가 없어져 누구보다 더 예민했다.

"호오. 50%정도인가? 대단한 장인이셨구먼."

사라가 옆에서 거들었다.

"스승님은 뭘 그 정도로 놀라세요? 레이엘은 순수한 카라디움만으로도 검을 만들 수 있어요. 그렇죠, 레이엘?"

레이엘이 가볍게 고개를 끄덕였다. 어차피 비밀도 아니었고, 감춰야 할 이유도 없었기에 쉽게 대답해 준 것이다. 하지만 그 여파는 결코 만만치 않았다.

"으허헉!"

"말도 안 돼!"

가장 먼저 놀라 뒤로 물러난 것은 두 명의 대장장이였다. 그들은 불신 가득한 눈으로 레이엘과 사라, 그리고 레이엘이 만든 검을 번갈아 쳐다봤다.

"수, 순수한 카라디움이라고?"

바이런 역시 거의 공황에 가까운 상태에 빠졌다. 순수한 카라디움으로 무구를 만든다는 것 자체가 거의 불가능에 가까운 일이었다.

"대, 대체 어떻게……."

바이런은 멍한 눈으로 레이엘을 바라보다가 이내 고개를 휘휘 저어 정신을 차렸다.

"정말로 대단하군. 아무튼 여기서는 얘기를 길게 할 수 없을 것 같으니 일단 자리를 옮기는 게 어떻겠나?"

바이런은 대장장이들을 힐끗 쳐다보며 그렇게 말했다. 레이엘도 더 이상 오늘은 대장간에서 할 일이 없었기에 흔쾌히 고개를 끄덕였다. 최근 며칠 동안 제니아와 사라를 보지 못했기에 슬슬 보고 싶은 마음이 생기려던 찰나였다.

네 사람은 서둘러 성으로 돌아갔다. 두 명의 대장장이들은 멀어져 가는 레이엘의 등을 멍하니 바라봤다. 레이엘이 완전히 안 보일 때까지.

레이엘 일행이 도착한 곳은 발터스 성의 응접실이었다. 느긋하게 쉬면서 대화를 나누기에는 응접실만 한 곳이 없었다.

다른 영지의 성이라면 그런 장소가 몇 군데는 되겠지만 발터스 성은 그렇지 않았다. 발터스 성은 남작가의 성이라기엔 상당히 큰 편이었지만 편의시설보다는 군사적 시설에 더 신경을 쓴 성이었다.

제니아와 사라는 편안하게 앉았지만 몸은 살짝 긴장해 있었다. 레이엘을 앞에 두니 절로 긴장이 되었다. 왜 그런지 모르지만 전에 봤을 때보다 더 대하기가 어려웠다. 두 여인은 그것을 최근 며칠 동안 레이엘을 보지 못했기 때문이라고 여겼다.

반면 바이런은 소파에 몸을 거의 파묻다시피 했다. 몸도 마음도 지극히 편안해 보였다.

"허허. 이거 아주 좋구나. 이 소파만큼은 공작가의 응접실이 부럽지 않을 정도야."

바이런은 그렇게 너스레를 떨다가 슬며시 레이엘을 바라봤다. 레이엘은 아직도 무표정한 얼굴로 바이런을 쳐다보고 있었다. 바이런은 머쓱한 표정으로 헛기침을 했다.

"흠흠. 그럼 슬슬 얘기를 시작해 보지. 혹시 영지의 병사들 상태가 어떤지 알 수 있겠나?"

"닷새만 있으면 예전의 실력을 찾을 수 있다."

바이런은 레이엘의 말투에 어색한 미소를 지었다. 이런 식의 대우를 받기에는 자신의 나이가 좀 많았다. 하지만 기분이 나쁘지는 않았다. 왠지 당연하게 느껴졌다. 바이런은 그게 또 이상해서 고개를 갸웃거렸다.

'뭐, 그런 건 중요하지 않으니까.'

"예전의 실력이라면 어느 정도를 말하는 겐가?"

"오라를 이용해 몸을 다스리는 정도."

바이런의 눈이 화등잔만 해졌다. 오라를 이용해 몸을 다스린다는 건 기사의 수준이라는 뜻이다. 제대로 된 검술만 익힌다면 바로 기사 서임을 받아도 문제가 없을 정도의 실력이었다. 물론 실력만으로 기사가 될 수 있는 건 아니었지만 말이다.

"기, 기사가 아니라 병사들이 말인가?"

"발터스에는 아직 기사가 없어요."

제니아가 나서서 설명을 했다. 바이런은 믿을 수 없었다.

"100명 모두가 오라를 다룰 수 있단 말인가?"

레이엘이 고개를 끄덕였다. 그게 뭐 대수냐는 듯. 바이런은 멍한 표정으로 레이엘과 제니아를 번갈아 쳐다봤다. 그리고 마지막으로 사라를 바라봤다. 설명을 바란다는 듯이.

사라는 빙긋 웃으며 아직 바이런에게 하지 않은 얘기를 시작했다. 레긴과 흑마법사들이 얽힌 이야기였다. 모든 이야기를 들은 바이런은 심각한 표정으로 묵묵히 생각에 잠겼다. 덕분에 한동안 응접실이 침묵에 잠겼다.

이윽고 생각을 마친 바이런이 고개를 들며 레이엘을 향해 입을 열었다.

"대체 자네 정체가 뭔가?"

바이런의 눈빛은 담담했다. 하지만 그 담담함 안에 폭발할 듯 격정적인 불꽃이 숨어 있었다. 레이엘은 그것을 모두 꿰뚫어 볼 수 있었다.

"난 레이엘일 뿐이다. 숲의 길잡이지."

"정말로 그게 전부인가?"

바이런의 눈빛이 더욱 깊게 타올랐다. 레이엘은 순간 바이런의 몸에서 은은히 흘러나오는 빛을 볼 수 있었다. 레이엘의 얼굴에 표정이 떠올랐다.

'이 사람도 빛을 가지고 있구나. 약하긴 하지만……'

이로써 빛을 가진 사람이 네 명으로 늘어났다. 아마 앞으로도 계속 나올 것이다. 레이엘은 새삼 이 빛의 정체가 궁금했다. 그리고 대체 왜 빛을 보기만 하면 이렇게 욕심이 생기는지 알 수가 없었다.

레이엘은 가만히 바이런을 바라봤다. 시간이 꽤 지났지만, 바이런의 눈빛은 조금도 변하지 않았다.

"그리고 꿈을 꾸는 사람이다."

바이런의 눈빛이 급격히 사그라졌다.

묘한 표정을 지은 바이런은 레이엘을 똑바로 바라봤다. 레이엘의 답은 뭔가 현기가 어린 듯하면서도 직설적이었다. 의미가 명확한 것 같으면서도 모호했다.

바이런은 이쯤에서 한 발 물러났다. 더 이상 레이엘과 얘기해 봐야 쓸데없이 자극만 할 뿐이다. 그건 결코 좋지 않았다. 하지만 꿈이라는 얘기가 나왔을 때부터 제니아와 사라의 반응이 지금까지와는 완전히 달라졌다. 두 여인은 눈을 빛내며 상체를 앞으로 당겨 레이엘과 조금 더 가까워졌다.

레이엘은 제니아와 사라의 기대 어린 눈빛을 봤지만 더 이상 입을 열지 않았다. 레이엘의 입장에서 바이런은 아직 믿기 어려운 사람이었다. 레이엘은 문득 기분이 묘해졌다. 레이엘의 눈이 사라와 제니아를 번갈아 오갔다.

'저 둘은 믿는 건가? 당연히?'

예전에는 답을 못 내렸지만 지금은 확실히 답을 내릴 수 있었다. 믿는다. 다른 사람은 몰라도 제니아와 사라는 믿을 수 있었다.

심지어 지금까지 레이엘이 만났던 사람들 중 가장 친한 자인 포레인의 술집, '호수의 품'의 주인보다도 더 믿을 수 있었다.

'그 사람은 빛나지 않았으니까.'

레이엘은 그제야 바이런을 완전히 믿지 않는 또 하나의 이유를 찾아냈다. 바이런은 사라나 제니아보다 훨씬 빛이 약했다.

레이엘이 침묵하자, 대화가 다시 소강상태로 접어들었다. 이대로라면 대화는 흐지부지 끝나고 레이엘은 다시 밖으로 나갈 것이다. 사라와 제니아는 갑자기 초조해졌다.

"레이엘은 어떻게 생각하세요?"

사라는 일단 말을 꺼냈다. 레이엘이 무슨 얘기냐는 듯 그녀를 쳐다보자, 사라가 빙긋 웃으며 말을 이었다.

"초대장이 왔어요."

사라는 근방 영지에서 온 초대장에 대해 얘기를 했다. 이제 영지 정비가 대강 마무리 되는 시점이었다. 아직 제대로 영지를 발전시키기 위한 기반을 마련하지는 못했지만, 그래도 기본적인 토대는 만들었다.

레이엘은 눈을 빛냈다.

"시기가 상당히 공교롭군."

"내 생각도 그렇구나. 하필이면 이런 시기라니. 마치 발터스는 딱 여기까지가 한계라고 윽박지르는 것 같아서 기분이 나쁜데, 네 생각은 어떠냐?"

바이런의 말에 사라가 머뭇거렸다. 거기까지는 아직 생각해 보지 않았다.

"영지에서 뭔가 사업을 하려면 영주가 반드시 필요하지 않겠느냐? 뭐, 우리 영지야 내가 있으니 괜찮긴 하겠다만."

바이런은 그렇게 말하며 은근한 눈빛으로 제니아를 바라봤다. 제니아는 흔쾌히 고개를 끄덕였다.

"당연히 제가 없으면 바이런님께서 알아서 영지에 대한 모든 결정을 내리셔도 무방합니다. 설사 전쟁을 하더라도 전 바이런님을 믿겠습니다."

"그거 참 고마운 말씀이면서도 무서운 말씀이로군요. 허허허허."

제니아는 말 한 마디로 바이런에게 막중한 책임을 지웠다. 그리고 바이런은 그것을 흔쾌히 받아들였다. 그들의 특별한 관계가 아니었다면 결코 해선 안 될 말이었고, 이루어질 수도 없는 일이었다.

제니아는 고개를 돌려 레이엘을 바라봤다. 마치 답을 갈구하듯이.

"호랑이를 잡으려면 호랑이 굴에 들어가야 한다는 말이 있다."

레이엘의 말에 제니아가 눈을 빛냈다.

"그 말씀은 초대에 응하라는 뜻이로군요."

"어디로 갈지 제대로 정하라는 뜻이다."

레이엘은 초대에 응하는 것을 기정사실로 깔아두고 얘기했
다. 제니아는 고개를 크게 끄덕였다. 확실히 상대를 제대로 파
악하는 것이 중요했다. 그녀는 초대장을 꺼내 다시 한 번 일일
이 내용을 확인했다.

마음 같아선 모두 참석하고 싶었다. 병사들이 실력을 되찾
았다면 30명만 데리고 다녀도 충분할 것이다. 말이 병사 30
명이지 실제로는 기사 30명과 같지 않은가. 이 근방에 있는
영지 중 가장 많은 기사를 보유한 곳이라 해도 30명이 최고였
다. 가장 적은 곳은 10명에 불과했다.

"참으로 공교롭네요."

제니아는 그렇게 말하며 쓴웃음을 지었다.

"날짜가 모두 같아요."

다섯 영지는 제니아에게 선택을 강요하고 있었다. 제니아가
난감한 시선을 레이엘에게 보내자, 레이엘이 씨익 웃었다. 이
런 식의 웃음은 처음인지라 제니아와 사라가 눈을 빛내며 레
이엘의 얼굴을 바라봤다. 몇 번 경험이 있기에 예전처럼 정신
을 놓지는 않았다.

"차라리 여기서 파티를 여는 게 낫겠군."

레이엘의 말에 제니아와 사라는 물론이고 바이런의 눈까지
동그래졌다. 그리고 그들은 서로 시선을 교환하며 고개를 끄
덕였다. 확실히 괜찮은 생각이었다. 상대에게 끌려 다니지 않
을 수 있었고, 또 오히려 이쪽에서 선택을 강요할 수도 있었

다.

"그것 참 묘수로군. 하면 난 준비를 하러 가봐야겠어."

바이런이 당장 일어나서 제니아에게 인사를 하고는 부리나케 밖으로 나가 버렸다. 바이런의 몸에서 일어난 활기가 전염되었는지 제니아와 사라도 자리에서 일어났다.

"확실히 파티를 하려면 여러 가지를 준비해야겠군요."

제니아와 사라도 밖으로 나가 버리자, 응접실이 썰렁해졌다. 레이엘은 다시 공허한 표정이 되었다. 그리고 문득 마음까지 공허해지는 느낌을 받았다.

"평소와 전혀 다름없을 뿐인데, 왜 이렇게 생소하지?"

레이엘은 자신에게 생기는 변화를 이해할 수 없어 계속 고개를 갸웃거렸다. 이제껏 그의 마음은 계속 비어 있었다. 한데 지금은 마치 채워진 뭔가가 빠져나간 것처럼 허전했다.

"알 수가 없군."

레이엘은 자리에서 일어났다. 그리고 응접실에서 나갔다. 레이엘이 향하는 곳은 병사들의 막사였다. 조만간 다섯 개나 되는 영지에서 이곳을 방문할 것이다. 당연히 수많은 기사와 병사들도 올 것이다. 그에 대비하려면 병사들의 수준을 조금 더 올려놓아야 했다.

'적당한 검술을 기억해내야겠군.'

레이엘은 자신이 알고 있는 수많은 검술들 중에서 병사들이 익히기 좋은 것 몇 가지를 추려냈다. 병사들이 익히려면 혼자서 펼쳐도 위력적이고, 함께 펼치기에도 좋아야 했다.

　순식간에 레이엘의 머릿속에서 몇 가지 검술이 떠올랐다. 만일 영지의 병사들이 이 검술을 제대로만 익혀낸다면 정말로 기사 부럽지 않은 실력을 가지게 될 것이다. 그리고 뭉친다면 수십 배의 병사들도 아무런 피해 없이 막아낼 수 있을 것이다.

　레이엘의 발걸음이 살짝 조급해졌다. 예전 같으면 절대 있을 수 없는 일이었지만, 지금은 레이엘도 그 작은 변화를 미처 알아차리지 못했다. 아니, 어렴풋이 알아챘지만 애써 무시했다.

＊　　　＊　　　＊

　나이트베일의 암살자 마크는 발터스와 마주한 영지인 바린에 머물고 있었다. 본래는 발터스에 숨으려 했지만 발터스는 그렇게 하기에는 너무 규모가 작은 영지였다. 영지 자체는 넓은데 영지민이 너무 적어서 자신 같은 외부인이 들어가면 너무 눈에 띄었다. 암살자에게 있어서 눈에 띈다는 것은 치명적이었다.

　"분위기가 어수선하군. 무슨 일인지 좀 알아볼까?"

　마크는 분명히 발터스 영지가 어떤 식으로든 연관이 있을 거라고 판단했다. 최근의 정보들은 빠짐없이 모으고 있었기에 발터스에 이미 제니아 일행이 도착했고, 그곳에서 광산이 발견되었다는 정보까지 모두 꿰고 있었다.

마크는 자신이 갖은 애를 써서 바린에 만들어 놓은 어설픈 정보망을 가동해 대략적인 정보를 얻어냈다. 그리고 눈을 빛냈다.

"이건 기회로군."

아무런 의심을 받지 않고 발터스로 들어갈 수 있는 기회였다. 그것도 그냥 영지가 아니라 영주성으로 갈 수 있었다. 일단 영주성에만 들어간다면 암살을 하는 것쯤은 아무것도 아니었다.

마크는 회심의 미소를 지으며 정보망을 총동원했다. 그리고 가지고 있는 자금을 열심히 풀었다. 그렇게 해서 바린의 영주, 말튼의 시종 중 하나로 들어갈 수 있었다. 그리고 당연히 발터스로 가는 인원에 뽑혔다.

'흐흐흐. 이런 시기에 파티라니. 정말로 세상물정 모르는 공작가의 아가씨다워. 흐흐흐흐.'

마크는 속으로 음흉하게 웃으며 열심히 암살 계획을 세웠다. 허술하고 병력도 별로 없는 변방의 영지에 있는 성 따위는 그의 안중에도 없었다. 얼마든지 휘저을 자신이 있었다.

그렇게 발터스로 가는 준비가 착착 진행되는 동안 마크의 자신감도 계속해서 쌓여만 갔다.

제**10**화 마크의 비애

　파티 초대장을 보냈던 다섯 영지의 영주들은 발터스의 초대
장을 받고는 황당한 표정을 감추지 못했다. 그리고 마치 한 방
먹었다는 듯한 표정으로 한동안 초대장을 노려봤다. 그렇게
다섯 영주 모두 똑같은 반응을 보였다.

　바린의 영주 말튼은 발터스의 영주 제니아의 인장이 찍힌
초대장을 보며 헛웃음을 지었다. 초대장을 받은 지 벌써 며칠
이 지났고, 떠날 준비도 거의 끝났지만, 아직도 초대장만 보면
어이가 없었다.
　"체이스 경, 대체 제니아라는 계집이 무슨 생각으로 이런

일을 저지른 것 같나?"

"아직 세상물정을 몰라서 그런 것 아니겠습니까?"

"아무리 그래도 그렇지. 호랑이들을 자기 집에 몽땅 끌어들이면 어쩌자는 건지…… 쯧쯧."

말튼이 혀를 차자, 체이스가 말을 이었다.

"어쩌면 선택이 어려워서 그냥 쉽게 모으자고 생각했을지도 모릅니다."

"그 가능성이 제일 크겠지. 하지만 발터스에 그렇게 인물이 없단 말인가? 이런 상황에서는 가장 힘이 강하고 위치도 위협적인 내 손을 잡아야 하는 거 아니냔 말일세."

얼마 전까지는 발터스에 대한 아무런 정보가 없어서 상황을 제대로 판단할 수가 없었다. 하지만 지속적으로 노력한 결과 발터스의 상황을 일목요연하게 정리할 수 있었고, 그 정보를 바탕으로 세운 계획이 파티를 열어 제니아를 초대하는 것이었다.

"저도 그렇게 나올 거라 예상했는데 조금 이상합니다. 아무튼 제니아를 얻으면 발터스의 철광산도 얻을 수 있으니 어떻게든 얻어야 합니다."

"그야 당연하지. 이 근방에서 내 아들만 한 놈이 또 있을 것 같은가? 일단 만나기만 하면 당연히 넘어오게 되어 있어."

말튼의 자신만만한 말에 체이스가 고개를 끄덕이며 미소를 지었다. 확실히 말튼의 아들인 쉘터는 그가 생각하기에도 뛰어난 인재였다. 머리도 좋았고, 아름다운 어머니를 닮아 얼굴도 미남이었다.

더구나 검술 실력이 상당해서 고작 18세의 나이에 오라의 길을 열었고, 22세가 된 지금은 근방에서 당할 자가 없을 정도로 강했다.

"제니아가 조금만 생각이 있는 여자라면 아마 분명히 소영주를 선택할 것입니다. 어쩌면 차라리 잘된 일일 수도 있군요. 다섯을 한자리에 모아 놓으면 자연히 소영주님이 돋보일 테니까 말입니다."

"으하하하. 그게 그렇게 되나? 으하하핫!"

말튼은 기분 좋게 웃었다.

사실 발터스 근방의 영지들은 발터스를 그저 맛좋은 먹잇감 이상으로 생각하지 않았다. 그도 그럴 것이 고작 병사 100명에 마법사 한 명이 전력의 전부이지 않은가. 그 정도라면 그들 중 가장 약한 영지 전력의 20%에도 채 미치지 못했다.

보통 최소 500명의 병사에 10명 이상의 기사를 두고, 마법사도 적게는 한 명에서 많게는 세 명까지 보유하고 있었으니, 그들의 입장에서 발터스의 병력은 그저 조금 큰 마을의 자경대 수준으로밖에 안 보였다.

하지만 무력으로 영지를 병합하는 것에는 항상 여러 가지 변수가 끼고, 잡음이 많기 마련이다. 그리고 그런 변수와 잡음을 없애기 위해서는 많은 돈이 들어간다.

다섯 영지의 영주들은 발터스의 영주가 제니아라는 것을 알

자마자 굳이 힘을 낭비할 필요가 없다는 것을 깨달았다. 그들이 가장 염려하는 것은 제니아의 뒷배인 카라미스 공작가였다. 하지만 그것은 더 걱정할 필요가 없었다.

제니아와 카라미스 공작가가 어떤 관계인지 알아보는 것은 금방이었다. 벌써 카라미스 영지는 물론이고 왕국의 수도에도 파다하게 퍼진 소문 중 하나였기 때문이다.

"날짜가 얼마나 남았지?"

"이제 이틀 남았습니다."

"시간 참 안 가는군. 빨리 해결하고 그 철광산을 시찰해 보고 싶은데 말이야."

"모든 것이 영주님의 뜻대로 이루어질 것입니다."

말튼은 체이스의 말에 기분 좋은 미소를 지으며 의자에 몸을 파묻었다. 눈앞에 황금이 비처럼 쏟아지는 광경이 보이는 듯했다. 철광산만 얻으면 정말로 그렇게 될 것이라 믿어 의심치 않았다.

발터스 영지로 다섯 대의 마차가 거의 동시에 들어섰다. 그리고 수많은 병사와 말 탄 기사들이 그 마차 주위에 잔뜩 진을 치고 있었다.

그들은 제니아가 개최하는 파티에 초대된 근방 다섯 영지의 영주 일행들이었다. 마차는 하나같이 화려하기 그지없었고, 병사나 기사들의 기세도 하늘을 찌를 듯했다.

마차들은 활짝 열린 발터스의 성문을 통과해 안으로 쭉 들어갔다. 성 안에 도착한 마차의 주인들은 자신들보다 먼저 도착한 십여 대의 마차를 발견하고는 깜짝 놀랐다.

"설마 또 다른 초대자가 있었는가?"

다섯 마차에서 내린 영주와 영주의 아들들은 의아한 얼굴을 감추지 못하고 안으로 들어갔다.

마크는 마부와 대화를 나누다가 슬며시 사라졌다. 마차를 지키는 시종은 마크 말고도 셋이나 더 있었다. 마크 하나쯤 사라진다고 해서 문제될 것도 없었다. 마크의 몸이 달빛이 들지 않는 어두운 곳으로 스며들어갔다.

"이거 오랜만에 스릴이 넘치니까 아주 끝내주는데?"

마크의 입가에 미소가 감돌았다. 그의 임무는 제니아의 암살. 즉, 지금은 불가능했다. 제니아는 지금 손님들과 함께 있을 테니까. 마크가 아무리 유능한 암살자라고 해도 그런 상황에서 제니아를 암살하고 도망갈 수는 없었다.

"암살자에게 가장 중요한 일은 퇴로 확보니까."

마크가 지금 움직이는 이유는 바로 그 때문이었다. 퇴로를 확보하고, 유리하게 암살할 수 있는 장소를 찾고, 또 그런 환경과 분위기를 조성하기 위함이었다.

"이크."

마크는 급히 움직임을 멈췄다. 그의 예리한 감각에 뭔가가 느껴졌기 때문이다. 마크는 암살자답게 감각을 갈고 닦았다. 작은 소리, 작은 움직임만으로도 충분히 상황을 인지하는 훈련을 받아왔다.

방금 전 들린 미약한 발소리는 보통 사람의 발걸음소리가 아니었다. 최소한 오라를 다루는 기사는 되어야 낼 수 있는 소리였다.

'뭐지? 이런 곳에 왜 기사가 있는 거야?'

지금 기사들은 모두 성에 들어가 있다. 각자 자신의 주군을 지켜야 하기에 파티가 열리는 홀 근처, 혹은 홀 안에서 대기 중이었다. 이런 외진 곳에 기사가 있을 리 없었다.

마크는 조심스럽게 기척을 죽이고 움직였다. 오라를 다루는 기사들은 감각도 예민한 법이었다. 자칫 기척을 크게 드러냈다가는 그대로 들킬 위험이 있었다.

어둠을 타고 움직인 마크는 기척의 정체를 확인했다. 그들은 기사가 아닌 병사 복장을 하고 있었다. 3명의 병사들이 눈을 번득이며 사방을 주시하며 걸어가고 있었다.

'순찰?'

순찰을 다니는 병사들인 모양이었다. 마크는 믿을 수 없었다. 어찌 병사들에게서 기사의 느낌이 풍긴단 말인가. 마크의 뇌리에 의심이 솟아났다.

'설마 정체를 감추고 병사로 잠입한 건가? 대체 누가, 무슨 목적으로?'

마크는 일단 그 병사들을 조심스럽게 뒤쫓았다. 제대로 정황을 파악하지 못하는 한, 암살에 성공할 수도 없을뿐더러 설혹 암살에 성공한다 하더라도 퇴로를 확보할 수가 없다.

병사들이 성문으로 향했다. 그리고 성문에 있던 세 명의 병사들과 교대를 했다. 마크는 또 놀랄 수밖에 없었다. 성문을 지키고 있던 병사들 역시 비슷한 수준으로 보였다.

아까 성으로 들어올 때는 신경을 쓸 여력이 없고, 병사들이 가만히 서 있었기에 알아차리지 못했다. 하지만 지금 보니 성문을 지키던 세 명의 병사들 역시 방금 전의 그 병사들과 마찬가지의 실력을 가진 듯했다.

마크의 몸이 어둠 속에서 다시 움직였다. 이번에는 교대한 병사들을 뒤따랐다. 병사들이 향하는 곳은 막사였다. 막사에는 수십 명의 병사들이 검을 휘두르고 있었다. 마크의 몸이 그대로 얼어붙었다.

'오라다!'

병사들이 휘두르는 검에서 오라의 강대한 기세가 느껴졌다. 감각이 예민한 마크이기에 더더욱 확실히 오라의 존재감을 느꼈다.

'설마 저 병사들이 모두 오라를 다룰 수 있단 말인가!'

마크는 너무 놀라 하마터면 기척을 드러낼 뻔했다. 이런 곳에서 기척을 드러냈다간 뼈도 못 추린다. 아무리 은신과 암습의 달인이라 해도 수십 명의 기사들 사이에서 살아남을 수는 없었다.

마크는 조심스럽게, 정말로 조심스럽게 뒤로 물러났다. 그리고 조용히 자리를 떴다.

마크가 성 곳곳을 탐색하고 있을 때, 파티가 열리는 홀에는 은은한 음악에 맞춰 춤을 추거나 여기저기 모여 담소를 나누는 사람들로 가득했다.

다섯 영지의 영주들은 쉽게 파티에 녹아들지 못했다. 파티장에서 느껴지는 격조가 상당했다. 장식 하나, 음식 하나에도 신경을 쓴 티가 역력했다. 그들이 이 정도의 파티에 참석해 본 적은 손에 꼽을 정도로 적었다.

말튼은 살짝 눈살을 찌푸리며 멀찍이 떨어져 있는 제니아를 슬쩍 노려봤다.

'카라미스 공작가의 영애라더니 확실히 다르긴 다르군.'

말튼도 이런 격조 높은 파티는 예전 수도에 방문했다가 우연히 참석했던 후작가의 파티가 유일했다. 지금의 파티는 어쩌면 그보다 더 대단할지 몰랐다. 아니, 말튼의 안목이 낮아 그조차 제대로 파악하지 못했다.

말튼이 그 지경인데 다른 영주들이 제대로 파티를 즐길 수 있을 리 만무했다. 그래서 그들은 내내 겉돌기만 했다.

'휴우, 그나마 저 녀석이 있어서 다행이구나.'

말튼은 제니아 옆에 붙어서 환하게 웃으며 대화를 주도해 나가는 자신의 아들을 보며 대견스런 표정을 감추지 못했다.

다른 영지의 아들들은 그저 꿔다 놓은 보릿자루나 다름없었다. 제니아 근처에서 어떻게든 기회를 엿보고 있긴 했지만 말튼의 아들인 쉘터가 워낙 대단해 제대로 기를 펴지 못했다.

'이 녀석아. 잘 해봐라. 네 손에 이 영지의 철광산이 달려 있다는 걸 잊지 말고.'

말튼은 속으로 그렇게 중얼거리며 자신의 아들과 제니아를 번갈아 쳐다봤다. 새삼 제니아의 아름다운 얼굴이 마음에 들었다. 확실히 저 정도라면 며느릿감으로 손색이 없었다. 가문도 훌륭하고 철광산이라는 막대한 지참금도 가지고 올 테니까 말이다.

제니아는 쉘터의 느끼한 시선과 말을 들으며 애써 미소를 지어줬다. 다른 남자들은 쉘터의 기세에 눌려 제대로 말도 못 꺼내고 있었다. 제니아는 슬쩍 고개를 돌려 여기저기 흩어져 있는 귀족들을 확인하고는 미미하게 고개를 끄덕였다.

'클레인이라고 했던가? 확실히 수완이 뛰어나.'

이렇게 귀족들을 급히 끌어 모을 수 있었던 건 제프리상단의 클레인 덕분이었다. 클레인은 제니아가 영지를 장악하자마자 뛰어난 용병들을 고용해 발터스에 도착했다. 그리고 발터스를 제니아가 완전히 장악한 걸 확인하고는 기함을 했다.

당연히 레이엘이 가지고 있던 단검을 살 수 있었고, 발터스 영지와 좋은 관계를 유지하기로 결정을 내렸다. 물론 지속적으로 상단을 이쪽으로 보내주기로 약속까지 했다.

이번 귀족들은 클레인의 작은 선물이었다. 사실 이곳에 있는 귀족들은 대부분 몰락 귀족들이었다. 클레인이 수완을 발휘해 그들을 모아 파티의 구색을 맞춘 것이다.

당연히 다섯 영주는 그런 사실을 까맣게 몰랐다. 아무리 귀족이고 영주라 하지만 그들은 거의 이 촌구석을 벗어날 일이 없었다.

다른 귀족들의 세세한 동향에 대해 알 리가 없었고, 왕국에 어떤 귀족이 얼마나 있는지는 더더욱 몰랐다. 그저 이렇게 많은 귀족들을 단시간에 초대한 제니아의 역량에 놀라기만 했다.

다섯 영주들이 파티에서 겉도는 이유도 다 계획된 일이었다. 그들은 다른 귀족들의 대화에 끼기가 어려웠다. 화제 자체가 거의 생소한 것들이었기 때문이다. 당연히 사전에 만들어진 화제였다.

제니아는 그 모습을 모두 확인하고는 만족스런 표정을 지었다. 그리고 그 표정을 오해한 쉘터가 느끼한 미소와 함께 입을 열었다.

"제 얘기가 마음에 드셨나 봅니다. 하하하."

"아, 예……."

제니아는 대충 대답한 후, 다시 대화에 간간이 끼어들었다. 여전히 쉘터의 기세에 눌려 제대로 말도 못 붙이는 다른 소영주들에게 말을 꺼낼 기회를 주기도 했다. 이렇게 대화를 이어가는 건 제니아에게 있어서 아주 익숙한 일이었다.

쉘터는 왠지 자신이 분위기에 자꾸 묻히는 것 같아 고개를 갸웃거렸다. 처음에는 분명히 대화를 주도해 나갔는데, 어느 순간부터 다른 소영주들이 대화에 골고루 끼기 시작하면서 쉘터도 그저 그들 중 한 명으로 전락해 버렸다.

'뭐지?'

쉘터는 당황했지만 겉으로는 그것을 드러내지 않았다. 그리고 어떻게든 다시 대화의 주도권을 잡으려 애썼다. 하지만 그는 그렇게 할 수 없었다. 그리고 그제야 왜 자신이 그럴 수 없는지 깨달았다.

'이럴 수가!'

모든 원인은 제니아였다. 제니아가 자신을 분위기에 묻어 버리고 있었다. 쉘터는 새삼스러운 눈으로 제니아를 바라봤다. 갑자기 더 큰 욕심이 생겼다.

제니아를 보기 전에는 그저 철광산이 발견된 발터스의 어린 여자 영주 정도가 그가 생각한 모든 평가였다. 하지만 제니아를 본 순간, 그녀의 아름다운 외모에 마음이 끌려 버렸다. 그리고 지금은 그녀가 너무나도 욕심났다.

'내게 너무나 어울리는 여자다.'

쉘터의 눈에 살짝 탐욕이 비쳤다. 그는 잠시 제니아를 그렇게 바라보다가 이내 냉정히 몸을 돌렸다. 지금은 일단 머리를 좀 식혀야 할 타이밍이었다. 더 열을 내다간 오히려 일을 그르칠 수도 있었다.

"전 잠시 바람을 좀 쐬고 오겠습니다. 머리가 좀 아프군요."

쉘터는 그렇게 제니아에게 양해를 구한 후, 발코니로 향했다. 그리고 발코니로 걸어가면서 분명히 제니아가 자신을 바라보고 있을 거라고 믿었다.

하지만 제니아는 쉘터의 기대와는 전혀 다르게 그가 사라지건 말건 전혀 관심도 두지 않았다. 현실은 만만치 않았다.

파티장 안에는 레이엘도 있었다. 하지만 파티장에 있는 누구도 레이엘을 발견하지 못했다. 레이엘은 감각의 사각을 펼쳐 아무에게도 자신의 존재감을 알리지 않았다. 기척도 완전히 죽인 상태였다.

레이엘은 문득 바늘로 옆구리를 쿡 찌르는 듯한 느낌이 들었다. 살기는 아니었고, 위화감이었다. 누군가 몰래 움직이고 있다는 뜻이었다. 레이엘은 감각의 실타래를 풀었다. 옆구리의 느낌을 따라 감각의 실을 슬며시 흘려보냈다.

'거기로군.'

레이엘의 고개가 한쪽으로 돌아갔다. 그의 시선이 멈춘 곳은 발코니였다. 그리고 그 발코니로 쉘터가 걸어가고 있었다.

레이엘은 쉘터를 따라갔다. 쉘터가 발코니로 나갔고, 레이엘도 그 뒤를 따라 나가 쉘터 옆에 섰다. 하지만 쉘터는 자신의 옆에 누가 서 있다는 사실조차 인식하지 못했다.

레이엘은 가만히 서서 난간을 쳐다봤다. 이내 머리 하나가 불쑥 위로 올라왔다. 마크였다. 마크는 쉘터를 확인하고는 다시 조용히 숨었다.

쉘터의 능력은 상당했다. 이곳의 다른 기사들보다 훨씬 뛰어났다. 마크는 이미 요주의 인물로 쉘터를 찍어 놓았다. 가장 방해가 될 인물 중 하나였다. 바린 영지에 있었기에 쉘터에 대해서는 많이 조사를 했고, 이곳에 올 때도 함께 왔기에 파악하기도 쉬웠다. 그리고 쉘터의 계획 하나를 알게 되었다. 그것은 절대로 해선 안 되는 계획이었다.

그래서 일단 방해꾼 중 하나인 쉘터를 처리하기로 결정했다. 가장 쉬운 방법은 취하게 만들어서 재우는 방법이었다. 마크는 그런 식으로 일을 처리하는 몇 가지 방법에 통달해 있었다.

마크의 얼굴이 다시 발코니 위로 올라왔다. 마크는 어느새 입에 작은 대롱 하나를 물고 있었다.

풋!

대롱에서 가느다란 침이 쏘아져 나갔다. 그 침은 정확히 쉘터의 뒷목에 꽂혔다. 완전히 방심하고 있었기에 완벽하게 당했다. 쉘터는 뭐가 어떻게 되었는지 생각도 못하고 그대로 정신을 잃어 버렸다.

마크는 훌쩍 몸을 날려 발코니 위로 올라섰다. 그리고 품에서 주사기 하나를 꺼냈다. 그 주사기에는 정체를 알 수 없는 액체가 가득 들어 있었다.

"아프지는 않을 테니까 조금만 참으라고."

마크는 그렇게 말하고 쉘터의 목에다가 주사기 바늘을 꽂았다. 그리고 안에 든 액체를 쭉 밀어냈다.

"커어억!"

쉘터의 입에서 거친 숨이 흘러나왔다. 그리고 그 숨에는 놀랍게도 술 냄새가 가득했다.

"좋았어. 제대로 됐군."

마크는 쉘터를 일으켜 세운 후, 발코니 문 앞에 억지로 세웠다. 그리고 가볍게 손으로 밀어버렸다.

벌컥! 우당탕!

발코니 문이 활짝 열리고 쉘터가 앞으로 뛰어가듯 몇 발 움직이다가 그대로 고꾸라졌다. 당연히 파티장에서는 난리가 났다. 다급히 사람들이 움직였고, 그들이 민망한 얼굴로 쉘터의 상태를 제니아와 말튼 남작에게 알렸다.

잠시 후, 말튼 남작이 붉으락푸르락한 얼굴로 쉘터를 노려봤다. 쉘터는 기사 두 명이 어깨를 부축해 밖으로 데려갔다. 말튼도 그 뒤를 따라서 나갔다. 더 이상 파티를 즐길 기분이 아니었다. 파티의 흥도 많이 깨져 버렸다.

그렇게 소란이 지나고 나서, 다시 제니아의 주도로 파티가 이어졌다. 제니아는 이런 소란을 몇 번이나 겪어본 경험이 있다는 듯 능숙하게 파티의 분위기를 이끌어 나갔다.

파티에 참석한 귀족들의 감탄스런 시선이 제니아에게로 향했다. 물론 그 시선들 중에는 말튼을 제외한 나머지 네 영지의 영주들도 포함되어 있었다.

마크는 파티장 안에서 벌어지는 상황을 모두 확인하고는 고개를 끄덕였다. 완전히 자신의 예상대로 일이 흘러갔다. 이제 남은 건 제니아를 암살하는 일뿐이었다.

'그 전에 저 마법사도 처리를 해야 하는데 말이야.'

마크의 눈이 섬뜩하게 빛났다. 파티장에는 사라도 있었다. 제니아 근처에 있었는데, 사라 역시 이런 파티의 경험이 자주 있었기에 제니아를 훌륭하게 도와주고 있었다.

'퇴로는 대충 확보를 했는데, 문제는 얼마나 오랫동안 안 들키느냐로군.'

마크는 성을 샅샅이 돌아다닌 결과 몇 군데 퇴로를 확보할 수 있었다. 물론 유사시에는 그곳이 막힐 수도 있었다. 하지만 최대한 들키지 않는다면 충분히 그 역할을 할 것이다.

"일단 기회가 없다면 마법사는 포기해야겠군. 도망치기가 조금 더 어려워지긴 하겠지만, 그래도 어쩔 수 없지. 뭐, 쉘터가 갑자기 방문할 이유도 사라졌으니까. 그럼 슬슬 침실로 올라가 볼까?"

마크는 그렇게 중얼거리고는 다시 난간 아래로 훌쩍 뛰어내리려 했다. 하지만 그럴 수가 없었다. 채 몸을 날리기도 전에 그대로 마비된 것이다.

'뭐지? 대체 왜 이러는 거야?'

몸이 전혀 움직이지 않았다. 목소리도 나오지 않았다. 갑자기 공포가 밀려왔다. 쓰러진 것도 아니었다. 몸을 날리려던 자세 그대로 굳어 버렸다. 이런 일은 듣도 보도 못했다. 마크는 계속해서 눈동자만 굴렸다. 어떻게든 시야를 좀 더 확보해서 사태를 파악해 보고자 했다.

"어디서 왔지?"

갑자기 귓가에 들려오는 나직한 목소리에 마크는 소스라치게 놀랐다. 아무런 기척도 느끼지 못했는데 귓속말을 할 정도로 가까운 곳에 사람이 있다니 놀라는 것도 당연했다.

마크는 귀에 신경을 집중했다. 여러 소리가 들려왔다. 홀에서 들려오는 음악소리와 사람들의 말소리. 그리고 마침 난간 아래를 지나가는 병사들의 발걸음소리까지 들려왔다. 한데 바로 옆에 선 것이 분명한 사람의 숨소리가 들리지 않았다. 그리고 그 순간 또 귓속말이 들려왔다.

"고통을 즐기는 취향인가?"

마크는 순간 정수리에서 발끝을 관통하는 짜릿한 고통에 눈을 부릅떴다. 비명도 나오지 않았다. 그제야 자신이 말도 할 수 없는 상태라는 걸 깨달았다. 말할 생각도 없었지만 말을 하고 싶어도 할 수가 없었다.

"비명도 지르지 않는 걸 보면 확실하군."

다시 고통이 밀려왔다. 마크는 속으로 그게 아니라고 맹렬히 소리쳤다. 말을 할 생각은 없었지만 그래도 억울했다. 말을 못하는 사람에게 말을 하라고 하다니, 이런 억지가 어디 있단 말인가.

"아무래도 여기는 자리가 좋지 않군. 조용한 곳으로 가야겠어."

마크는 그 소리가 마치 지옥으로 함께 가자는 말로 들렸다. 마크의 몸이 부르르 떨렸다.

쉘터의 사건을 제외하면 파티는 무난하게 흘러갔고, 별다른 일 없이 끝났다.

모두들 발터스의 새로운 영주 제니아의 존재감을 확실히 느꼈고, 그녀의 역량이 적지 않다는 것을 받아들였다. 그리고 쉽게 손대기 어렵다는 것도 깨달았다.

여러모로 제니아의 의도가 그대로 먹혔든 파티였다.

아무튼 그렇게 파티가 끝났다.

그리고 마크와 레이엘 사이의 일은 파티가 끝난 후부터가 진짜 시작이었다.

마크는 정신이 혼미해질 지경이었다. 하지만 정신을 잃지는 않았다. 그러고 싶은데 그럴 수가 없었다. 정수리에서 발끝까지 고통이 짜르르 관통할 때면 어찌나 아픈지 정신이 번쩍 들었다.

"아직도 얘기할 마음이 없는 모양이군."

정말 미치고 팔짝 뛸 노릇이었다. 아직도 말을 할 수 없었다. 마크는 공포에 질린 눈으로 레이엘의 무심한 얼굴을 바라봤다. 그래서 더 무서웠다. 표정이 없이 그저 묵묵히 고통을 가하는 레이엘의 모습은 너무나도 괴기스러웠다.

'차라리 감정을 드러내면서 괴롭히면 나을 텐데. 이놈은 웃지도, 화를 내지도, 흥분하지도 않으니⋯⋯.'

마크는 속으로 그렇게 중얼거리며 다시 레이엘의 손이 정수리로 향하는 것을 보고는 미친 듯이 눈을 깜빡였다. 레이엘의 손이 정수리 바로 위에서 멈췄다.

"이제 할 말이 생긴 건가?"

레이엘은 그렇게 말하며 손바닥을 마크의 정수리에 갖다 댔다. 마크가 눈을 홉떴다.

"끄아악! 이런 젠장!"

마크는 비명과 함께 소리를 지르고는 자신의 목소리에 깜짝 놀랐다. 그리고 슬며시 레이엘의 눈치를 살폈다. 설마 말이 나올 줄은 몰랐다. 그래서 실수로 욕설을 내뱉고 말았다. 그러나 레이엘을 자극해 봐야 얻을 게 하나도 없었다.

레이엘이 물끄러미 마크를 쳐다봤다. 마크는 눈치가 빨랐기에 대번에 자신이 뭘 해야 하는지 깨달았다.

"나이트베일입니다."

레이엘은 고개를 끄덕였다. 대충 예상했던 바였다. 하지만 알고 싶은 건 그게 아니라 의뢰자였다.

마크는 레이엘이 무엇을 원하는지 알았지만 차마 그것을 대답할 수 없었다. 무엇보다 의뢰자를 정확히 알지 못했다.

'날 살려주기는 할까?'

스스로 목숨을 끊는 것이 가장 좋은 방법이었지만 지금은 불가능했다. 레이엘이 벌써 숨겨둔 독을 모조리 제거했기 때문이다. 그리고 설사 독을 숨겼다 하더라도 쉽게 죽을 수 있을 것 같지도 않았다.

마크는 몸을 부르르 떨었다. 레이엘의 무심한 얼굴이 보였다.

"후우. 의뢰자는 저도 모릅니다. 그저 카라미스 공작가 아니면 자브리안 백작가일 거라고 짐작만 하고 있습니다."

레이엘이 손을 휘저었다. 마크는 갑자기 몸이 움직여 깜짝 놀랐다. 마크가 얼떨떨한 얼굴로 레이엘을 바라봤다.

"알아 와라. 모든 정확한 사실을 원한다."

"예?"

마크는 이게 무슨 기회인가 싶었다. 알아오긴 뭘 알아오란 말인가. 여기를 나가면 당장 카라미스 영지로 도망칠 것이다. 발터스 영지가 생각보다 더 무서운 곳이라는 사실을 알았으니 준비를 더 철저히 해서 다시 돌아올 것이다.

결심을 굳히고 있는 마크 앞으로 검은 빵 한 조각이 내밀어졌다. 마크는 의아한 눈으로 빵과 레이엘을 번갈아 쳐다봤다.

"먹어라."

마크는 군소리 없이 빵을 먹었다. 꽤 맛있었다. 설사 이 빵이 독이라 하더라도 상관없었다. 절대 굴하지 않을 것이다. 그냥 죽으면 그만이다.

"앞으로 보름에 한 번씩 고통을 겪는다."

레이엘의 말이 떨어지기 무섭게 마크가 새우처럼 몸을 구부렸다. 어찌나 고통스러운지 비명조차 나오지 않았다. 그동안 레이엘이 고문이랍시고 하던 고통은 지금의 고통에 비하면 어린애 장난이었다. 물론 그 어린애 장난에 굴복해서 모든 걸 술술 불었지만 말이다.

"고통에서 벗어나고 싶으면 빨리 알아 와라."

레이엘은 그렇게 말하며 발로 등을 툭 찼다. 예전 가넷상단의 켄트에게 썼던 것과 비슷한 방법이었다.

"커허헉!"

마크는 몸에서 쏟아져 나가는 고통에 거친 숨을 몰아쉬었다. 극심한 고통이 순식간에 사라지는 것은 일종의 쾌감을 안겨다 줬다. 그러면서 삶에 대한 집착이 생겨 버렸다.

"가라."

레이엘은 그렇게 말하고 돌아섰다. 그들이 있던 곳은 성에서 한참 멀리 떨어진 곳이었다. 그리고 조금만 더 이동하면 바린 영지로 넘어갈 수 있는 길 위이기도 했다.

마크는 복잡한 눈으로 레이엘의 등을 바라봤다. 지금이라도 암습을 하면 죽일 수 있을지도 모른다는 생각 따위는 결코 들지 않았다. 레이엘은 그가 어떻게 할 수 없을 정도의 강자였다.

"젠장. 그 고통을 또 겪어야 한다고?"

마크의 몸이 부르르 떨렸다. 그는 고통 받기 싫었다. 그리고 죽기도 싫었다. 마크는 아마 죽을 때까지 알 수 없을 것이다. 고통도, 그리고 삶에 대한 집착도 모두 레이엘의 최면에 의해 만들어졌다는 사실을 말이다.

마크는 힘없이 고개를 숙였다. 그리고 걸음을 옮겼다. 더 이상 이곳에 남아 있을 이유가 없었다. 그리고 자신은 더 이상 나이트베일이 아니었다. 나이트베일의 정보를 이용해 먹어야 할 배신자에 불과했다.

달빛 아래를 걸어가는 마크의 어깨가 아래로 축 처졌다.

제11화 세이드와 페릴의 미련

다섯 영지의 영주를 비롯한 모든 손님이 돌아갔다. 그리고 발터스 영지는 다시 조용한 일상을 맞이했다.

제니아는 조금 한가한 얼굴로 집무실 의자에 앉아 기지개를 켰다. 바이런의 능력은 정말로 대단했다. 일의 효율을 높이는 방법을 고안해 짧은 시간 동안 많은 일을 처리하는 데 능숙했다. 그리고 그 방법을 여기저기 적용시켜 영지의 행정을 정비해 나갔다.

바이런이 그렇게 물 만난 고기처럼 활기차게 일을 하는 덕분에 제니아와 사라는 상대적으로 시간이 많이 남았다. 그 남은 시간을 사라는 마법 공부에 쏟았고, 제니아는 영지의 새로운 발전 방향을 모색하는 데 쏟았다.

· "그나저나 주변 영지들이 조용해져서 다행이에요. 그렇죠, 아가씨?"

"그래. 이게 다 계획을 생각해낸 레이엘 덕분이지."

사라는 그저 빙긋 웃기만 했다. 아무리 계획을 레이엘이 세웠다고 하지만 제니아에게 능력이 없었다면 일이 이렇게 잘될 리 없었다. 그날 제니아가 보여준 대화 능력과 포용력, 그리고 은연중 드러나는 카리스마는 다섯 영주들의 마음에 경계심을 세웠다. 그들은 더 이상 발터스를 무시하지 않았다.

"자아, 그럼 아가씨. 이건 또 어떻게 할까요?"

사라가 또 뭔가를 한 뭉치 꺼냈다. 제니아가 그것을 보고는 눈살을 찌푸렸다.

"그건 또 뭐야?"

"영지에 방문하고 싶다는 사람들이 보낸 편지예요."

"우리 영지에 방문하고 싶다고? 대체 누군데?"

"아가씨가 직접 확인해 보세요."

제니아는 사라에게 그것을 받아 확인했다. 그리고 어이없는 눈으로 편지와 사라를 번갈아 쳐다봤다.

"좋은 짝이 있다고? 뭐야? 이건?"

"중매인들이에요."

제니아는 쓴웃음을 지었다. 확실히 가장 좋은 방법이긴 했다. 자신의 마음이 한 사람에게 가 있지만 않다면 말이다. 꼭 파티에 참석했던 소영주들이 아니더라도 어느 정도 힘을 가진 영주와 인연을 맺는다면 앞으로 발터스도 더 발전할 수 있을 테니까. 하지만 제니아는 그들 중 누구와도 결혼할 생각이 없었다.

"사라, 이것들 좀 태워줘."

사라가 깜짝 놀라 눈을 동그랗게 떴다.

"예? 그냥 태워요? 거절한다고 답장이라도 보내야 하지 않을까요?"

"왜 그래야 하는데?"

사라는 제니아의 단호한 표정을 보고는 말없이 마법을 준비했다. 이윽고 쌓아둔 편지들 위에 불꽃이 솟아났고, 이내 활활 타서 새하얀 재가 되어 버렸다.

"사라의 마법이 더 대단해진 것 같네."

책상 위에 놓인 편지뭉치에 불을 붙여 딱 그것만 태워 버리는 건 굉장한 마나 컨트롤 능력이 없다면 불가능한 일이었다. 사라의 마법이 비록 4클래스에 불과하지만 그 컨트롤 능력만큼은 여타의 다른 마법사들보다 훨씬 뛰어나다는 뜻이었다.

사라는 쑥스러운 표정으로 혀를 살짝 내밀었다.

"헤헤. 뭘요. 이제 저도 4클래스의 막바지에 들어섰는데요."

"벌써? 4클래스에 올라선 것도 얼마 안 됐잖아. 정말 대단해!"

사라의 나이를 생각해 보면 4클래스만 해도 굉장한 것이었다. 한데 벌써 그 막바지에 이르렀다고 하니 제니아가 놀라는 것도 당연한 일이었다.

"레이엘이 많이 도와주셨어요."

레이엘은 사라에게 꾸준히 거대개미 더듬이 가루를 복용시
켰다. 그것이 이제 효과를 보고 있는 것이다. 물론 마나량만
많다고 클래스가 올라가진 않는다. 그에 걸맞은 깨달음이 필
요하다. 사라는 지금 그 깨달음을 얻기 위해 노력 중이었다.

그것은 말로 설명한다고 알 수 있는 것이 아니다. 4클래스
까지는 설명이 가능하지만 5클래스로 올라가는 것부터는 대
략적인 개념만 이해하고 자신만의 깨달음을 얻어야만 한다.
그때부터는 자연과 마나에 대한 진정한 깨달음의 길이기 때문
이다. 마치 아무리 설명해도 오라를 쓰는 기사들이 오라마스
터가 될 수 없는 것과 비슷한 이치였다.

"그래. 그렇구나."

제니아는 왠지 서운했다. 사라가 레이엘의 도움을 받아 저
렇게 발전하는 모습을 보니 자신만 동떨어진 느낌이었다. 이
런 생각을 해선 안 된다는 걸 알지만, 그건 자기 마음대로 조
절할 수 있는 감정이 아니었다.

잠시 분위기가 서먹해지려 하는 순간, 노크 소리가 들려왔
다. 제니아는 얼른 표정을 수습하고 들어오라고 말했다. 문이
열리고 들어온 사람은 영지의 병사였다. 엄중한 기세가 느껴
져 제니아는 내심 고개를 끄덕였다.

'요즘 병사들이 더 발전한 것 같아.'

제니아는 속마음을 감추고 사무적인 표정으로 물었다.

"무슨 일이지?"

"레이엘님께서 오늘 숲으로 들어가신다고 말씀을 전해 달라 하셨습니다."

사라와 제니아의 눈이 화등잔만 해졌다. 이 근방에 숲은 딱 하나였다. 레이엘은 마수의 숲으로 들어가려 하는 것이다. 두 사람은 누가 먼저랄 것도 없이 벌떡 일어났다.

"언제죠?"

사라가 묻자, 병사가 대답했다.

"지금 출발하신다고 하셨습니다."

제니아와 사라는 부리나케 달려 나갔다. 그녀들의 귀에는 마치 레이엘이 이제 이곳을 떠난다는 말로 들렸다. 만일 레이엘이 그냥 떠나간다면 아마 삶의 의욕이 바닥으로 떨어질 것이다.

두 여인이 정신없이 달려 나가자, 홀로 남은 병사가 얼떨떨한 표정으로 그녀들의 뒷모습을 바라봤다.

"뭐, 뭐지?"

병사는 뭔가에 홀린 표정으로 집무실에서 나갔다. 그리고 조용히 문을 닫았다.

레이엘은 늘어선 병사들을 잠시 바라보다가 몸을 돌렸다. 병사들의 눈에는 짙은 신뢰가 깔려 있었다. 레이엘은 수십 명의 병사들이 뿜어내는 빛 때문에 차마 그들을 바라볼 수가 없었다.

100명의 병사들 모두 하나같이 빛을 뿜어내고 있었다. 참으로 절묘하게도 병사들의 몸과 뇌리에 남아 있던 어둠의 마력이 모두 소멸되는 순간, 그들의 몸에서 빛이 나오기 시작했다.

병사들의 눈에 신뢰라는 감정이 생긴 순간이기도 했다. 흑마법의 잔재 때문이 아니라 병사들 스스로의 감정으로 신뢰를 만들었기 때문에 빛이 생겨난 것 같았다.

그건 경이로운 광경이었다. 사라나 제니아, 그리고 클레인에게 느껴졌던 빛과는 조금 달랐다. 그리고 이렇게 수십 명이 한꺼번에 빛을 쏟아내니 상당히 성스럽기까지 했다.

'내 성휘와 비슷한 건가?'

뭐라 단정할 수가 없었다. 레이엘이 가진 성휘와 비슷한 것 같으면서도 또 달랐다.

레이엘은 자신의 몸 어딘가에 있을 성휘를 떠올렸다. 어디에 있는지 확신할 수는 없지만 아마 상단전에 있으리라 짐작했다. 성휘는 레이엘이 원래부터 가지고 있던 힘이었다. 그것이 없었다면 이렇게 멀쩡하게 살지 못했을 것이다.

'수백 번은 미쳤겠지.'

레이엘은 새삼 신기했다. 어릴 때의 기억은 거의 없지만 아마 태어나면서부터 가진 능력이 아닐까 생각했다.

성휘는 마수의 숲에서 살아가면서 그 능력이 더 커졌다. 힘자체는 그대로였지만 컨트롤 능력이 점점 늘어났다. 그래서 이제는 마법에 연결해서 쓰기도 하고 정령에 연결해서 쓰기도 한다. 때로는 검에 연결할 수도 있었다.

레이엘은 성휘에 대해 조금 더 연구해봐야겠다고 생각하며 걸음을 옮겼다. 일단 근방의 마수의 숲을 조금 탐색해서 나타나는 마수의 종류를 파악해 보고, 또 어떻게 이용할 수 있는지도 파악해 보고자 했다.

'숲에 들어가서 살 일은 더 이상 없겠지만.'

이젠 굳이 숲에 들어가 살 생각은 없었다. 마수의 숲은 외로운 곳이었다. 예전에는 외로움이나 허전함이라는 것을 아예 느끼지 못했는데, 이젠 그렇지 않다.

레이엘의 뇌리에 사라와 제니아의 모습이 떠올랐다. 레이엘의 입가에 미소가 떠올랐다. 그 미소는 레이엘이 전혀 인지하지 못하는 상황에서 순식간에 떠올랐다가 사라졌다.

"레이엘!"

갑자기 뒤에서 들려오는 소리에 레이엘의 입가에 또 미소가 떠올랐다. 물론 금세 사라졌다. 레이엘은 목소리만 듣고도 누구인지 대번에 알아차렸다. 아니, 목소리가 들리기도 전에 알 수 있었다. 너무나도 익숙한 기운 두 개가 빠르게 다가오고 있었으니까.

레이엘이 천천히 몸을 돌렸다. 사라와 제니아가 숨을 헐떡이며 달려오고 있었다. 레이엘은 가만히 서서 그녀들을 기다렸다. 금방 갔다 돌아올 예정이었기 때문에 굳이 만나고 갈 생각은 없었지만 그래도 인사를 하고 가면 더 기분이 좋을 것 같았다.

"하아, 하아. 레, 레이엘, 숲에 들어간다는 게 사실인가요?"

"정말이에요?"

레이엘은 그녀들을 물끄러미 쳐다보다가 고개를 끄덕였다. 제니아와 사라의 얼굴에 안타까운 기색이 번져나갔다.

"금방 돌아올 테니 걱정 마라."

레이엘은 그 말을 남기고 다시 돌아섰다. 돌아서는 그의 눈에 사라와 제니아의 얼굴이 스쳐지나갔다. 그녀들은 안도의 한숨을 내쉬고 있었다. 레이엘의 얼굴에 슬쩍 미소가 떠올랐다. 물론 그 미소는 아무도 보지 못했다.

레이엘이 발걸음을 옮겼다. 그저 걷기만 하는데도 뛰는 것보다 더 빨리 사라져 버렸다. 사라와 제니아는 물론이고 병사들마저도 그 광경을 넋 놓고 바라봤다.

말튼은 신경질적으로 서류를 책상 위에 툭 던졌다. 영지 일이 마음먹은 대로 풀리지가 않았다. 아니, 비단 영지 일만 그런 것이 아니었다. 다른 일도 다 꼬이기만 하고 제대로 풀리는 게 없었다.

"쉘터 그 바보 같은 녀석!"

하필이면 그날 그렇게 술에 취해 인사불성이 된단 말인가. 하지만 의혹이 있긴 했다. 쉘터는 한사코 자신은 취할 정도로 술을 마시지 않았다고 주장했다. 술을 아예 안 마신 건 아니었지만 가볍게 샴페인 몇 잔 마신 게 전부라고 했다.

그렇다면 둘 중 하나다. 쉘터가 스스로 생각했던 것보다 술을 더 과하게 마셨던가, 아니면 누군가의 음모가 개입되어 있던가.

"하긴 쉘터 그놈이 그렇게 허술한 녀석은 아니지. 얼마나 중요한 날인지 알았는데 술을 과하게 마실 리가 없어. 그것도 인사불성이 될 정도로 말이지. 하면 대체 뭐가 어떻게 된 거지?"

그게 가장 큰 의문이었다. 당시 쉘터의 상태는 누가 봐도 그저 만취상태였다. 함께 갔던 가문의 마법사 역시 술에 취한 상태라고 진단을 내렸다.

말튼은 그 점을 이해할 수 없어 고개를 갸웃거렸다. 어쩌면 쉘터가 자신의 실수를 감추기 위해 일부러 그런 소리를 하는 것일 수도 있었다.

말튼이 그렇게 고민에 빠져 있을 때, 바린의 기사단장인 체이스가 안으로 들어왔다.

"영주님, 손님이 찾아오셨습니다."

"손님?"

말튼이 눈살을 찌푸렸다. 지금은 사람을 만날 기분이 아니었다. 그것을 잘 알고 있는 체이스가 이렇게 찾아오자 살짝 기분이 나빠지려 했다. 하지만 이어지는 체이스의 말에 그런 기분이 쏙 들어가 버렸다.

"카라미스 공작가에서 찾아온 손님입니다."

말튼이 깜짝 놀라 자리에서 벌떡 일어났다.

"카, 카라미스 공작가란 말인가!"

말튼은 전전긍긍했다. 제니아가 지금 어떤 상황인지 카라미스 공작가에서 모를 리 없다. 그들은 왕국에서 손꼽히는 힘을 가진 가문이었다. 만일 말튼이 발터스 영지에 하려던 일에 기분이 상해서 찾아온 거라면 바린 영지의 앞날은 지독히도 험난할 것이다.

"어, 어서 가세. 대접은 제대로 하고 있는가?"

"시녀장과 집사에게 단단히 일러두었습니다."

"잘했네. 늦기 전에 어서 가세. 어서!"

말튼은 발바닥에 땀이 나도록 뛰었다. 이렇게 뛰어본 게 언제인지 기억도 가물가물했다. 온몸에서 땀이 줄줄 흘러 내렸다. 하지만 그는 힘들다는 것도 잊은 채 달렸다. 그만큼 카라미스라는 이름이 주는 위력은 대단했다.

그리고 그와 비슷한 시기에 바린 영지 옆에 있는 키안 영지에도 비슷한 손님이 방문하고 있었다. 다른 점은 그곳을 방문한 손님은 카라미스 공작가가 아닌, 자브리안 백작가라는 것이었다.

그렇게 또 다른 흐름 하나가 조용히 일어났다.

*　　　*　　　*

제니아는 고민에 빠져 있었다. 영지에 대한 일과 철광산에 대한 일이 대충 마무리 되었으니, 이제부터는 진짜 영지 발전에 대한 계획을 세워야 했다.

'문제는 세이드가 언제 움직이느냐 하는 거지.'

제니아는 아직까지 세이드에 대한 경계심을 버리지 않았다. 세이드는 반드시 뭔가 수작을 부릴 것이다. 제니아는 세이드의 집요함을 잘 알고 있었다.

카라미스 공작가가 직접적으로 병력을 파견한다던가 하는 일은 벌어지지 않을 것이다. 그건 너무 모양새가 안 좋았다. 그리고 그 자체만으로도 카라미스 가에 정치적 타격을 입힐 것이다. 제니아는 엄연히 카라미스 가의 일원이었으니까.

'그렇다면 내 주변을 흔들어 놓으려 하겠지. 암살자를 보내거나.'

암살의 위협에 대해서는 오래전부터 생각하고 있었지만 그저 조심하는 것 외에 뾰족한 방법이 없었다. 암살자들은 어떤 방법을 쓸지 모르기 때문에 무서운 법이다.

'레이엘은 당분간 걱정할 필요 없다고 하긴 했지만……'

일단 레이엘이 그렇게 말했기 때문에 다소 안심하고 있었다. 그래서 암살자에 대한 걱정은 일단 접었다. 남은 건 세이드가 주변 영지들을 흔들어 간접적으로 영지전을 벌이는 것이다.

'명분이야 어떻게든 만들겠지.'

영지전에는 명분이 필요하다. 하지만 그거야 만들기 나름이다. 일단 전쟁을 걸어 모든 걸 다 차지한 다음에 왕국에 적당한 명분을 만들어 보고하면 그만이었다.

공작령이나 백작령쯤 되는 큰 영지의 경우는 그런 식으로 일을 처리하기 어렵겠지만 남작령이나 자작령은 비교적 간단했다. 더구나 이렇게 낙후된 변경 지역의 영지라면 중앙에서도 거의 관심을 두지 않기 때문에 훨씬 더 쉬웠다.

한창 고민에 빠져 있던 제니아는 문득 사라가 떠올랐다.

"그나저나 오늘은 좀 늦네. 수련이 잘 안 되는 건가?"

사라는 매일 같은 시간에 바이런으로부터 마법을 배우고 있었다. 바이런은 한때 6클래스에 이르렀던 마법사다. 4클래스인 사라가 배울 것은 아직도 차고 넘칠 정도로 많았다.

"빨리 벽을 깨고 5클래스로 들어갔으면 좋겠네."

제니아는 미소를 지으며 그렇게 중얼거렸다. 사라에 대해서는 정말로 순수하게 응원하는 마음뿐이었다. 단 한 가지를 제외한다면 말이다. 사실은 그것도 응원을 해야 마땅하겠지만, 아무리 애써도 그것만큼은 그렇게 되지 않았다.

'레이엘……'

제니아는 아련한 눈빛으로 레이엘을 떠올렸다. 레이엘이 마수의 숲으로 떠난 지 벌써 5일이 지났다. 언제까지 돌아온다는 얘기는 없었지만 그래도 이젠 한 번쯤 돌아와 얼굴을 비출 때가 된 것 같은데도 오지 않으니 서운하고 그리웠다.

"아가씨! 저 왔어요!"

제니아가 한창 레이엘의 얼굴을 떠올리고 있을 때, 문이 열리며 사라가 들어왔다. 그녀는 예의 밝은 얼굴로 미소 지으며 제니아에게 쪼르르 달려갔다.

"수련은 잘 돼 가?"

사라가 밝게 웃으며 고개를 끄덕였다.

"예. 재미있는 마법을 많이 배웠어요. 아가씨를 지키는 데 큰 도움이 될 거예요."

제니아는 사라의 말에 가슴이 욱신거렸다.

'이렇게 날 위해 애쓰는데, 난 아직도 해주는 건 없고 받기만 하는구나.'

예전 포레인에 사라를 두고 혼자 길을 떠날 때의 일이 기억났다. 그때도 그렇게 생각했기에 사라를 두고 혼자서 떠났다. 하지만 이제는 절대 떠나지 않을 것이다. 더 힘내서, 더 발전해서 자신이 사라를 끝까지 돌봐줄 것이다.

제니아의 눈에 결연한 빛이 감돌았다. 그렇게 하기 위해선 우선 영지를 키워야 한다. 이 영지는 앞으로 제니아가 할 일의 초석이 되어줄 것이다. 아니, 어떻게든 그렇게 만들 것이다.

"참, 아가씨, 오다가 들었는데, 바린 영지랑 키안 영지 쪽에서 마차가 오고 있나 봐요."

제니아가 의아한 표정을 지었다. 그런 얘기를 들었다는 건 성 근처의 망루에서 관측을 했다는 뜻이다. 성의 망루에는 관측마법이 새겨져 있었다. 세상 어느 영지에서도 망루에 그런 마법을 새기지 않겠지만, 레이엘이 그렇게 만들어 버렸다.

"언제 발견했는데?"

"조금 전인 것 같아요. 스승님이 그 때문에 조금 바쁘신 것 같더라고요."

"그래?"

관측마법은 약 20킬로미터 거리의 시야를 완벽하게 확보해 준다. 마차로 오고 있다고 했으니 두 시간 정도면 이곳에 도착할 것이다.

"마차라고? 어디 마차인지는 모르고?"

"관측병들이 마차의 문양을 그려서 보고하기로 했으니까 이제 조만간 결과가 나올 거예요."

제니아의 표정이 살짝 심각해졌다. 왠지 모르게 불길한 예감이 들었다.

잠시 후, 바이런이 찾아왔다.

"바이런님. 안 그래도 기다리고 있었어요. 마차가 오고 있다면서요?"

"맞습니다. 영주님. 카라미스 가와 자브리안 가의 문장이 그려진 마차입니다."

제니아와 사라의 표정이 딱딱하게 굳었다.

"그 두 곳에서 대체 왜 찾아왔을까요?"

"그건 만나봐야 알 수 있을 것 같습니다."

집무실 안에 긴장감이 감돌았다. 그렇게 별다른 대책도 세우지 못하고 시간만 계속 흘러갔다.

얼마나 시간이 지났을까. 병사 하나가 달려와 마차가 도착했다는 소식을 전해왔다. 제니아는 그들을 같은 응접실로 안내하라고 지시를 내렸다.

"아가씨……."

사라가 걱정스런 눈으로 제니아를 바라봤다. 제니아는 강인한 눈으로 사라를 바라보며 미소 지었다.

"걱정하지 마. 여긴 내 땅이야. 저들이 누구라 해도 날 어찌할 수는 없어. 그리고 곧 레이엘도 돌아올 테니까."

제니아는 그렇게 말하고 혼자서 문을 나섰다. 사라가 따라가려 했지만 바이런이 고개를 저어 말렸다. 사라의 안타까운 눈빛에 바이런은 단호한 표정으로 다시 한 번 고개를 저었고, 사라는 그제야 힘없이 고개를 푹 숙였다.

바이런은 병사들과 함께 걸어가는 제니아의 뒷모습을 바라보며 대견한 표정을 지었다.

'언제 이렇게 크셨단 말인가. 아가씨도 그렇고 이 녀석도 그렇고. 허허허허.'

제니아는 심호흡을 하고는 응접실로 들어갔다. 응접실 소파에 앉아 있던 두 사람이 제니아가 들어가자 잠시 서로의 눈치를 살폈다. 순간 제니아의 눈빛이 두 사람을 날카롭게 훑었다. 두 사람은 그 눈빛에 놀라 천천히 자리에서 일어났다. 그리고 조심스럽게 허리를 숙였다.

"카라미스 공작가에서 온 미트런이라고 합니다."

"자브리안 백작가에서 온 랄프라고 합니다."

"반가워요. 제니아예요. 일단 앉으시죠."

두 사람이 앉자, 제니아도 그들 앞에 편안히 앉았다. 제니아의 기품과 은근한 박력에 놀란 두 사람은 마른침을 삼키며 그녀의 기색을 살폈다.

"그렇게 먼 곳에서 여기까지 방문하신 이유를 들어볼까요?"

제니아의 말에 두 사람은 서로 눈치를 살폈다. 하지만 이곳에서 해야 할 일은 별로 어렵거나 곤란한 것이 아니었다. 랄프가 먼저 입을 열었다.

"저희 공자님께서는 아직도 아가씨께 좋은 마음을 가지고 있습니다. 그걸 알아주십사 이렇게 찾아왔습니다."

"그런가요?"

제니아는 냉정한 눈으로 랄프를 쳐다봤다. 랄프는 움찔할 뻔했지만 초인적인 인내로 그것을 참아내고는 부드럽게 미소 지었다.

"어려운 일이 있거든 언제라도 저희 자브리안 백작가에 연락을 주십시오. 발 벗고 나서서 돕겠습니다."

제니아는 대수롭지 않게 고개를 끄덕였다.

"고마운 말씀이시군요."

제니아가 고개를 돌려 이번에는 미트런을 쳐다봤다. 미트런도 랄프와 비슷한 말을 했다.

"공작님께서는 아가씨를 많이 염려하고 계십니다. 조금이라도 문제가 생기면 언제든 돌아오시라는 말씀을 전해 달라고 하셨습니다."

제니아는 가볍게 고개를 끄덕였다. 그리고 차가운 표정을 지었다. 갑자기 분위기가 급변하자 랄프와 미트런은 당황해서 그녀를 바라봤다.

"한데, 아직도 날 아가씨라고 부르다니 예의가 없군요. 전 이곳 발티스의 영주랍니다. 두 분은 그렇게 생각하지 않으시나 보죠?"

"그, 그럴 리가 있겠습니까. 제 실책입니다. 용서해 주십시오. 영주님."

"죄송합니다. 앞으로 주의하겠습니다. 영주님."

두 사람의 사과에 제니아가 대번에 표정을 풀었다.

"좋아요. 사과를 받아들이도록 하죠. 그럼 오늘은 여기서 편안히 쉬고 내일 돌아가도록 하세요."

제니아는 그 말을 끝으로 자리에서 일어났다. 그러자 랄프와 미트런이 다급히 말을 꺼냈다.

"아, 저는 바빠서 오늘 가봐야 할 것 같습니다."

"아, 저도……."

제니아가 다시 몸을 돌렸다. 그리고 두 사람을 지그시 노려봤다. 마치 뭔가를 꿰뚫어 보려는 듯이. 랄프와 미트런은 급히 할 말을 마무리했다.

"바쁜 일이 끝나면 옆에 있는 바린 영지에 머물 예정입니다. 언제든 일이 생기시면 그곳으로 연락을 넣어 주십시오."

"저도 일을 마무리하고 나면 키안 영지에 머물 계획입니다. 꼭 연락 주십시오. 직접 찾아오셔도 무방합니다. 그럼."

두 사람은 거의 동시에 허리 숙여 인사를 하고 서둘러 물러 갔다. 제니아는 가만히 서서 두 사람이 문을 나서는 모습을 쳐 다봤다. 대충 무슨 꿍꿍이인지 그림이 그려졌다.

"일이 조금 꼬였네."

벌써 바린과 키안에 손을 뻗었다면 하나 남은 인접 영지에도 손을 썼을 것이다. 그들 셋이 손을 잡고, 카라미스 가나 자브리 안 가의 힘을 등에 업는다면 더 이상 망설이지 않을 것이다.

제니아는 눈살을 찌푸렸다.

"파티까지 열면서 간신히 분위기를 만들어 놨는데, 그걸 다 허사로 만들어 버리다니, 허무하네."

하지만 제니아의 눈빛은 절대 허무해하는 사람의 눈이 아니 었다. 제니아는 의지를 불태웠다. 어떤 고난과 시련이 닥치더 라도 견뎌낼 자신이 있었다.

제니아가 응접실을 박차고 나갔다. 이제부터는 더 바빠질 것 같았다. 그리고 그 결과로 많은 피가 흐를 것이다.

제**12**화 영지전

발터스 영지 곳곳에 활기가 넘쳤다. 새로 바뀐 영주 덕분이었다. 제니아는 레긴의 재산을 대부분 풀어 영지를 위해 썼다. 일단 가장 먼저 손댄 것이 영지민의 생활을 개선시키는 것이었다.

모든 영지민들에게 식량과 생필품이 무상으로 제공되었다. 레긴의 재산이 워낙 막대해서 그 정도로는 쓴 티도 나지 않았다.

그 다음 영지민들을 고용해 마을과 마을을 연결하는 길을 닦았다. 큰 공사였지만 자금이 풍부했기에 어려움 없이 시작할 수 있었다.

제프리상단도 큰 도움이 되었다. 그들은 주기적으로 발터스 영지에 오기로 했다. 규모는 크지 않았지만 그래도 손해는 안

보고 있었다. 영지 곳곳에서 공사를 하는데다가 영지에서 나는 철을 거의 독점하다시피 공급받을 수 있었으니 서로 좋은 일이었다.

병사들은 스스로 알아서 훈련을 했다. 발터스의 병사들은 병사라기보다는 기사와 용병을 적당히 섞어 놓은 듯했다. 그들은 레이엘에게 배운 검술에 익숙해지기 위해서 불철주야 노력했다.

그렇게 영지가 안정되고, 영지민들의 생활이 조금씩 윤택해지기 시작하자, 점차 영지에 활기가 돌기 시작하더니, 지금에 와서는 영지민들 스스로가 발전의 의지를 가지게 될 정도가 되었다.

제니아는 집무실 창을 통해 영지를 내려다보며 생각에 잠겼다.

'아예 일이 안 터지는 것도 불안하네. 그 사람들 분명히 무슨 수작을 부리고 있을 거야.'

더 정확히 말하자면 그 사람들이 아니라, 그들 뒤에 있는 카라미스 가와 자브리안 가가 수작을 부리고 있을 것이다.

제니아가 상념에 잠겨 있을 때, 노크 소리가 들렸다.

"들어와요."

들어온 사람은 바이런이었다. 바이런은 이제 제법 마법사 티를 벗고 유능한 총관의 모습을 갖춰가고 있었다.

"제프리상단에서 찾아왔습니다."

"아, 벌써 시간이 그렇게 됐나요?"

제니아는 고개를 끄덕이며 바이런과 함께 집무실에서 나갔다. 제프리상단에서는 항상 클레인이 직접 왔다. 구름산맥 제7호 지점의 지점장쯤 되면 밑에 있는 상인들을 부려도 충분한데도 불구하고 굳이 직접 찾아왔다. 그것은 클레인과 레이엘의 의지가 반씩 섞인 일이었다.

　레이엘은 되도록 클레인이 찾아오기를 바랐다. 그리고 클레인은 레이엘이 판매할지도 모르는 귀중한 물건들을 결코 놓치고 싶지 않았다. 게다가 발터스를 단숨에 뒤집은 제니아에 대한 호기심도 컸다. 그 모든 이유가 맞물려 항상 클레인이 직접 움직이도록 만들었다.

　제니아가 응접실로 들어서자, 그곳에서 기다리고 있던 클레인이 벌떡 일어나 정중하게 인사를 했다. 예전 랄프, 미트런과는 완전히 대조적인 태도였다.

　"영주님을 뵙습니다."

　"반가워요. 연락을 받긴 했지만 이번에는 꽤 일찍 오셨네요?"

　"그래봐야 고작 열흘 일찍 온 것뿐입니다."

　"한 달에 한 번꼴로 오시는데 열흘을 앞당겼다면 일찍 오신 거죠. 뭔가 문제라도 있는 건가요?"

　클레인은 제니아의 담담한 모습에 내심 고개를 끄덕였다. 제니아가 지금 돌아가는 상황을 모를 리 없다. 저렇게 여유가 넘치는 모습을 보니 굳이 자신이 와서 알려주지 않아도 괜찮았을지도 모른다는 생각마저 들었다.

"최근 묘한 소문이 들어 조사를 좀 했습니다."

"소문이요? 아, 그러고 보니 아직도 서 있었네요. 일단 앉아서 얘기하죠."

제니아가 그렇게 말하며 자리에 앉자, 클레인은 내심 혀를 내두르며 제니아와 마주보고 앉았다. 제니아는 아직도 여유를 잃지 않았다.

"그럼 얘기를 계속해 볼까요? 어떤 소문이 났다는 거죠?"

"발터스의 철광산을 이웃한 세 영지가 노리고 있다는 소문입니다."

"그야 새로울 것도 없는 소문이로군요. 절 얻어 보려고 많이들 애쓰더군요."

클레인이 조용히 고개를 저었다.

"그렇게 평화적이지 않습니다. 그들은 영지전을 준비하고 있습니다."

제니아의 눈이 빛났다. 드디어 올 것이 왔다. 언젠가 전쟁을 걸어올 거라 예상하긴 했지만 생각했던 것보다 그들의 행보가 빨랐다.

"제대로 조사는 해보신 건가요?"

"소문이 그렇게 났으니 당연히 조사를 해야 하지 않겠습니까? 발터스 영지는 제 소중한 고객이니까요."

클레인은 그렇게 말하며 빙긋 웃었다. 그 미소가 어찌나 믿음직스러운지 제니아는 자신도 모르게 따라서 미소를 짓고 말았다.

"그거 기분 좋은 얘기로군요."

"일단 제가 조사한 바에 따르면 세 영지가 손을 잡았습니다. 바린의 영주인 말튼이 주도했다고 알려졌지만, 실상은 그 뒤에 다른 힘이 있었습니다."

"카라미스 공작가겠죠?"

"짐작하고 계셨군요. 그렇습니다. 그리고 자브리안 백작가도 있었습니다."

"그것도 짐작을 하고 있었어요."

"짐작하고 계셨다니 그나마 다행입니다. 저들은 명분을 만들기 위한 준비를 하고 있습니다만, 어차피 이런 상황에서의 명분이야 코에 걸면 코걸이 귀에 걸면 귀걸이 아니겠습니까?"

"당연하죠. 저도 그따위 것을 기대하지 않아요. 제가 알고 싶은 건 그들이 얼마나 준비를 했느냐는 거예요. 언제쯤 개전을 선포할 것 같은가요?"

"이미 병력은 바린 영지에 모여 있습니다. 마음만 먹으면 당장이라도 전쟁을 일으킬 수 있습니다. 하지만 아마 기다릴 겁니다."

"기다린다고요?"

"병력이 더 오기로 되어 있거든요."

제니아는 클레인의 말에 새삼스러운 표정으로 그를 바라봤다. 정말 많은 걸 조사해 왔다. 문득 그가 이 정보를 캐기 위해 많은 투자를 했을 거란 생각이 들었다.

"조사를 아주 철저히 하셨군요."

클레인이 빙긋 웃었다.

"하지 않았다면 모를까. 일단 시작한 이상, 전 철저한 걸 좋아합니다."

제니아도 마주 웃어 주었다.

"마음에 들어요."

클레인은 제니아의 눈부신 미소에 하마터면 멍하니 그녀를 바라볼 뻔했다. 하지만 그는 상인이었다. 얼굴에 철판을 깔고서 필요한 말을 꺼냈다.

"일전에 이곳을 방문했던 영주들을 카라미스 가와 자브리안 가에서 방문했습니다."

"그럼 그들의 병력까지 한꺼번에 상대해야겠군요."

"협의가 늦어져서 시일이 조금 걸리긴 했지만 아마 그들 모두가 집결하는 데 앞으로 닷새쯤 걸릴 것 같습니다."

"그럼 닷새 후에 전쟁이로군요."

"아무래도 그렇게 되겠죠. 미리 준비를 철저히 하셔야 합니다."

"그들의 병력은 얼마나 되죠?"

"일단 병사들은 영지 내의 치안 문제도 있으니 전부 끌어오지 못합니다. 아마 다섯 영지 모두 합해서 2000정도겠지요."

제니아의 눈이 커졌다.

"2000명이라고요?"

"그것도 적게 잡은 겁니다. 최대한으로 잡으면 3000명까지도 가능합니다."

"엄청나군요."

"외람되지만 현재 발터스의 병력은 얼마나 됩니까?"

"100명이에요."

클레인은 순간 자신의 귀를 의심했다.

"예? 다시 말씀해 주시겠습니까?"

"100명이라고요. 클레인님이 무슨 생각을 하시는지는 아시겠지만 속단은 하지 마세요. 그들은 보통 병사가 아니니까요."

클레인은 심각한 표정을 지었다.

"적들은 기사의 수도 만만치 않습니다. 아마 박박 긁어오면 100명은 될 겁니다. 그리고 마법사도 있습니다."

제니아는 들으면 들을수록 암담해졌다. 이쪽의 병력은 병사 100명에 마법사 한 명이 전부다. 병사들이 비록 모두 오라를 다룰 수 있을 정도의 강자이긴 하지만 상대의 수가 너무 많았다.

"병력의 열세를 극복하시려면 준비를 철저히 하시는 수밖에 없습니다."

"하아. 도움에 감사드려요. 전쟁이 끝나고 나면 이 은혜는 꼭 갚도록 하죠."

"전쟁에 이기시는 것만으로 충분합니다. 그렇게 되면 이곳 발터스의 영향력이 더 커지고 경제 규모도 훨씬 커지지 않겠습니까? 전리품도 막대할 테고요. 전 그것이면 족합니다."

"알겠습니다. 그럼 전 이만 일어나 보죠. 아무래도 준비할 것이 많을 것 같네요."

제니아가 자리에서 일어나자, 클레인도 미소를 지으며 일어났다. 그 역시 더 이상은 할 말이 없었다. 그의 도움은 여기까지였다. 클레인은 응접실에서 나가는 제니아의 뒷모습을 바라보며 발터스의 승리를 진심으로 기원했다.

'가능성은 너무나 희박한데, 왠지…… 질 것 같지가 않단 말이야.'

클레인은 속으로 그렇게 중얼거리며 고개를 갸웃거렸다. 그리고 발걸음을 옮겨 응접실에서 나갔다. 그에게는 아직도 할 일이 많이 남아 있었다.

제니아와 사라, 그리고 바이런이 한자리에 모여 머리를 맞대고 앞으로의 일을 의논했다. 영지전은 정말로 큰 문제였다.

"적의 병력이 정말로 어마어마하군요."

"다섯 영지가 손을 잡았어요. 당연하죠."

"그들이 원하는 건 아마 피 흘리지 않는 승리일 겁니다."

"피 흘리지 않는 승리라고요?"

"압도적인 병력차로 적의 기세를 단숨에 꺾어서 싸울 의지를 상실시키는 겁니다."

제니아가 고개를 끄덕였다.

"하긴, 웬만한 경우라면 이럴 때 싸울 의지를 갖긴 힘들겠죠."

바이런이 씨익 웃었다.

"하지만 우리 발터스는 웬만한 영지가 아닙니다."

"바이런님이 보기에 승산이 얼마나 있을 것 같은가요?"

"제가 보기에는 반반입니다. 하지만 이기더라도 승리 이후가 문제입니다."

제니아와 사라는 놀란 눈으로 바이런을 바라봤다. 적의 병력은 정말로 압도적이었다. 3000명의 병사에 100명의 기사라면 웬만한 남작령 정도는 눈 깜짝할 사이에 쓸어 버릴 수 있을 것이다.

한데 승산이 절반이나 있다니, 그 말을 믿기 어려웠다.

"영주님은 우리 병사들을 너무 얕보시는군요. 그들은 흑마법에 의해 강해졌고, 레이엘이 교육한 병사들입니다. 일당백이라 해도 과언이 아닙니다."

"일당백……."

"그렇습니다. 우리 병사들을 압도하려면 적어도 10000명은 몰려와야 할 겁니다."

바이런의 자신만만한 말에 제니아는 질린 눈으로 그를 바라봤다. 하지만 그의 말대로라면 정말로 더 바랄 것이 없었다. 그렇다면 진짜로 이번 영지전에서 승리할 수도 있을 테니까.

"문제는 기사와 마법사들입니다. 그들이 섞여 있으면 우리 병사들이 힘을 모으기가 쉽지 않을 겁니다."

"그럼 어떻게 해야 하죠?"

"이제부터 머리를 굴려 봐야죠."

바이런의 대책 없는 말에 제니아는 입을 다물었다. 그리고 머리를 굴리기 시작했다. 새삼 레이엘이 그리워졌다.

'대체 언제쯤 오실까?'

레이엘이 마수의 숲으로 들어간 지 벌써 한 달이 다 되어간다. 처음 들어갈 때만 해도 금방 돌아올 것 같았는데, 아직도 돌아올 기미가 안 보였다.

제니아와 사라는 매일 마수의 숲이 있는 방향을 바라보며 레이엘을 기다렸다. 그러는 동안 계속해서 그리움이 쌓여갔다.

'안 돼. 고작 한 달이잖아. 벌써 이러면 어떻게 해. 그리고 지금은 이럴 때가 아니야. 영지를 지켜야지.'

제니아는 고개를 휘휘 저으며 상념을 털어냈다. 그리고 영지전에 대해 고민을 시작했다.

방에 침묵이 감돌았다. 세 명 모두 뾰족한 수를 생각하지 못했다. 병사가 아무리 강하다 하더라도 적의 기사와 마법사를 막을 수 없으면 말짱 헛일이다.

"최소한 마법사만이라도 막을 방법이 없을까요?"

제니아가 바이런을 바라보며 물었다. 바이런은 곤혹스런 표정을 지으며 고개를 젓다가 한참 만에 입을 열었다.

"있긴 있습니다만, 돈이 많이 듭니다."

"예? 있다고요?"

"안티 매직 필드라는 마법이 있습니다. 말 그대로 일정 공간 안에서 마법을 펼치지 못하게 하는 마법입니다."

제니아의 얼굴이 환해졌다.

"그럼 그걸 펼치면 되겠네요. 마법진을 이용하는 건가 보죠?"

바이런은 마나를 모두 잃은 상태다. 그가 언급을 하는 걸로 봐서는 마법진을 이용하는 마법임이 분명했다. 제니아의 예상 대로 바이런이 고개를 끄덕였다. 한데 그의 표정이 그리 밝지 않았다.

"그렇긴 합니다만, 광범위한 필드를 만들기 위해서는 마나 스톤이나 마정석이 필요합니다. 보통 크기로는 아마 어림도 없을 겁니다."

"마정석이요?"

제니아와 사라가 서로를 바라보며 의미심장한 표정을 지었 다. 바이런이 그 모습을 보고는 눈을 빛냈다.

"왜 그러십니까? 설마 있습니까?"

제니아가 자리에서 일어났다. 그리고 벽으로 걸어갔다. 벽 에 걸린 그림 하나를 치우자, 금고가 나타났다. 영주의 집무실 에 이런 금고 하나 있는 것쯤은 비밀도 아니었다.

제니아는 금고를 열고 안에서 뭔가를 꺼냈다. 새까만 돌이 었다. 그 돌을 바라보던 바이런의 눈이 화등잔만 해졌다.

"마, 마정석!"

그것은 마정석이었다. 그것도 어린아이 주먹만 한 마정석이 었다. 이 정도라면 전쟁터 전체를 넘어 영지까지 포함한 필드를 만들 수도 있을 것 같았다.

"대체 그 귀한 걸 어디서 구하셨습니까?"

"레이엘이 준 거예요."

"레, 레이엘이……."

"본래는 발터스에 숨어서 음모를 꾸미던 흑마법사가 가지고 있던 물건이에요. 그걸 제게 준 거죠. 떠나기 며칠 전에요."

그러고 보면 레이엘은 어쩌면 이런 일이 있을지도 모른다고 예상을 했던 것 같았다. 병사를 훈련시킨 것이나, 또 마정석을 맡긴 것을 생각해 보면 충분히 가능성이 있었다.

'레이엘, 대체 당신은…….'

생각하면 할수록 보통 사람이 아니었다.

"그걸 제게 주시면 제가 멋진 마법진을 완성해 놓겠습니다. 물론 구동은 우리 사라가 해야겠지만 말입니다. 허허허허."

바이런이 기쁘게 웃으며 자리에서 일어났다. 제니아는 고개를 끄덕이고는 사라를 바라봤다.

"사라도 함께 가봐. 마법진 그리는 걸 보고 있으면 배우는 게 많지 않겠어?"

"그건 그렇겠구나. 사라도 따라 오너라. 안티 매직 필드는 무려 6클래스 마법이다. 보고 있으면 아마 배우는 게 많을 게다."

제니아와 바이런의 말을 들은 사라가 조용히 고개를 끄덕이며 자리에서 일어났다. 하지만 그녀의 머릿속에는 이미 마법진 따위는 없었다. 마정석을 건네준 레이엘의 모습만이 가득

할 뿐이었다.

　그렇게 시간이 흘러갔다.

＊　　　＊　　　＊

　말튼은 여유로운 표정으로 말 위에서 주위를 둘러봤다. 그의 뒤로 늘어서서 따라오고 있는 병사들의 수가 무려 3000이었다. 확실히 이번에 다섯 영지는 조금 무리를 해서 병력을 끌어 모았다. 이 정도는 해야 제니아가 겁을 먹고 항복을 할 거라 여겼다.

　"이 정도 위용이면 진짜로 싸워도 거의 피해 없이 이길 수 있겠군."

　"당연합니다. 저 병사들이 동시에 화살이라도 날리면 고작 100명에 불과한 병사들은 모두 고슴도치가 되어 버릴 것입니다."

　체이스의 말에 말튼이 기분 좋은 표정으로 고개를 크게 끄덕였다. 카라미스 가와 자브리안 가에서 병력은 지원해 주지 못했지만 군자금은 상당히 지원해 주었다. 그리고 그 돈을 이용해 전쟁 준비를 했다.

　덕분에 지금 3000명의 병사들은 모두 활을 들고 있었다. 전통에는 각자 30발이나 되는 화살까지 차곡차곡 챙겨왔다. 모두 합하면 거의 10만 발에 달했다.

　10만 발의 화살이 쏟아진다고 생각해 보라. 얼마나 무시무

시하겠는가. 말튼은 생각만 해도 즐거워졌다. 제니아의 그 도
도한 얼굴이 창백하게 질리는 모습을 볼 수 있을 거라 생각하
니 더 즐거웠다.

"쉘터는 어디 있나?"

"후미에서 병사들과 함께 있습니다."

"뭐, 어련히 잘 알아서 하겠지."

쉘터는 병사들과 섞여 그들을 장악하고 있었다. 말튼도 쉘터
가 무슨 생각으로 그러는지 잘 알기에 더는 뭐라 하지 않았다.

'확실히 고작 이런 변두리 남작령에 만족할 만한 녀석은 아
니지.'

쉘터는 야심이 있었다. 그리고 능력도 있었다. 이번 전쟁을
계기로 그 야심을 펼쳐나갈 계획이었다. 그리고 말튼도 그것
을 충분히 도와줄 생각이었다.

"다른 영주들은 뭘 하고 있나?"

"아직 도착하지 않으셨습니다. 오후 늦게 오거나 아니면 내
일 오전에 합류할 것 같습니다."

말튼이 슬쩍 웃었다. 아무리 긴장감 없는 전쟁이라 하지만
그래도 전쟁이 시작하기 전에는 함께 있어야 한다. 그런데도
오지 않은 것은 말튼이 의도한 바가 있었기 때문이다.

"소영주들도?"

"아, 소영주들은 쉘터님과 함께 있습니다. 아무래도 쉘터님
이 그들을 장악한 것 같습니다."

"허허. 그것 참, 내 아들이지만 대단한 녀석이야."

"제가 봐도 그렇습니다."

"마법사들은?"

"기사들 중간에 있습니다. 철저히 보호해 달라고 요구해서 그렇게 조치를 했습니다."

"잘했네. 발터스에 있는 마법사가 4클래스라고 하니, 우습게 볼 수는 없겠어. 마법사들이 꼭 필요하네."

"마법사가 무려 일곱 명이나 왔습니다. 전혀 걱정하지 않으셔도 됩니다. 오히려 적들이 우리의 마법 공격을 무서워해야 정상입니다."

"하긴, 그렇긴 하지. 혹시라도 항복하지 않는다면 우선 마법부터 날리고 화살을 쏘면 되겠군."

"미리 그렇게 지시를 내려뒀습니다."

"잘했네. 절대로 방심하면 안 돼. 최소한 발터스의 병력에게 피해를 입어선 절대로 안 되네. 무슨 말인지 잘 알겠지?"

체이스가 눈을 빛냈다.

"물론입니다."

말튼과 체이스는 처음 전쟁을 계획할 때부터 음모 하나를 꾸몄다. 그리고 그 음모가 성공하면 다섯 남작령을 하나로 통합하는 것도 꿈은 아니었다.

"그 조력자는 어디쯤 왔다고 했나?"

"전쟁이 일어날 곳에 미리 도착해서 준비하고 있겠다고 했습니다."

"좋아. 순조롭군."

말튼은 빙긋 웃으며 속도를 조금 더 빨리했다. 다른 영지의 영주들이 도착하기 전에 일을 마무리할 계획이었다. 그래서 지속적으로 속도를 조금씩 올렸다. 아마 다른 영주들은 모든 일이 마무리된 후에야 도착할 것이다. 그리고 그때가 되어서 땅을 치고 후회해 봐야 아무 소용없는 일이다.

말튼의 입가에 음산한 미소가 감돌았다.

"옵니다!"

정찰을 나갔던 병사가 돌아와 알리자, 병사들 사이에 긴장감이 돌았다. 그리고 제니아의 표정이 딱딱하게 굳었다.

"병력은 얼마나 되지?"

"병사 3000명에 기사 100명입니다. 그리고 마법사가 일곱입니다."

"예상대로로군."

바이런이 옆에서 말했다. 바이런은 고개를 돌려 사라를 바라봤다. 사라는 커다란 마법진 앞에 앉아서 명상을 하고 있었다. 무려 6클래스의 마법진이다. 그것을 구동하기 위해선 사라의 모든 마나를 쏟아 부어야만 했다.

제니아는 망루를 바라봤다. 망루에서 확인하는 병사가 적이 마법의 범위 안에 들어오면 신호를 보내기로 약속을 했었다.

그 순간 망루에서 신호가 떨어졌다.

"사라!"

제니아의 말이 떨어지기 무섭게 사라가 양손을 들어올렸다.

휘오오오.

마나가 휘몰아쳤다. 폭풍이 된 마나가 광포한 기세로 회오리치더니 마법진으로 몰려갔다.

화아악!

마법진에서 강렬한 빛이 뿜어져 나왔다. 그리고 그 빛은 파동이 되어 사방으로 퍼져 나갔다.

"하아……."

털썩.

사라가 기운을 모두 잃고 옆으로 쓰러졌다. 과도한 마나를 써서 일시적으로 몸의 기력이 바닥난 것이다.

바이런이 말없이 사라에게 다가가 그녀를 부축해 주었다.

"수고했다. 이제 나머지는 병사들에게 맡기자꾸나."

어느새 100명의 병사들이 모두 모였다. 망루에 있던 병사까지 달려온 것이다. 그들의 손에는 하나같이 활이 들려 있었다.

"마법은 없다. 그러니 활로 노려야 할 것은 기사들이다."

기사를 몽땅 처리할 수 있으면 좋겠지만 그것을 원하는 건 아니었다. 하지만 최소한 기사들이 타고 있는 말은 없애야 했다. 그러니 기사를 노리면서 동시에 말도 노려야 했다. 어려운 주문이었지만 병사들의 눈에선 자신감과 투지가 타올랐다.

"준비!"

병사 중 한 명이 소리쳤다. 그러자 모든 병사들이 하늘을 향해 활시위를 당겼다. 활이 부러질 것처럼 휘어졌다. 특별히 제조한 강궁인데도 병사들의 힘을 감당하기 어려워 보였다.

"지금!"

외침과 함께 병사들이 일제히 활시위를 놓았다.

쉬쉬쉬쉭!

100발의 화살이 동시에 하늘 높이 솟구쳤다. 아마 적들은 이곳에서 화살을 날렸는지도 모를 것이다.

"다시 준비!"

병사들이 다시 활시위를 당겼다. 그리고 즉시 화살을 날렸다. 처음에는 조준을 했지만 이젠 그럴 필요가 없었다. 남은 화살을 모두 날린 후에 진짜 전쟁이 시작될 것이다.

연달아 화살이 하늘을 수놓으며 날아갔다.

"응? 저게 뭐지?"

바린 영지의 기사 중 하나가 하늘을 손가락으로 가리키며 묻자, 근처에 있던 기사들이 그쪽으로 시선을 돌렸다. 하늘에 까만 점이 떠 있었다.

"글쎄?"

잠시 후, 기사들의 안색이 변했다.

"이런! 화살이다! 막아!"

너무 급해 방패를 들 시간도 없었다. 방패는 모두 말안장에 매달려 있었다. 기사들은 옆구리에 찬 검을 다급히 뽑았다.

채채채챙!

기사들이 검을 뽑음과 동시에 화살이 쏟아져 내렸다.

쉬쉬쉬쉬쉭!

퍼버버버벅!

"크아아악!"

"히히히힝!"

화살비와 함께 비명이 쏟아져 나왔다. 그리고 놀란 말들이 날뛰기 시작했다.

"마법사들을 보호해라!"

기사들이 다급히 방패를 빼서 하늘을 막았다. 그리고 다시 화살비가 쏟아졌다.

쉬쉬쉬쉭!

버버버벅!

이번에는 기사고 병사고 가릴 것 없이 쓰러져 나갔다. 전열은 흐트러졌고, 여기저기 피 흘리는 기사와 병사들이 넘쳐났다. 전체 병력에 비하면 큰 피해라 할 수 없었지만 그래도 당한 사람들이 대부분 기사와 말이라서 결과적으로는 극심한 피해를 입었다.

"모두 방패를 들어라! 두려워할 것 없다! 우리도 화살로 응대해라!"

체이스가 고래고래 소리쳤다. 그 명령에 따라 근처에 있던 기사와 선임병사들이 부하들을 다독여 방패를 들게 만들었다. 응사를 하고 싶었지만 그럴 수가 없었다. 적들이 아예 보이지도 않으니 어디다가 활을 쏘겠는가.

말튼의 얼굴이 일그러졌다.

"이런 젠장. 너무 얕봤어. 속도를 올린다!"

그 뒤로도 계속 화살이 날아왔다. 더 이상 큰 피해는 없었다. 하지만 기사들은 모두 말을 버리고 걸어야 했다. 첫 사격에 너무 많이 당해서 남은 말도 얼마 없었고, 방패만으로 말을 모두 가릴 수가 없었기 때문이다.

다섯 영지의 연합군은 속도를 올려 거의 달리다시피 이동했다. 일단 적을 발견하기만 하면 끝장을 낼 자신이 있었다. 병력은 자신들이 훨씬 우위였으니까.

"적들이 속도를 올렸습니다."

관측마법으로 적을 살피던 병사가 외치자, 제니아가 심각한 표정을 지었다.

"이제 진짜 전쟁이 시작되는군요."

"죽지 않으려면 어쩔 수 없습니다."

제니아가 무겁게 고개를 한 번 끄덕였다. 그러자 병사들이 도열했다. 병사들의 손에는 검이 들려 있었다. 그리고 눈빛이 살기로 번득였다.

"마법은 없다. 그리고 기사도 많이 줄었다. 남은 건 승리뿐이다."

제니아는 병사들에게 그렇게 말했다. 병사들의 몸에서 투지가 불타올랐다. 제니아는 그 모습에 죄책감이 들었다. 마치 병사들에게 힘내서 사지로 달려가라고 명령하는 것 같았다. 하지만 그것을 내색하지 않았다. 그리고 호기롭게 외쳤다.

"돌격!"

병사들이 소리 없이 달려갔다. 확실히 일반 병사들과는 많이 달랐다. 보통은 함성을 질러 사기를 높이며 달려가기 마련인데 이들은 입을 다물고 최대한 소리가 나지 않게 움직였다. 그리고 엄청나게 빨랐다.

100명이나 되는 병사들이 마치 한 몸인 것처럼 일사불란하게 앞으로 달려갔다. 그들의 시선 끝에 다섯 영지의 연합군이 서서히 모습을 드러내고 있었다.

〈3권에서 계속〉

DUSK HOWLER

더스크 하울러

태선 게임 판타지 소설
GAME FANTASY STORY

『다이너마이트』, 『타나토스』의 작가 태선의 신작!
소심한 성격을 극복하기 위해 밸런스 막장으로
소문난 게임 '트리키아'에 뛰어들었다!

마법사라면 쳐맞아도 주문은 외워야 산다!

어떤 상황에서도 주문을 외는 강철 주둥이.
인간 종족의 이단아가 되어 암흑 진영을 지배한다!

dream books
드림북스

EVENT ONE

이벤트를 진행하는 3종의 책을 '모두 구입하신 분들 중' 추첨을 통해 사은품을 드립니다.

[사은품]
1명 : <닌텐도 DS> + 3종의 3권(작가 친필사인)
('EVENT ONE에 참여하신 분들 중 30명'에게 작가 친필사인이 들어 있는 3종의 3권을 드립니다.)

[응모요령]
1,2권 띠지에 부착된 응모권 6개를 오려 드림북스로 보내주세요.

EVENT TWO

이벤트를 진행하는 3종의 책을 '개별적으로 구입하신 분들 중' 추첨을 통해 사은품을 드립니다.

[사은품]
3명 : <백화점 상품권(5만원)> + 구입한 도서의 3권(작가 친필사인)
(『천신』(1명), 『신마협도』(1명), 『역천의 황제』(1명))

[응모요령]
1,2권 띠지에 부착된 응모권 2개를 오려 드림북스로 보내주세요.

EVENT THREE

책을 읽고 감상평을 올리시는 분들 중 11명을 추첨하여 사은품을 드립니다.

[사은품]
으뜸상(1명) : <백화점 상품권(10만원)> + 서평을 쓴 도서의 3권(작가 친필사인)
우수상(10명) : 문화상품권(1만원) + 서평을 쓴 도서의 3권(작가 친필사인)

[응모요령]
1. 이벤트 진행 도서들 중 하나를 읽고 인터넷 서점(YES24) 리뷰란에 감상평을 올려주세요.
2. 그 감상평을 복사하여 웹 게시판(개인 블로그 및 홈페이지)에 올려주신 후, 게시물의 URL을
   '드림북스 편집부 이메일'로 보내주세요.

[보내주실 곳] (우)142-815 서울시 강북구 미아8동 322-10
              (주)삼양출판사 2층 드림북스 이벤트 담당자 앞
              드림북스 편집부 e-mail : sybooks@empal.com

[이벤트 기간] 2009년 12월 21일~2010년 2월 10일

[당첨자 발표] 2010년 2월 22일(당사 블로그 및 장르문학 전문 사이트에 발표합니다.)

드림북스 블로그 http://blog.naver.com/dream_books
문피아 사이트 http://www.munpia.com/출판사 소식/드림북스
조아라 사이트 http://www.joara.com/출판사 소식

※ 응모권을 보내주실 때는 '이름, 연락처, 주소'를 정확히 기입해 주세요.
※ 사은품은 이벤트 진행도서 3종의 3권의 책이 모두 출간된 직후 일괄 배송합니다.
※ 사은품은 상기 이미지와 다를 수 있습니다.

서강대학교 방송작가아카데미
SOGANG UNIVERSITY Broadcast Writer Academy

프로가 되는 가장 빠른 길!!

서강대학교 방송작가아카데미
9월, 2기 모집

장르소설가, 드라마작가, 라디오작가, 작사가

판타지 소설, 무협소설 작가되기!

판타지, 무협, 로맨스와 같은 장르소설과정 국내 최초 개설!
국내 무협 소설의 대부 금강,
〈호위무사〉의 초우, 〈종횡무진〉의 송현우
인기로맨스 소설가 백묘와 함께하는 생동감 넘치는 강의!
우수생 선발, 협력 출판사를 통해 출판까지!

1기수, 전원 출판 확정!
현재 집필 중!
선착순 마감 임박, 서두르세요!

문의
서울시 마포구 신수동 1-3번지 서강빌딩 703호
www.sbwa.co.kr
Tel. 02)719-1160 Fax. 02)719-1130